LA DÉLICATESSE DES PAPILLONS

JENNY HALE

LA DÉLICATESSE DES PAPILLONS

Roman

Traduit de l'américain par Paul Boutin

ÉDITIONS PRISMA

Titre de l'édition originale :
Butterfly sisters

ISBN : 978-2-8104-3956-0

Pour Marie
et tous les rêveurs qui veulent s'asseoir
au Five and Dime et lire leurs livres.

Prologue

Il n'y avait qu'un seul regret dans la vie de Leigh Henderson. Elle n'y pensait pas souvent, car lorsqu'elle le laissait affleurer dans sa conscience, il la submergeait : l'occasion perdue d'embrasser une vie totalement différente.

C'était au printemps de sa dernière année de lycée. Elle était à peine assez âgée pour prendre ses propres décisions, et était encore plus loin de comprendre ce qu'elle avait sous les yeux. Le temps s'était considérablement réchauffé cette année-là, le printemps avait déboulé avec une ardeur estivale, des températures dans les 27 degrés avaient fait courir tous ses amis vers les plages de Seaside et de Watercolor, sur la côte du Golfe, pour les vacances de printemps, mais Leigh avait choisi de passer la semaine dans le chalet de sa grand-mère sur le lac Old Hickory, son endroit préféré au monde. Elle passait *tous* les étés et *toutes* les vacances dans la maison du lac avec sa grand-mère.

Peu importait la difficulté de ses devoirs au lycée, ou ce qu'elle pouvait traverser avec sa sœur Meredith (et elles traversaient toujours quelque chose), sa grand-mère l'aidait à chaque fois à voir les choses sous un autre angle. Cette année-là,

Leigh savait qu'elle allait dire au revoir à une partie d'elle-même qu'elle n'était pas sûre d'être prête à abandonner, et elle avait eu besoin du réconfort de Nan et du chalet pour adoucir le choc.

Profitant pleinement du pic de température, les pieds nus de Leigh pendaient au bord du quai, ses ongles peints en rose plongeant dans l'eau froide qui clapotait en dessous d'elle. Elle se pencha en arrière et tourna son visage bronzé depuis peu vers le soleil, ses mèches de cheveux dorés étalées sur le quai dans son dos, tandis que ses doigts reposaient sur le bois vermoulu, profitant des derniers instants de sa jeunesse.

Un long et lent sifflement attira son attention, et la poussa à aller chercher sa serviette pour couvrir le bikini rose de l'année dernière qui était retenu par des nœuds sur ses hanches et derrière son cou. Elle se retourna pour voir Colton Harris marcher vers elle – sans chaussures, sans chemise, avec un large sourire. Elle roula des yeux pour étouffer le battement d'estomac qu'elle ressentait chaque fois qu'il était dans les parages. Elle se tourna vers lui, observant sa démarche souple, son torse nu et sa mâchoire carrée, et un éclair la frappa en plein dans le ventre.

– Qu'est-ce que tu fais ? demanda-t-il en s'asseyant à côté d'elle.

Ses yeux marron foncé aux reflets dorés pétillaient tandis qu'il l'observait.

Elle reposa la serviette à côté d'elle sur le quai.

– On est dimanche, reprit-il. Tu ne dois pas faire tes valises pour rentrer chez toi ?

Leigh soupira.

– Je n'en ai pas envie, répondit-elle honnêtement en tournant son regard vers le large lac devant elle.

Si elle regardait Colton trop longtemps, elle risquait de changer d'avis et de ne pas vouloir partir. Elle déglutit pour éloigner la boule de sa gorge, balançant ses pieds d'avant en arrière. Le soleil se reflétait sur l'eau, lui donnant une teinte bleutée avec des éclats chatoyants qui dansaient à la surface. Le silence de Colton ramena finalement son attention sur lui. Le sourire à un million de dollars qu'il arborait s'estompa tandis que Colton l'étudiait. Il avait toujours su lire en elle.

– Quand reviendras-tu ?

La question contenait un soupçon de désespoir qu'elle seule pouvait remarquer parce qu'elle le connaissait si bien. Il tripota une mèche de ses cheveux. Un doigt effleura son épaule nue.

– Je n'en suis pas sûre, répondit-elle, en prêtant une attention particulière à la forme ronde de ses épaules et à la courbe de son visage, en les gravant dans sa mémoire et en sachant que c'était lui.

Ils étaient trop jeunes, le moment n'était pas propice. Et puis… Bien qu'elle ne se soit jamais sentie aussi bien avec quelqu'un, elle devait continuer à aller de l'avant. C'était ce à quoi elle s'était préparée toute sa jeune vie.

– Je passerai l'été à Chicago.

Colton a froncé le nez.

– À Chicago ? Pourquoi ?

– J'ai été acceptée à l'université de Northwestern, et je fais ma rentrée cet automne.

L'annonce qui avait suscité les acclamations et les embrassades émues de ses parents se flétrissaient maintenant sur ses lèvres.

Il cligna des yeux, la main qu'il avait posée sur son épaule tomba tandis qu'il regardait Old Hickory en fronçant les sourcils, digérant cette nouvelle. Puis il s'efforça de sourire. Elle savait que ce sourire était forcé : il était trop crispé, ce n'était pas son air habituel amusé et décontracté.

– Tous les livres que nous avons lus chaque été t'ont aidée, ça a marché, dit-il.

Elle acquiesça, le laissant penser que son succès n'était dû qu'aux livres qu'ils avaient partagés autour d'une glace l'été, étendus dans l'herbe sous les arbres, sans prendre la peine de lui dire qu'elle avait passé chaque minute chez elle, à Spring Hill, à étudier, à annoter des cartes et à les réviser chaque matin en courant vers la porte, à écrire des articles tirés de ses recherches jusqu'à bien après l'heure du coucher, et à surligner des notes tout en mangeant des sandwichs au déjeuner et en berçant des bébés pendant ses jobs de baby-sitter. Travailler avait été littéralement tout ce qu'elle avait fait.

– Je ne te manquerai même pas, dit-elle en essayant de faire paraître plus légère la situation plombante. Tu pourras passer tous les week-ends avec Teddy et Smash et les gars du baseball avec qui tu traînes tout le temps, et je ne serai plus là pour te gêner.

Il lui adressa un demi-sourire, et elle savait que son commentaire n'avait rien arrangé.

– Peut-être que j'aime que tu te mettes en travers de mon chemin.

Le ressentiment enfla au creux de son estomac alors qu'elle essayait de lutter contre la culpabilité causée par le regard qu'il lui lançait.

– Colton, je ne peux pas rester éternellement avec ta bande et toi.

Sa remarque était un coup de poignard pour lui et la douleur se lisait sur son visage.

– Pourquoi ? Ils ne sont pas assez bien pour mademoiselle Je-sais-tout ?

– Ce n'est pas ce que je voulais dire…

Il pinça les lèvres et regarda la petite péninsule de pins qui s'avançait à côté du quai.

– Nous ne sommes pas faits pareil, toi et moi, dit-elle en essayant encore de lui expliquer, mais il secouait déjà la tête, agacé.

Colton passa la main dans ses cheveux bruns imprégnés de soleil, les mèches dorées déjà brillantes d'avoir pris le grand air ces derniers jours.

– Pourquoi veux-tu aller à l'université ? demanda-t-il en la taquinant.

– Oui, pourquoi veux-tu aller à l'université ? demanda sa petite sœur Meredith, qui dévalait la colline remplie d'herbes entre le chaletde Nan et le quai, avec ses boucles blondes sauvages qui rebondissaient.

Meredith fixa ses yeux bleus sur ceux de Leigh. Si Meredith devait choisir un camp, elle prendrait inévitablement le contrepied de Leigh. Elle n'avait qu'un an de moins que Leigh, mais elle se comportait davantage comme une grande sœur, autoritaire, indépendante. Meredith croisa les bras sur son tee-shirt et grimaça tout comme Colton avant de fixer Leigh d'un air de défi. Les rares fois où sa sœur avait vraiment souri, c'était avec Colton. Il avait le don de la faire sortir de ses gonds quand personne d'autre n'y parvenait.

Colton fit un signe aérien à destination de Meredith qui signifiait bravo, et elle lui en renvoya un, en brandissant la paume de sa main, un geste qu'ils avaient commencé à faire quand ils étaient petits et qu'ils n'avaient jamais lâché.

Même si Colton semblait s'intéresser à Leigh, Meredith et lui avaient toujours eu un lien. Ils étaient comme frère et sœur, et parfois ils étaient tellement sur la même longueur d'onde que Leigh se demandait pourquoi Meredith et lui n'étaient pas simplement sortis ensemble. Mais chaque fois qu'elle laissait sa jalousie enfantine prendre le dessus et émettait la suggestion, Colton lui adressait toujours un sourire en coin et lui disait qu'elle était bien plus son genre.

– Pourquoi ne voudrais-je pas aller à l'université ? demanda Leigh, qui ne voulait pas avouer à Colton ou à Meredith qu'elle avait peur de vivre loin de tous ceux qu'elle connaissait, qu'elle était terrifiée de partir si loin de Nan et du chalet, et qu'elle avait le cœur brisé à l'idée de quitter Colton.

La détresse qui se lisait sur le visage de Colton la transperça. Sa peau brûlait sous la chaleur du soleil, et voulant se soustraire à la conversation, Leigh sauta du quai, plongeant dans l'eau glaciale. Elle mit sa tête sous l'eau et des bulles s'échappèrent devant son nez. Lorsqu'elle émergea, elle posa ses avant-bras recouverts par la chair de poule sur le quai et regarda Colton et sa sœur.

– Tu es sûre de vouloir aller jusqu'à Chicago ? demanda-t-il en poursuivant la conversation de toute façon.

– Oui, dit-elle, tout à fait persuadée que le Nord-Ouest était la meilleure option pour elle.

Jusqu'à maintenant, avec Colton juste devant elle.

– Que veux-tu faire, toi ?

– Je veux pêcher à côté de mon bateau et regarder le football sous mon porche le soir. Je veux aller en ville et connaître tout le monde.

L'idée semblait aussi réconfortante pour Leigh qu'un câlin chaleureux, mais elle ne pouvait pas laisser ses sentiments pour Colton la retenir. Pour briser la tension, elle l'éclaboussa. Il se leva et se jeta du quai pour faire une bombe, provoquant une gerbe qui se répandit en éventail sur le bois du quai. Elle poussa un cri et s'éloigna de lui, un peu soulagée par ce moment plus léger.

– Vous êtes tous fous, dit Meredith en s'éloignant le long du quai.

Meredith ne restait jamais très longtemps dans le coin. Elle préférait toujours sortir du chalet.

– Et qu'est-ce que tu vas faire pour gagner de l'argent ? demanda Leigh à Colton, en faisant du surplace après s'être élancée hors de portée.

– Je vais trouver quelque chose. Le travail n'est qu'un travail. La vie, c'est ce qui se passe après le travail.

– Pas si tu aimes ton métier, répliqua-t-elle.

Il tendit la main et attrapa sa taille, l'attirant vers lui.

– J'aime bien ça. Tu vas me manquer.

Ce jour-là, il s'est penché vers elle et l'a embrassée, franchissant la ligne, et elle a su à ce moment précis qu'il avait compris que c'était la fin de leur histoire. Elle pouvait encore sentir la douce chaleur de ses lèvres, la façon dont elles s'adaptaient parfaitement aux siennes, et la douleur dans sa poitrine lorsqu'elle pensait à le quitter. Il se retira et la regarda, une main posée sur le quai, l'autre passée autour d'elle pour les maintenir stables.

– Tu aimes passer du temps avec ton père et ta mère et vivre ici. Pourquoi t'inquiètes-tu de toutes ces histoires d'université et ne restes-tu pas ici avec moi ?

Il la fixait de son regard suppliant, des gouttes d'eau perlant sur son menton.

La blessure sur son visage lorsqu'elle avait ri était gravée dans sa mémoire. C'était un rire nerveux, parce qu'elle ne pouvait pas imaginer qu'elle s'adapterait à ce genre de vie ; elle ne l'avait pas prévu. Et à son âge aujourd'hui, elle ne savait même pas si elle le voulait. Tout ce qu'elle avait fait jusqu'à présent, c'était se préparer au moment où elle entrerait dans une grande université et commencerait une carrière dans les relations publiques. Il était hors de question qu'elle abandonne l'école et qu'elle emménage au bord du lac à dix-huit ans pour pêcher et regarder le sport à la télévision. Mais Colton ne riait pas du tout. Il la laissa partir et s'éloigna en nageant.

– Nous avons toute la vie devant nous, l'appela-t-elle, essayant de faire marche arrière et de s'expliquer, mais il s'était déjà hissé hors de l'eau un peu plus loin sur le quai.

– J'ai des plans pour ce que je veux dans la vie, continua-t-elle, restant campée sur ses positions sans se laisser influencer par le magnifique visage de Colton.

Ses yeux bruns se sont plantés dans les siens depuis l'autre bout du quai.

– Moi aussi, dit-il, mais ses épaules s'affaissèrent ensuite en signe de reddition. Je ne veux pas me disputer avec toi.

Il se baissa et ramassa sa serviette, la regardant d'en haut, et son pouce frottait doucement le tissu éponge doux, clairement perturbé par la situation. Mais il était fort pour garder son sang-froid. Il avança la serviette jusqu'à elle.

– On va faire tes valises.

Leigh était faite pour les études. Elle ne savait faire que cela.

Jusqu'à ce qu'elle vienne passer l'été dans le chalet de sa grand-mère. Pendant ces quelques mois, chaque été et pendant les vacances scolaires comme cette année-là, elle laissait ses cheveux lâchés, emballait tous ses romans préférés et passait du temps avec sa famille et Colton. C'était la seule partie de sa vie qu'il avait vue.

Leigh et Colton avaient toujours eu des affinités faciles, se retrouvant sur la même longueur d'onde chaque fois qu'elle venait. De temps en temps, elle faisait une heure de route depuis sa maison de Spring Hill pendant un week-end, et ils traînaient ensemble, mais c'est lorsqu'elle séjournait chez Nan que leur amourette prenait de l'ampleur. Ils n'étaient jamais passés à l'acte, à l'exception d'instants de flirt où l'un des deux s'éloignait juste au moment où des sentiments sérieux s'installaient, ce qui envoyait une décharge électrique dans son corps à chaque fois que cela se produisait. Leigh se demandait s'ils avaient tous les deux peur de rompre le charme en dépassant ce stade, et ils s'aimaient tous les deux trop pour cela. Son esprit remonta jusqu'au jour où elle était partie, et le reste des souvenirs remonta, aussi clairs que l'eau du lac en été.

Une fois arrivée à Chicago, elle avait essayé de l'appeler plusieurs fois, mais il n'avait pas décroché. Et Nan était décédée quelques mois après son départ, la même année, ce qui avait tout changé. Avant qu'elle ne s'en rende compte, sa vie l'avait tellement éloignée de ce moment qu'elle avait cessé d'appeler. Mais de temps en temps, elle se demandait ce que devenait Colton. Pendant qu'elle empilait dans son cerveau les règles de calcul et d'innombrables faits sur la civilisation occidentale moderne, et plus tard, après avoir obtenu son diplôme, en essayant de construire sa carrière, en déménageant à New York, elle s'était demandé si Colton était revenu au lac, s'il se balançait sur les vagues dans son bateau, le chapeau tourné vers l'arrière, en train de pêcher avec ses copains, comme il le voulait.

Et elle se demandait s'il aurait pu la rendre heureuse.

Chapitre 1

Le téléphone collé à l'oreille, Leigh s'efforçait d'entendre le bourdonnement des banlieusards matinaux qui se pressaient dans le quartier de la finance de New York tous les jours de la semaine et se rassemblaient au café situé à l'angle de Wall Street et de Pearl, en attendant impatiemment leur café du matin. La voix de sa sœur cadette sortait de l'extrémité de son téléphone, joyeuse, sautillante.

– C'est Meredith ! Vous êtes tombé sur ma boîte vocale, je suis donc manifestement partie faire un truc incroyable. Laissez-moi un message.

Leigh cala le téléphone contre son épaule pendant qu'elle payait à la caissière son latte au caramel double dose sur le chemin du bureau. Elle avait tenté d'appeler Meredith après lui avoir envoyé avec sa mère plusieurs textos sans obtenir de réponses et, apparemment, cela ne fonctionnait pas non plus.

– Maman veut qu'on se retrouve à la maison du lac, dit-elle après le bip, la voix étranglée en prononçant les mots, sachant qu'un regard plein de ressentiment s'afficherait dans les yeux de sa sœur lorsqu'elle entendrait le message.

Meredith n'avait plus pensé à sa famille ou au chalet depuis qu'elle avait quitté la maison, ce que Leigh n'avait jamais compris.

– C'est… important. Envoie-moi un texto ou rappelle-moi.

Elle raccrocha, tout en pensant qu'elle aurait dû laisser un message plus dramatique pour que Meredith réponde. Leur famille n'avait jamais été ce groupe soudé de quatre personnes qui allaient au cinéma ensemble ou qui riaient en jouant à des charades pendant les dîners de famille. Leigh avait toujours rêvé d'une famille comme ça, mais elle n'avait jamais réussi à l'obtenir.

Sa sœur n'avait pas passé plus de quelques jours à la maison au cours des huit dernières années, à l'exception de l'enterrement de leur père, qui avait eu lieu trois ans après la mort de Nan : elle était restée une nuit, avant de prétendre qu'elle devait partir. La dernière fois que Leigh et Meredith s'étaient retrouvées au même endroit pendant plus de vingt-quatre heures, c'était au lycée, pour la remise des diplômes de Leigh. Lorsque, quelques semaines plus tard, tout le monde s'était rassemblé dans l'allée pour la voir partir à l'université, Meredith n'était pas apparue aux côtés de leur mère, de leur père, de Nan et de leurs voisins pour saluer et encourager Leigh qui quittait la maison pour quatre ans pour intégrer l'université de Northwestern, sa vieille Ford Escort remplie à ras bord de toutes ses affaires. Leigh avait rongé son frein pendant la première heure du voyage, se demandant ce qu'elle avait bien pu faire pour que sa sœur la déteste à ce point.

Leigh avait toujours été frustrée par ses relations avec Meredith.

Meredith semblait prête à tout pour se démarquer de tous les membres de la famille. Et alors qu'elle ne semblait pas avoir de but dans la vie, elle avait une sorte de mépris pour eux tous, comme s'ils étaient des criminels parce qu'ils avaient leur vie en commun. Elle n'avait qu'à s'appliquer, mais elle ne le faisait jamais. Elle prenait des petits boulots et rassemblait paresseusement le strict minimum pour vivre, passant des nuits sur les canapés de ses amis et vivant parfois dans sa voiture.

Mais même si sa sœur était un désastre, Leigh était toujours un peu envieuse de voir qu'elle n'avait jamais besoin de rester au même endroit ou de posséder quelque chose de spécial pour être heureuse. Elle tenait cela de Nan. Meredith pouvait empaqueter une tente et une miche de pain et partir pour une semaine, puis revenir pleine de vie et reposée. Leigh aurait aimé avoir un peu de sa liberté d'esprit.

Meredith était une artiste comme Nan, mais elle ne partageait rien d'autre avec leur grand-mère que son manque d'intérêt pour la possession de biens. C'était Leigh qui avait passé chaque minute libre avec Nan, qui avait parlé pendant des heures avec elle et avait écouté toutes les histoires de sa grand-mère sur ses voyages à travers le monde, ou ses dernières idées à propos d'une ligne de poterie qu'elle voulait créer. C'était Leigh qui est restée à Old Hickory Lake avec Nan jusqu'à ses derniers jours, quelques semaines seulement avant de partir pour Northwestern. Leigh n'était pas retournée au chalet depuis que Nan était morte près de huit ans auparavant. Cette pensée était trop lourde à porter. Elle avait repoussé le chagrin aussi loin que possible, l'enterrant pour pouvoir se concentrer sur son travail, incapable de prendre le temps de faire son deuil. Elle savait que si elle avait pris ce temps, le chagrin aurait pu la briser complètement.

Lorsque son café fut prêt, Leigh se faufila dans la foule, l'attrapa sur le comptoir et sortit sous le soleil de New York. Sous un ciel bleu vif, le froid de l'hiver s'atténuait lentement à mesure que le printemps s'installait. Leigh évita un groupe de personnes qui tenaient une limonade achetée à la carriole de rue à côté d'eux. Elle fit les cent pas sur le trottoir en avalant son café au lait, son sac en bandoulière serré contre le tailleur chic qu'elle avait acheté pour la réunion de ce matin avec le plus gros client potentiel de McGregor Consulting.

Consultante en gestion de propriétés commerciales, un dérivé de ses années passées dans les relations publiques d'entreprise, Leigh était la meilleure. Et quand l'un des associés, Phillip Russo, lui avait confié ce compte parce qu'il avait trop de projets en cours, il lui avait dit qu'il n'y avait personne d'autre à qui il ferait confiance pour s'en occuper. Elle était « capable », avait-il dit. Phillip Russo n'était pas généreux en compliments, c'était le moins que l'on puisse dire. Leigh croyait fermement qu'il lui avait fait confiance parce qu'elle incarnait l'excellence. Son éthique de travail était incroyable, et elle le savait. Il en avait été ainsi toute sa vie. En grandissant, alors que sa sœur avait lutté, passant d'innombrables heures avec des professeurs particuliers (la tentative de leurs parents pour la garder à la maison), Leigh avait été une étudiante sans problèmes. Elle avait passé ses vendredis soir à étudier, tandis que Meredith s'éclipsait après le couvre-feu pour faire on ne savait quoi avec sa bande de rebelles. Leigh avait suivi les règles et cela avait porté ses fruits.

Leigh avait quarante minutes à perdre. En faisant les cent pas sur le trottoir animé, elle vérifia son téléphone pour voir si elle n'avait pas manqué un appel de Meredith. Rien. Elle aurait dû savoir que rien ne servait de regarder.

Au fil des ans, Leigh avait essayé de parler à sa sœur, mais Meredith abrégeait leurs appels, lui disant qu'elle devait partir. Si Leigh savait où Meredith se trouvait en ce moment, elle l'aurait trouvée, mais Meredith était une nomade, qui voyageait à travers les États-Unis avec quelques centimes en poche, prenant toujours des petits boulots pour joindre les deux bouts. Aux dernières nouvelles, elle était serveuse quelque part sur la côte ouest. Même l'indicatif de son numéro de portable était énigmatique : 470, la Géorgie. Leigh ne savait pas que sa sœur avait visité cet État, et encore moins qu'elle y était restée assez longtemps pour y enregistrer un nouveau téléphone portable.

Leigh avala la dernière goutte de son café, l'amertume lui brûla l'estomac. Elle ne s'arrêtait jamais assez longtemps pour prendre son petit déjeuner ; elle prenait toujours un café sur le chemin du bureau, mais aujourd'hui, mélangé à sa nervosité après l'appel déroutant de sa mère la veille au soir et à la présentation de ce matin, il lui rongeait les entrailles comme de l'acide de batterie.

– J'ai quelque chose à vous dire, les filles, lui avait annoncé sa mère, Katherine, la veille au téléphone, alors que Leigh se préparait pour sa présentation.

– C'est important. Je n'arrive pas à joindre Meredith. Tu penses pouvoir la faire venir et me retrouver au chalet ?

– Tu vas bien, maman ? avait demandé Leigh, inquiète d'apprendre que quelque chose n'allait pas.

Depuis la crise cardiaque et la mort subite de son père, la santé de sa mère était la première chose qui lui venait à l'esprit chaque fois que celle-ci l'appelait à l'improviste comme ça.

– Oui. Je vais bien.

Des années auparavant, lorsque Katherine avait enfin commencé à digérer son chagrin, suffisamment pour affronter un retour au chalet, elle s'apprêtait à trier les affaires de Nan avec leur père qu'il avait eu une crise cardiaque. Katherine n'avait plus parlé de se rendre au chalet après cela. Leigh s'était battue avec l'idée d'y retourner. Finalement, elle n'avait pas pu le faire non plus. Le chalet avait été son refuge et la source de son bonheur, la matière de ses rêves de jeunesse. Si elle entrait dans cette maison, elle devrait inévitablement revivre les souvenirs du temps passé avec Nan, allongée sur le hamac avec elle pour regarder les étoiles, lorsqu'elle l'entendait rire comme si des bulles s'élevaient dans le ciel. Tout cela avait été trop difficile à gérer.

Leigh jeta la tasse de café vide dans la poubelle située juste à droite des portes vitrées surdimensionnées, ce qu'elle faisait tous les jours depuis quatre ans. Avec le temps, elle avait perfectionné le lancer, réalisant un coup qui aurait impressionné n'importe quel joueur de l'équipe de basket-ball des New York Knicks. Elle tira sur la lourde porte, quittant le froid pour pénétrer dans l'étendue du hall, puis sortit ses Manolo Blahnik de son sac à main et changea de chaussures. Sa nouvelle paire de talons hauts claqua contre les carreaux de marbre blanc brillant tandis qu'elle rangeait ses chaussures plates dans son sac et se dirigeait vers les ascenseurs qui l'emmèneraient au vingt-cinquième étage.

Elle se précipita vers les bureaux de McGregor, saluant sa meilleure amie Julie à la réception, en essayant de ne pas laisser la vision de Julie en train de rire avec leur nouvelle collègue, Rebecca Mayer, entamer son humeur. Rebecca était arrivée quelques semaines auparavant avec une liste d'anciens clients qui remplirait tout le couloir du bureau de

Leigh si elle était mise bout à bout. Leigh avait considéré comme un signe du destin le fait qu'on lui ait confié ce compte avant que Rebecca ne commence à travailler chez McGregor. Mais le fait que Phillip Russo l'avait choisie signifiait qu'il s'attendait à ce qu'elle décroche ce client. Et si ce n'était pas le cas… elle n'avait même pas besoin d'y penser. Elle le décrocherait.

Leigh devait se concentrer. Réglée comme une horloge, elle arrivait vingt minutes à l'avance à ses réunions pour pouvoir boire une bouteille d'eau, se blanchir les dents et relire ses notes, un rituel qui lui donnait toujours confiance dans ce genre de situation. Elle avait déjà participé à plusieurs réunions importantes et avait réussi à chaque fois, si bien que ses résultats étaient impeccables.

Elle posa son sac contre le mur de la salle de conférences, se dirigea vers le réfrigérateur du bureau – une élégante boîte en acier inoxydable dotée d'une façade en verre, présentant les dernières boissons à la mode pour leurs clients – et prit une bouteille d'eau. En dévissant le couvercle, elle chassa le goût persistant du café dans sa gorge et sortit ses notes de son sac, et les rangea soigneusement à sa place à la table de conférence.

Elle connaissait ce client sur le bout des doigts : Park West Securities, une société d'investissement privée en plein essor qui avait connu une croissance plus rapide que n'importe laquelle de ses concurrentes dans le pays. Ils s'étaient lancés avec seulement dix employés et avaient connu une croissance régulière et solide jusqu'à atteindre le nombre stupéfiant de deux cents employés en six ans seulement. La société d'investissement, propriété du PDG Mark Shuster, avait la cote auprès des célébrités et des superstars de la boîte.

Cette entreprise avait le choix de la personne qui s'occuperait de son expansion. Les étoiles s'étaient alignées et les avaient conduits à McGregor Consulting, jusqu'à atterrir directement sur les genoux de Leigh. Et elle était prête à les convaincre. Elle alluma l'écran au bout du bureau, le logo de la société s'anima et tourna dans un motif géométrique en trois dimensions, puis posa la télécommande à côté de ses notes et de son ordinateur portable.

Julie arriva avec un plateau d'argent chargé de poppers au homard tout juste grillés avec des œufs Bénédicte que Leigh avait commandés chez Cleo, le restaurant haut de gamme situé en bas de la rue. Elle pouvait toujours compter sur Julie pour assurer. Elles s'étaient rencontrées trois ans auparavant, lorsque Julie avait rejoint McGregor. Elles étaient les deux seules femmes du cabinet et étaient devenues rapidement amies.

Julie posa les poppers sur la table, ainsi qu'une pile d'assiettes blanches pour les hors-d'œuvre, une paire de pinces de service et des serviettes de table en tissu. Leigh n'avait jamais vu un client manger les poppers pendant une réunion, mais elle avait vu l'étincelle dans leurs yeux, alors elle les commandait à chaque fois, et elle fixait toujours ses réunions le matin. Les jeudis étaient propices à ce type de rendez-vous – les clients étaient d'humeur un peu plus détendue avec l'imminence du week-end, et ils ne voulaient pas non plus y passer trop de temps après avoir presque terminé une semaine de travail bien remplie. Cela signifiait un oui rapide.

– Tout est prêt ? demanda Julie comme elle l'avait toujours fait, bien que Leigh ait senti qu'elle était prête.

Elle détecta une étrange raideur dans la voix de son amie.

– Je suis aussi prête que possible, répondit-elle en essayant de comprendre pourquoi Julie se montrait si nerveuse.

Elle ne pouvait pas être nerveuse pour elle à cause de ce client. Leigh savait que Julie n'aurait aucune idée de l'identité de la personne qui arriverait. Il se passait trop de choses dans l'entreprise pour qu'elle puisse savoir qui serait où, et elles ne parlaient jamais de travail pendant leurs soirées, alors Leigh n'en avait pas parlé. Elle lui en parlerait plus tard...

Julie se dirigea vers la porte.

– Bonne chance.

– Merci, dit Leigh en sortant ses bandes blanchissantes de son sac à main et en les faisant glisser sur ses dents.

Elle ébouriffa ses cheveux et appliqua une fine couche de brillant sur ses lèvres avant de parcourir ses notes une dernière fois. Elle répéta mentalement sa phrase d'ouverture, son discours et le moment final où elle dirait « Et qui serait mieux que nous ? ». Il était temps de se lancer et que la magie opère.

Il ne lui restait plus que deux minutes pour redresser son blazer, retirer discrètement les bandes blanchissantes avec une serviette de table, mettre le tout en boule et la jeter à la poubelle, et tourner le plateau juste comme il fallait pour s'assurer de la qualité du produit.

Le soleil qui entrait par la grande baie vitrée se reflétait parfaitement sur elle : pas d'éblouissement, juste un peu de brillance. Phillip passa rapidement devant la pièce, jetant un coup d'œil à l'intérieur, et elle lui fit un signe de tête confiant. Elle était dans son élément.

Son téléphone sonna dans son sac, et elle s'empressa de l'ouvrir pour éteindre le son, quand le nom s'affichant sur l'écran l'arrêta net : *Meredith*. Argh, sa sœur ne l'avait littéralement jamais rappelée du premier coup. Étant donné les tentatives infructueuses de sa mère pour la joindre et le fait qu'elle n'avait aucune idée de la date à laquelle Meredith se manifesterait de nouveau, Leigh devait répondre, mais elle n'y parvenait pas. Le cœur battant dans la poitrine, elle mit l'appel en silencieux, ferma son sac et redressa son tailleur.

Une minute.

La porte vitrée de la salle de conférences s'ouvrit et Leigh s'illumina en se retournant.

– Oh. Hé, dit-elle à Julie qui se tenait seule, se demandant pourquoi elle était venue avant les clients au lieu de les accompagner.

Julie savait que Leigh était prête.

– Désolée, Leigh, dit-elle en tenant toujours la porte ouverte d'une main tout en flottant dans l'embrasure. M. Russo vient de passer à mon bureau et m'a demandé de te dire qu'il avait décalé la réunion.

– Vraiment ?

Leigh craignait déjà que les poppers au homard ne refroidissent et elle doutait sérieusement de pouvoir passer une autre commande pour plus tard dans un délai aussi court.

– À quelle heure ?

– C'était il y a une heure, dit Julie, distante.

– Je l'ai ratée ? souffla Leigh, tandis que le sang quittait son visage, laissant ses joues glacées.

Normalement, Julie se serait empressée de lui adresser un sourire empathique, lui promettant qu'elles iraient prendre un verre juste après le travail et qu'elles se débarrasseraient de ce problème de timing. Au lieu de cela, elle détourna le regard. Mais…

Puis elle sourit quand Rebecca passa. Pas seulement un simple sourire amical, mais comme si elles partageaient une blague d'initiés dans une compréhension mutuelle. Rebecca pointa son doigt manucuré à l'ongle rouge vers Julie par-dessus son épaule et l'interpella :

– La nuit dernière n'était pas de ma faute !

Et, sur ce, Julie s'esclaffa. Sa meilleure amie était-elle sortie avec Rebecca Mayer la veille ?

– Tu ne l'as pas ratée, dit Julie en reprenant leur conversation une fois que la némésis de Leigh fut passée, mais elle se montrait de nouveau sournoise et maladroite.

– Ne t'inquiète pas. Phillip a dit que les clients avaient accepté.

– Comment, alors que je n'étais pas là pour conclure l'affaire ?

Julie croisa finalement son regard.

– Rebecca l'a fait.

Sa bouche resta ouverte.

Rebecca. Ce n'était pas une question, mais une déclaration. Rebecca-avec-la-liste-des-victoires avait pris son client. Correction : on lui avait *donné* son client. Et Phillip n'avait même pas pris la peine de s'arrêter tout à l'heure pour le lui annoncer en personne. Au lieu de cela, il était allé jusqu'au bout du couloir et avait dit à Julie de lui communiquer la nouvelle. Julie était-elle au courant ?

Elle n'avait pas pu…

– A-t-il dit pourquoi il a demandé à Rebecca plutôt qu'à moi de les rencontrer ? demanda-t-elle, essayant de comprendre tout cela, se creusant soudain la tête pour trouver ce qu'elle aurait pu faire pour le faire changer d'avis.

Elle avait dit quelque chose de légèrement osé à Phillip à propos du groupe Macey il y avait quelques jours, mais il avait ri à sa blague… Et puis il y avait eu cette discussion dans le couloir sur les mérites de leur nouveau logiciel immobilier numérique. Avait-elle dit quelque chose qui l'avait offensé ?

– J'aurais pu facilement arriver plus tôt.

Julie haussa les épaules d'un air impuissant, lisant clairement le stress sur le visage de Leigh.

– Je vais aller lui demander pourquoi il ne m'a pas appelée, dit-elle en empilant les ustensiles et les serviettes pour les poppers au homard sur le dessus de ses affaires.

– Tu ne peux pas, déclara Julie. Il est sorti pour une réunion qui va durer toute la journée.

– Voilà qui est clair.

Ses épaules s'affaissèrent tandis qu'elle glissait son ordinateur portable dans sa sacoche.

– Au moins, tu as un peu de temps pour rassembler tes idées ? dit Julie avec un demi-sourire.

Est-ce que Leigh en faisait trop ? Que se passait-il ? Soudain, la maladresse de son amie prit tout son sens. Elle avait dû être prise entre deux feux. Julie lui aurait tout dit. Mais pas ici. Leigh pourrait sortir avec elle ce soir et découvrir tous les détails, puis elle pourrait élaborer son plan pour revenir dans les bonnes grâces de Phillip.

– Ce problème mis à part, il fallait quand même que je lui parle pour l'avertir de mon départ ce week-end, dit-elle à Julie. Plutôt que de l'inscrire dans le calendrier de l'entreprise, je voulais lui dire personnellement que je prends un congé la semaine prochaine.

– Je ne t'ai jamais vue prendre un jour de congé.

– C'est une urgence familiale.

Elle n'était pas sûre que ce soit une urgence, mais il valait mieux que ça le soit, étant donné qu'elle était clairement en froid avec son patron.

– Maintenant que j'y pense, ce n'est peut-être pas le meilleur moment pour mentionner que j'ai besoin de quelques jours, puisqu'il est déjà en train de réaffecter mes clients.

Elle cliqua sur l'écran et posa la télécommande au centre de la table.

– Peut-être qu'il suffit de le glisser discrètement dans le calendrier…, suggéra Julie.

– Oui, dit-elle, encore sous le choc du brusque changement de plan de Phillip.

Leigh n'avait *jamais* rien vécu de tel au travail et la déception la frappa de plein fouet. Rebecca était clairement une superstar, mais Leigh ne l'était-elle pas aussi ? Avait-elle atteint son apogée dans l'entreprise ? Rebecca était-elle la nouvelle Leigh améliorée ? Leigh 2.0 ? Si c'était le cas, où cela la mènerait-il ?

Elle se sentit soudain essoufflée et étourdie. Elle rassembla le reste de ses affaires.

– Je vais sortir un peu, prendre l'air.

Elle tendit à Julie les poppers au homard.

– Tu peux les prendre.

– Merci, dit Julie. Je les mettrai dans le salon.

– D'accord.

Leigh sortit son téléphone et enfila son sac en bandoulière. Puis, avec un signe de la main à Julie, elle quitta le bâtiment sans avoir la moindre idée de l'endroit où elle allait, au sens figuré comme à cet instant précis.

Chapitre 2

– C'est Meredith ! Vous êtes tombé sur ma boîte vocale, je suis donc manifestement partie faire un truc incroyable. Laissez-moi un message.

– Meredith, c'est encore Leigh, dit-elle en faisant les cent pas sur le trottoir devant son appartement.

Elle avait erré jusque-là alors qu'elle essayait encore de comprendre ce qui s'était passé ce matin.

– Je suis désolée d'avoir manqué ton appel. J'étais en… réunion. Rappelle-moi, s'il te plaît.

Elle raccrocha, entra à l'intérieur de l'immeuble et prit l'ascenseur jusqu'au huitième étage, chez elle.

En entrant dans son appartement, Leigh enleva ses chaussures et laissa tomber ses talons et son sac à main sur le tapis, ainsi que la sacoche de l'ordinateur portable qui commençait à ressembler à un bloc de pierre avec une sangle. Elle posa le téléphone sur la petite table basse qui contenait un bol en céramique aux couleurs vives que Nan avait conçu pour l'une de ses lignes de poterie, les derniers magazines de décoration intérieure et un roman non lu qu'elle avait essayé de commencer, mais sans trouver le temps, et s'affala sur le canapé, en essayant de ne pas s'apitoyer sur son sort.

Son téléphone bipa, ce qui la ramena en position assise. Elle l'attrapa et jeta un coup d'œil à l'écran : *Tu as eu Meredith ? Je n'arrive toujours pas à la joindre.*

C'était sa mère.

Pas encore, répondit-elle.

Un autre message s'afficha sur son écran : *Continue d'essayer. Elle doit venir au chalet.*

Leigh répondit : *Tu sais que j'essaie.*

Le fait que sa mère ait choisi la maison du lac comme lieu de rencontre était intéressant. Qu'est-ce que le chalet de Nan avait à voir avec ce que sa mère avait à leur dire ? Retourner là-bas serait déjà suffisant, sans cette nouvelle mystérieuse.

Les meilleurs souvenirs de Leigh concernant la maison au bord du lac remontaient à l'époque où Meredith et elle étaient petites filles. Le chalet au bord de l'eau était dans la famille depuis que ses grands-parents l'avaient acheté dans les années 1960. Après le décès de leur grand-père, Nan s'était retrouvée à vivre seule, et elle s'était réjouie de voir ses petites-filles à chaque période de vacances.

Leigh avait passé de longs étés à courir pieds nus sur les vieux sentiers. Les chemins envahis par la végétation de Willow Swamp Loop étaient ses préférés. Dans leurs premières années, Meredith et elle faisaient la course le long de la berge, et Leigh s'arrêtait toujours pour reprendre son souffle sur la promenade qui traversait le marais. L'air humide de l'été du Tennessee était si épais qu'il formait des gouttelettes d'eau sur sa peau brûlante et arrosait ses cheveux blonds, provoquant l'enroulement en spirale des cheveux de sa sœur en mèches folles et crépues. Elles couraient jusqu'à la maison et sautaient dans le lac, et l'eau fraîche apportait un soulagement instantané aux températures constamment chaudes de l'été.

Après le dîner, la peau encore tiède et rose d'avoir passé toute la journée au soleil, pendant que Meredith était partie de son côté pour fabriquer les derniers bijoux en corde tressée ou griffonner dans l'un de ses millions de carnets, Leigh s'asseyait sur la véranda grillagée qui s'étendait à l'arrière de la maison et observait les oiseaux avec Nan, en les cherchant dans le livre d'images sur les espèces d'oiseaux qu'ils gardaient au chalet. Il y avait tellement d'oiseaux le long du lac qu'elle aurait pu les étudier pendant des heures avec les vieilles jumelles qui se trouvaient sur le bureau depuis aussi longtemps qu'elle s'en souvenait.

Leigh fit apparaître le numéro de Meredith dans ses contacts et appuya sur « appeler », mais, une fois de plus, elle tomba sur la boîte vocale de sa sœur.

– Meredith, je vais remplir ton répondeur jusqu'à ce que tu me rappelles.

Elle laissa tomber le téléphone sur le coussin du canapé, décidée à se rendre au chalet. Il était temps d'y retourner. Vivre sans le chalet était aussi difficile que de savoir ce que Leigh allait devoir faire en y retournant. Elle ne savait pas ce que ce serait de traverser la maison et de ne pas voir Nan s'approcher d'elle en s'essuyant les mains sur son tablier et lui tendre un verre de limonade fraîche et un sandwich aux tomates qu'elle avait préparé avec les tomates de son jardin. La maison serait vide de son sourire, de sa douce façon de faire en sorte que tout aille bien.

Leigh s'adossa au canapé, mais elle se sentait agitée. Peut-être était-ce dû au café ou au fait qu'elle ne se sentait pas prête à aller travailler aujourd'hui. Alors qu'elle attendait que sa sœur la rappelle, de vieilles réminiscences douloureuses sur le tour qu'avaient pris les choses avec Meredith apparurent et lui donnèrent mal à la tête. Elle devrait pouvoir parler à sa sœur quand elle en avait besoin. Leigh avait travaillé si dur toute sa vie pour s'assurer que tout ce qu'elle faisait était une réussite. Mais elle avait beau essayer, elle n'arrivait pas à comprendre sa relation avec sa sœur.

La jeune femme ferma les yeux pour les reposer, espérant atténuer les battements de ses tempes, et finit par s'assoupir. Dans sa semi-conscience, elle était de retour au chalet, dans l'atelier d'art de sa mère, une petite pièce aux larges fenêtres laissant entrer des tonnes de lumière, sur le côté de la maison qui avait vue sur les bois. Des chevalets flanquaient chaque mur, supportant de grandes toiles peintes de scènes du lac ou représentant les villes européennes préférées de sa grand-mère.

– Tout le monde a de l'art en soi, avait-elle dit à Leigh.

Mais cela n'avait toujours pas de sens pour elle. Pour elle, la peinture était une sorte de code étranger qu'elle n'arrivait pas à déchiffrer. Ce jour-là, elles n'étaient que toutes les deux. Meredith était partie retrouver ses amis, mais Leigh était restée au chalet comme elle le faisait toujours.

– Il est simplement plus profondément enfoui chez certains que chez d'autres.

– Je ne pense pas, avait rétorqué Leigh.

– Je ne sais même pas bien dessiner un bonhomme patate.

Avec un petit rire complice, Nan avait posé son pinceau, s'était essuyé les mains sur le tablier en toile noué autour de sa large taille et avait ouvert l'une des fenêtres, et les mèches autour de son chignon s'étaient envolées au gré de la brise.

– Ferme les yeux, avait-elle dit.

Debout au milieu de la pièce, Leigh avait obtempéré.

– Qu'est-ce que tu remarques qui n'était pas là avant que je n'ouvre la fenêtre ?

Les yeux fermés, Leigh s'était concentrée sur l'arôme de terre des bois.

– Je sens l'odeur des arbres.

– Quoi d'autre ? avait demandé sa grand-mère, la joie dans sa voix étant évidente.

– Les cigales.

Leur bourdonnement fort et électrique remplissait ses oreilles. Elle avait ouvert les yeux et découvert Nan qui souriait d'une oreille à l'autre.

– C'est de l'art, ma chérie. C'est simplement remarquer ce qui t'entoure et l'exprimer. Ta façon unique de lui donner vie est ton talent, ton art…

Leigh ne savait pas s'il s'était écoulé dix minutes ou une heure lorsque son téléphone sonna. Elle roula du canapé sur le sol de son appartement avec un bruit sourd, essayant de l'atteindre rapidement au moment où le nom de Meredith apparut.

– Allô ? dit-elle en se frottant les yeux.

– Salut.

La voix de Meredith traversa le téléphone avec calme et sérénité. Toutes deux se rencontrèrent, comme si elles s'étaient parlé une semaine avant, alors que cela faisait deux ans qu'elles ne s'étaient pas dit un mot.

Leigh prit une grande inspiration pour stabiliser sa respiration.

– Peux-tu venir au chalet ?

– Pourquoi ? Qu'est-ce qu'il y a ?

Lorsque leur mère avait dit qu'elle faisait le voyage de leur maison d'enfance de Spring Hill jusqu'au chalet de Nan et qu'elle avait demandé à Leigh d'y aller, cette dernière l'avait immédiatement noté dans son calendrier, lui disant qu'elle serait là. Meredith avait-elle vraiment besoin d'une explication pour venir ?

– Maman a quelque chose d'important à nous dire et elle veut le faire en personne.

Au bout de la ligne, un silence s'éternisa, et juste au moment où la frustration de Leigh envers sa sœur commençait à monter, Meredith demanda finalement :

– Quand veut-elle que nous venions ?

– J'ai dû réorganiser mon emploi du temps, mais je prévois de partir demain midi si je peux terminer mon travail, et de rester une semaine ou deux, en fonction de ce qu'elle a à dire.

– Tu veux que j'y aille la semaine prochaine ? demanda Meredith, comme si la demande était complètement déraisonnable.

Leigh roula des yeux et aspira une bouffée d'air pour calmer ses nerfs déjà à vif. Si Leigh parvenait à s'absenter si rapidement du travail dans une entreprise comme McGregor, à déplacer les clients et les réunions internes, à les caser pendant ses déjeuners et à rentrer plus tôt les semaines suivantes, sa sœur à la dérive pourrait certainement trouver quelqu'un pour couvrir son stand de bijoux sur la promenade, ou quelle que soit son activité actuelle.

– Oui, la semaine prochaine, dit-elle en essayant de rester posée.

De nouveau le silence.

Un autre appel retentit sur le téléphone de Leigh, et elle l'éloigna de son oreille pour voir l'auteur de l'appel : Phillip Russo. Bien qu'elle ait besoin de lui parler, il n'était pas question qu'elle raccroche le téléphone avec Meredith avant d'obtenir sa réponse.

Elle se pinça l'arête du nez, sentant son mal de tête refaire surface.

– Alors, tu viendras ?

– J'imagine.

Les épaules de Leigh se crispaient déjà à l'idée de la tension qui régnerait dans ce chalet avec elles trois sous le même toit.

– Merci, dit-elle, en essayant d'être la personne la plus adulte. Quel jour prévois-tu d'arriver ?

– Je ne sais pas. Je dois régler quelques détails.

– Eh bien, fais-le savoir à l'une d'entre nous.

– OK. Bon, je dois y aller.

– Oui, moi aussi.

Après tout, Leigh faisait la sieste sur son canapé alors qu'elle devrait être au travail, et alors que son patron l'avait appelée sans pouvoir la joindre. Il fallait absolument qu'elle y aille.

– À plus tard, dit Meredith.

Leigh raccrocha le téléphone et retrouva immédiatement le numéro de Phillip. Elle avait probablement mal interprété les choses et il avait sans doute appelé pour s'excuser personnellement d'avoir déplacé la réunion. Elle lui dirait qu'il pouvait toujours l'appeler en dehors des heures de bureau et qu'elle se ferait un plaisir d'arriver tôt, de rester tard… tout ce qu'il faudrait. Pas besoin de demander à quelqu'un d'autre. Comme Rebecca. Leigh aurait tout sous contrôle à n'importe quelle heure.

Il répondit dès la première sonnerie, et elle se sentit instantanément soulagée. Il était temps d'éclaircir ce petit malentendu.

– Leigh, dit-il directement.

– Bonjour Phillip, dit-elle en redressant les épaules, comme s'il était dans la pièce avec elle.

– Je suis désolé…, commença-t-il.

Un sourire se répandit sur le visage de Leigh et elle ouvrit la bouche pour lui dire qu'il n'avait pas besoin de s'excuser, quand quelque chose de tout à fait différent se produisit sur son téléphone.

– Nous resserrons notre équipe de talents et allons prendre une direction différente, déclara-t-il. J'ai discuté avec la direction et nous réorganisons les services. Rebecca sera notre nouvelle responsable.

Leigh resta bouche bée. Allait-elle maintenant travailler *sous les ordres de Rebecca* ? Il se racla la gorge.

– Nous dissolvons l'équipe actuelle.

Que voulait-il dire ?

– Vais-je prendre un nouveau poste sous la direction de Rebecca ? demanda-t-elle carrément, l'estomac retourné.

– Non… Nous te laissons partir.

– Quoi ?

Le mot était tombé comme un sac de pierres lourdes. Elle avait donné à McGregor Consulting chaque minute de son temps depuis qu'elle avait été embauchée. Il avait dit qu'elle était « capable ».

– Nous pensons que Rebecca sera une vraie battante. C'est une star.

Sa dernière phrase la frappa comme une boule de démolition. Alors qu'elle avait toujours pensé que Phillip Russo était avare d'éloges, avait-il seulement été avare d'éloges *à son égard* ? Ses mains tremblaient autour du téléphone, elle était incapable de prononcer un seul mot. Pendant tout ce temps, elle avait pensé qu'elle faisait un travail remarquable, alors que son patron avait clairement une opinion différente. Cela l'amena instantanément à remettre en question ses capacités et même la pertinence de la carrière qu'elle avait choisie.

– Tu toucheras une indemnité de départ, ajouta-t-il. Et si tu as des questions, n'hésite pas à m'envoyer un e-mail directement.

– D'accord, dit-elle en ayant l'impression d'être sous l'eau, et que les mots sortaient presque dans un murmure.

Il mit fin à l'appel, et elle resta assise dans le silence de son appartement, incapable de bouger, le téléphone toujours serré dans son poing. Les mains tremblantes, ne sachant que faire, mais voulant parler à quelqu'un qui comprendrait, elle appela le portable de Julie. Il sonna quatre fois avant que son amie ne décroche et qu'elle ne puisse lui raconter ce qui venait de se passer.

– Désolée, Leigh, dit-elle, comme si elle était préoccupée par autre chose.

Elle *était* au travail, après tout.

– Je n'arrive pas à y croire, poursuivit Leigh. Mais je vois bien que tu es occupée. Tu veux qu'on aille boire un verre ce soir et qu'on en parle ensuite ?

– Je…

Julie s'interrompit. Le silence s'étirait un peu trop longtemps et devenait inconfortable pour Leigh, quand son amie reprit finalement la parole.

– Je suis désolée, Leigh. Je ne peux pas.

– Un jeudi soir ? Qu'est-ce qu'il y a ? demanda-t-elle, en essayant de ne pas ressembler à quelqu'un au bord de la crise de nerfs.

– Rebecca et moi sortons ensemble ce soir.

– Oh, dit-elle en essayant d'ignorer la trahison. Peut-être pouvons-nous nous retrouver après ?

– Je ne sais pas… je suis un peu occupée.

Et juste comme ça, sa meilleure amie l'avait également renvoyée.

– D'accord, dit-elle en essayant de ne pas tomber dans les sanglots. À… à plus tard.

– À plus tard.

La ligne coupa.

Elle attendait l'inspiration terrifiée, le souffle haletant qui la réveillerait de cet horrible cauchemar, mais il ne vint jamais.

Chapitre 3

Trois heures. C'était tout ce qu'il lui avait fallu pour prendre l'avion le matin et atterrir à Nashville, dans le Tennessee, un monde totalement différent de celui dans lequel elle avait vécu ces quatre dernières années.

Leigh avait laissé son nouveau tailleur suspendu dans le placard de son appartement.

Elle s'était retrouvée au volant de la Honda qu'elle avait louée, les fenêtres baissées, tandis que la brise soufflait, avec la ligne d'horizon de Music City dans son rétroviseur, alors qu'elle roulait sur quarante kilomètres en amont, parallèlement à la rivière Cumberland, en direction du lac Old Hickory.

Elle cliqua sur les stations de radio. La musique country qu'elle avait écoutée en grandissant la ramenait à l'époque de sa jeunesse. Cela faisait trop longtemps qu'elle n'était pas venue ici, et elle avait l'impression que les alentours l'observaient, se demandant où elle était passée. Chaque vue lui était familière et chaque bâtiment qui passait la rapprochait un peu plus du chalet, de sa famille brisée et de tout ce qu'elle avait laissé derrière elle. Elle ne quittait pas la route des yeux, se concentrant sur la circulation plutôt que sur ses pensées.

Le printemps à Nashville était arrivé comme un lion, le soleil s'était embrasé comme si la chaleur avait piétiné la porte de l'hiver et fait irruption. Le soleil du début d'après-midi était déjà brûlant, traversant le pare-brise de biais, chauffant les jambes nues de Leigh, que son short ne pouvait protéger.

Elle monta l'air conditionné, mais il s'effaçait devant le vent doux et humide qui entrait par les fenêtres ouvertes. Bien qu'il fasse vraiment trop chaud pour garder les fenêtres ouvertes, elle n'avait pas envie de les fermer. Ses cheveux qui voletaient lui donnaient un sentiment de liberté qu'elle n'avait pas ressenti depuis longtemps. Elle avait besoin de toute la paix possible, compte tenu de ce qu'elle venait de vivre et de ce qui l'attendait.

Quand elle était toute petite, l'idée que Leigh se faisait du bonheur était simple : elle voulait être maman, c'était tout. Elle s'était promenée avec ses poupées, les avait soignées, leur avait raconté des histoires et s'était assurée qu'elles avaient leur bouteille en plastique à l'heure des repas. Mais en grandissant, une force invisible l'avait éloignée de cette idée de famille et avait placé quelque chose devant : l'ambition. Sa capacité à obtenir de bonnes notes et à plaire aux autres universitaires autour d'elle avait perpétué cette idée, et avant qu'elle ne s'en rende compte, ses poupées n'étaient plus qu'un rêve d'enfant. Elle était arrivée là où elle voulait être d'un point de vue professionnel, mais il y avait toujours ce murmure au fond de son ventre qui disait qu'il lui manquait quelque chose. Elle voulait cette famille parfaite où elle pourrait courir vers Meredith et sa mère et leur raconter tous ses secrets. Elle voulait de grands Noëls ensemble, avec plein d'enfants, de longues discussions autour de verres de vin, des soirées entre filles au coin du feu. Mais sa petite famille était différente.

Chaque fois qu'elles avaient essayé de faire des choses en famille, comme des dîners, Leigh et Meredith étaient inévitablement en désaccord sur un sujet, et elles restaient silencieuses et mal à l'aise jusqu'à ce qu'elles n'en puissent plus, quand Meredith s'excusait et partait en courant vers une destination inconnue. Leur père se repliait sur lui-même, se cachait derrière son journal, ne sachant pas comment réunir sa famille. Quant à Leigh et à sa mère, elles se retiraient dans différentes pièces de la maison et vaquaient à leurs occupations. Il n'était pas facile de communiquer avec Meredith. Leigh priait pour que ce voyage ne se termine pas en scission, avec elle et sa mère d'un côté et Meredith de l'autre, ce qui était généralement le cas lors de toute discussion entre elles trois.

Tout en conduisant, Leigh revécut la journée de la veille et le sentiment d'échec qui l'avait envahie lorsqu'elle avait perdu son emploi au profit de Rebecca. Elle avait passé la majeure partie de la nuit à se remémorer mentalement sa carrière et à la comparer à ce qu'elle savait du parcours de sa nouvelle collègue, mais elle n'arrivait pas à comprendre pourquoi Phillip l'avait considérée comme jetable. Et elle se disait que si elle n'arrivait pas à comprendre pourquoi, c'était peut-être ça le problème. Même sa meilleure amie ne la défendait pas. Il n'y avait qu'une seule conclusion : Leigh n'était pas consciente de ses propres défauts. Elle s'était construite dans sa tête comme une personne qui réussissait à merveille, alors qu'en réalité, était-ce le cas ? Si elle ne réussissait pas professionnellement, elle ne savait pas qui elle était.

Leigh passait tout son temps au travail, c'est ainsi que Julie était devenue sa confidente, la seule personne capable de la comprendre, mais Leigh se demandait maintenant si c'était bien vrai. Dès que quelqu'un d'autre s'était présenté, son amie l'avait quittée. Elle s'était soudain demandé ce qu'elle avait manqué pendant tout ce temps passé à travailler.

Nan aurait pu lui dire qui elle était. Ses yeux se plissaient aux coins, puis elle lâchait une phrase qui donnait l'impression que tout était facile. C'était Nan.

– La vie, c'est tout le voyage, disait-elle. Pas les arrêts en cours de route. Ils sont juste conçus pour te permettre d'arriver à destination.

Sans les conseils bienveillants de Nan, comment Leigh pourrait-elle remettre sa vie sur les rails ? Et, dans l'immédiat, comment allait-elle gérer son absence au chalet ? Si seulement Nan pouvait être là pour elle au moment où elle en avait le plus besoin... Mais alors que Leigh ressentait une incroyable appréhension à l'idée de retourner au lac, il y avait aussi quelque chose qui l'y attirait, comme si le fait de retourner à l'endroit qu'elle aimait pouvait aplanir toutes les rides de sa vie. Quand elle se réveillait dans le grand lit à armature en fer, sous les édredons faits main de sa grand-mère, la fenêtre ouverte, laissant entrer les chants des oiseaux et le tintement des carillons sur le porche arrière du chalet, Leigh se sentait comme intouchable, comme si le monde extérieur ne pouvait l'atteindre.

Nichée contre l'eau, au bout d'une série de chemins de terre sinueux, la maison du lac était cachée du public et isolée parmi les arbres. C'était l'endroit idéal pour s'éloigner de tout. Et c'est l'effet que Leigh espérait que le chalet produirait sur elle cette semaine. Peu importait ce que sa mère avait à lui dire, elle priait pour que le chalet et le souvenir de Nan lui permettent de tenir le coup. Elle avait besoin de se sentir proche de sa grand-mère en ce moment, et il n'y avait pas de meilleur endroit pour cela que le chalet.

Le paysage urbain avait cédé la place à des routes plus étroites, serpentant à travers la campagne vallonnée en direction du lac. Les chemins sinueux étaient ombragés par les arbres, le soleil offrait un éclat à travers les feuilles qui bruissaient dans la brise. Leigh ralentit jusqu'à la limite des trente kilomètres heure et passa devant la vieille ferme où elle avait l'habitude de s'arrêter pour acheter des pêches fraîches sur le chemin de chez Nan. Son propriétaire, Bob Hynes, était assis sur une chaise à bascule sur le porche d'entrée, derrière le stand de produits en bois, vêtu de son habituelle salopette à bavette délavée. L'homme la reconnut dans la voiture, leva une main abîmée par le temps et la salua comme s'il avait attendu qu'elle passe. Elle lui répondit par un signe de la main, laissant la joie de le voir l'envahir. Tandis qu'elle longeait les champs de coton, une girouette isolée au bord de la prairie tournait dans le vent et une vieille balançoire en pneu se balançait sur la branche d'un chêne à proximité. Ces instantanés de la vie méridionale en dehors de la ville constituaient la trame de son enfance. Et ce à quoi elle s'était interdit de penser jusqu'à présent, c'est qu'entre tous les fils de ses souvenirs tissés ensemble, il y avait Colton Harris. Était-il encore là ? Elle ralentit pour s'arrêter à une intersection afin de permettre à un tracteur de traverser.

Assise dans la voiture de location qui tournait au ralenti, elle parcourut les radios et s'arrêta sur une chanson country qu'elle n'avait jamais entendue auparavant et la laissa jouer. L'odeur de la terre et des fleurs de vigne sauvage emplit l'air autour d'elle. Soudain, un papillon monarque, dont les ailes orange vif sont recouvertes d'une magnifique texture blanche et noire, entra par la fenêtre et se posa sur le volant.

– Oh ! Bonjour, lui dit-elle.

Ses énormes ailes battaient d'avant en arrière, tandis qu'il semblait se faire admirer.

– Tu es beau, murmura-t-elle, et elle aurait voulu pouvoir le montrer à Nan.

Sa grand-mère avait un carnet de croquis relié en cuir rempli de dessins de papillons très différents les uns des autres. Chaque fois qu'elle en voyait un nouveau, elle le dessinait et faisait ensuite des recherches sur le type, en notant au crayon son nom et ce qu'elle en pensait. Elle en avait dessiné de tous les types différents : des queues d'hirondelle, un manteau de deuil, des pourpres à pois rouges, des empereurs du micocoulier… Cela aurait pu être son monarque.

Le papillon devant Leigh était tellement hypnotisant qu'elle n'avait même pas remarqué que le tracteur était parti et qu'elle était toujours à l'arrêt. L'insecte battit de ses ailes fines. Puis, aussi rapidement qu'il était venu, il s'envola. Elle l'observa jusqu'à ce qu'il disparaisse dans les bois.

Une voiture arriva derrière Leigh et klaxonna, la faisant sursauter et la forçant à passer à autre chose, mais en conduisant, elle ne put pas s'empêcher de penser à la créature. Les collines qui défilaient devant sa fenêtre, le silence qui l'entourait, le bruit du vent et la lumière chaude du soleil étaient autant d'éléments qui l'apaisaient. C'était comme si elle venait de comprendre comment respirer.

Alors qu'elle poursuivait son chemin sur les routes qui tournaient, elle baissa les yeux sur le GPS de son téléphone, pour se rendre compte que l'écran était devenu noir. Elle le ramassa et le tapota. *Génial.* Le téléphone était mort.

Elle le jeta sur le siège du passager.

Leigh chercha sur le tableau de bord de la voiture de location un moyen de le brancher mais, bien sûr, ce modèle n'offrait pas de prise. La dernière étape du voyage était toujours délicate, toutes les routes se ressemblaient et aucune n'avait de panneaux indicateurs, sans compter qu'elles avaient aussi changé depuis les huit années qui s'étaient écoulées et qu'elle avait fait ce trajet pour la dernière fois. Il y avait des champs là où naguère on voyait des arbres, le vieil érable qui trônait sur le bord de la route en guise de repère avait maintenant disparu. Mais à son grand soulagement, elle approchait de la station-service de Léon, dont elle se souvenait qu'elle était l'un des derniers arrêts avant le lac. Elle pourrait y obtenir des indications. Leigh se gara dans la station, à côté d'une vieille Ford rouge, avec des plaques d'immatriculation « *For Farm Use* » et un chien de chasse bluetick assis sur le siège passager. Le chien l'observa par la fenêtre ouverte du camion pendant qu'elle se dirigeait vers la structure en planches, en boitillant sur le gravier irrégulier avec ses nouveaux talons compensés d'été. Elle passa sous un porche couvert flanqué d'une paire de chaises à bascule usées par le temps et entra, faisant tinter les cloches de la porte lorsqu'elle l'ouvrit.

L'endroit n'avait pas changé depuis son départ. Le bocal à cornichons trônait toujours sur le comptoir avec une pancarte avertissant les clients qu'ils pouvaient eux aussi en prendre un en sortant, pour vingt-cinq cents. L'allée près de la porte était remplie de friandises faites maison par le boulanger local, comme elle l'avait toujours été. Et le bois de chauffage gratuit était toujours empilé près de la porte. La règle tacite était qu'on pouvait prendre deux bûches par jour à condition d'acheter quelque chose au magasin. Leigh n'avait jamais compris pourquoi Léon les donnait, mais elle ne discutait pas. Il était tout à fait normal d'entendre Nan l'appeler :

– Ohé, Leigh. J'ai un dollar dans mon sac. Pourquoi ne t'achètes-tu pas un paquet de chewing-gum et ne prends-tu pas deux bûches chez Léon ?

Un long sifflement silencieux vint de la droite de Leigh, et son cœur s'arrêta. Le son attira son attention sur un homme qui la regardait comme s'il n'avait jamais vu de femme auparavant. À son grand soulagement, il ne lui était pas familier.

Le bonhomme lui fit un clin d'œil avant de se tourner vers le réfrigérateur et d'en sortir une bouteille de limonade, de passer devant elle et de jeter quelques dollars sur le comptoir pour payer sa boisson. Puis il sortit.

– Il ne ferait pas de mal à une mouche, dit Léon de derrière le comptoir, ne la reconnaissant manifestement pas tout de suite, car il suivait l'homme des yeux.

Lui aussi avait la même apparence malgré les années, à l'exception de quelques cheveux gris qui s'étaient formés parmi ses cheveux bruns sur les tempes.

– Colton vous le dirait, pas vrai, Colton ?

Il fit un signe de tête vers le gars qui se trouvait deux allées plus loin. Leigh en eut le souffle coupé. Il *était* là. Cela faisait une éternité, mais son pouls s'accéléra, son cœur faillit sortir de sa poitrine. Au fil des années, il était devenu ce souvenir doré auquel elle tenait tant, et maintenant il se tenait juste là. Une partie d'elle voulait courir vers lui et l'entourer de ses bras comme elle l'avait fait il y avait tant d'années, mais elle savait que leur proximité n'était plus que le fruit de son imagination. Le temps avait fait son chemin entre eux et, alors qu'elle le regardait, la jeune femme avait l'impression d'être une adolescente.

Le garçon qu'elle avait connu n'était plus qu'un murmure dans le passé.

Un souvenir lointain lui revint à l'esprit, celui du jour où elle avait rencontré le jeune garçon torse nu, sa peau bronzée par l'été au lac, le teint pâle. Des cheveux bruns parsemés de mèches dorées. Il était assis sur le quai, ses pieds nus pendant sur le bord, une canne à pêche à la main.

– Qu'est-ce que tu fais ? lui avait demandé Leigh, douze ans, en sautillant vers lui, ce qu'il finirait par lui répéter à chaque fois qu'il la verrait par la suite.

Sur le quai, il avait à peine levé les yeux vers elle, comme si elle l'avait dérangé.

– Je m'appelle Leigh, avait-elle dit en s'asseyant à côté de lui.

Elle lui avait tendu la main comme ses parents lui avaient appris à saluer quelqu'un.

– Enchantée de te rencontrer.

Il ne l'avait pas serrée, la main rivée sur sa canne à pêche. Elle avait remarqué la saleté sous ses ongles.

– Où habites-tu ? avait-elle demandé.

Il l'avait finalement regardée.

– Tu parles beaucoup, avait-il dit, avant de reporter son attention sur le lac et le petit bouchon qui flottait à la surface.

Elle avait balancé ses pieds d'avant en arrière sur le bord, en y réfléchissant. Elle voulait lui dire qu'elle ne pensait pas qu'elle parlait beaucoup, mais ç'aurait été encore parler, alors elle avait choisi de s'asseoir en silence à côté du garçon sans nom.

Le bouchon avait plongé sous l'eau et le garçon s'était redressé, remontant son moulinet jusqu'à ce qu'un minuscule poisson émerge. Il s'était retourné et avait flotté au bout de sa ligne. Visiblement déçu, le garçon avait secoué la tête, retiré le poisson et l'avait rejeté à l'eau. Puis il avait réappâté son hameçon et avait recommencé, lançant la ligne dans la houle du lac.

– Tu vas me dire ton nom ? avait-elle demandé.

Il la fixait, et l'or de ses yeux marron foncé ressemblait à des diamants ardents sur sa peau bronzée. Personne n'avait jamais fait battre son cœur comme ça rien qu'en la regardant.

– Colton Harris, avait-il enfin lâché, en se levant et en remontant sa ligne.

– Ravie de te rencontrer, Colton, avait-elle dit en se levant et en essayant à nouveau, en lui tendant la main.

Il l'avait fixée comme s'il ne savait pas quoi en faire, alors elle avait laissé retomber son bras à ses côtés. Il avait rangé son sac d'affaires et l'avait jeté sur son épaule nue.

– À plus tard, avait-il dit.

Même s'il n'avait pas été très amical lorsqu'elle l'avait rencontré le premier jour, cela ne l'avait pas empêchée d'écrire son nom sur tous ses cahiers.

Elle savait que si elle se mariait un jour, elle voulait que son mari ressemble à Colton Harris.

– Vous habitez dans le coin ? demanda Léon en plissant le nez.

Leigh se racla la gorge.

– Non, je suis juste en visite pour quelques jours. Je, euh, venais ici pour voir ma grand-mère quand j'étais petite, dit-elle, distraite par Colton, qui était maintenant au fond du magasin, en train de sortir un pack de six bières d'une des caisses réfrigérées.

Ses épaules étaient beaucoup plus larges que lorsqu'il était adolescent, son corps plus musclé, mais la racine de ses cheveux était de la même couleur et ses mouvements lui étaient toujours familiers.

– Vous ne vous souvenez pas de moi ?

Léon plissa les yeux avant que ses sourcils broussailleux ne se soulèvent sous l'effet de la surprise, son regard passant de Leigh à Colton avant de se poser à nouveau sur elle.

– Leigh Henderson ? Eh bien, eh bien…

Son regard glissa vers sa chemise en soie, puis remonta sur son visage.

– Tu as grandi, n'est-ce pas ? Comment ça va ?

– Bien, dit-elle, avant de reporter son attention sur l'allée vide où Colton avait disparu.

Elle sursauta lorsque Colton posa la bière sur le comptoir, ainsi qu'un sachet de chips, une boîte d'os pour chiens et une bouteille d'eau, se tenant derrière elle sans dire un mot. L'avait-il reconnue ? De près, il était plus grand que dans ses souvenirs. Ses cheveux étaient plus foncés, il y avait une légère barbe dorée sur ses joues, et de fines lignes au bord de ses yeux qui travaillaient pour lui. Elle surprit son regard qui évaluait son sac de marque et ses talons compensés et le subtil hochement dédaigneux de sa tête alors que le coin de sa bouche se tourna vers le haut lorsqu'il s'adressa à Léon, mentionnant une tempête de pluie qui devait arriver dans les prochains jours.

Alors qu'il était concentré sur Léon, Leigh observa la courbe familière de son visage, la moue naturelle de ses lèvres…

La caisse enregistreuse cracha un reçu pour les affaires de Colton et Léon la contourna pour attraper les articles et les fourrer dans un sac en plastique. Même si elle n'avait aucune idée de ce qu'il fallait dire à Colton maintenant, elle avait espéré entendre ce timbre dans sa voix qui s'adresserait à elle, ce « Qu'est-ce que tu fais ? »

Mais il n'est jamais venu.

– Vous avez besoin de quelque chose, mademoiselle Leigh ? demanda Léon en la tirant de ses pensées.

– Oh, dit-elle en revenant à elle.

– J'ai besoin d'indications pour me rendre à Thicket Lane.

Colton attrapa son sac, et elle put sentir son regard fixe alors qu'il s'éloignait d'elle, et la laissait se demander s'il savait quelle Leigh se tenait en face de lui. Le poids de son silence lui dit que c'était le cas.

– Ça fait des virages en pagaille à partir d'ici, répondit Léon en se caressant le menton. Je pourrais te l'expliquer, mais tu l'oublierais au deuxième virage. Colton, tu dois passer par Thicket, n'est-ce pas ?

Colton s'arrêta au milieu de la porte ouverte. Le sac se balançait le long de son flanc tandis qu'il tenait le pack de six bières au niveau de sa poitrine. Il avait le même regard que lorsque Leigh avait essayé de se présenter, toutes ces années auparavant. Et comme lorsqu'ils étaient enfants, il ne répondit pas à la première question.

– Peux-tu la conduire là-bas ? demanda Léon.

– Le match de printemps a commencé. Le coup d'envoi est dans une heure, dit-il, la voix comme une mélodie oubliée aux oreilles de Leigh.

Léon lui jeta un regard lourd de sens.

– Parfait. Thicket est sur notre chemin, n'est-ce pas ?

La facilité et l'amabilité de Léon avec Colton la frappèrent de plein fouet. Un contraste saisissant avec le rejet qu'elle avait subi de la part de Julie, son amie de bureau superficielle.

Colton se retourna et regarda le chien qui se reposait toujours sur la fenêtre ouverte de la Ford. Le chien leva la tête vers son maître. Puis il la regarda dans le magasin, comme s'il comprenait. Colton haussa les épaules en direction du chien, qui poussa un grand soupir et se redressa.

– Merci, dit Leigh, permettant à son regard de rencontrer enfin celui de Colton en le rejoignant à la porte.

Sa respiration était légère, elle s'imprégnait de ces yeux marron foncé.

– Pour quoi ? demanda-t-il.

Il posa le pack de six bières sur le capot de son camion avec un bruit sourd et fouilla dans le sac, ouvrit la boîte d'os et en sortit un. Il le lança au chien par la fenêtre ouverte et celui-ci l'attrapa en plein vol.

– De me montrer le chemin.

D'après son regard plein de tendresse, avec un soupçon de cette blessure qu'elle avait vue dans ses yeux ce jour-là, il y avait si longtemps, elle était absolument sûre qu'il savait exactement qui se tenait devant lui.

– J'ai dit que j'allais le faire ?

Elle plissa les yeux.

– Non, mais ton chien l'a fait.

Le chien dressa les oreilles.

– Regarde-le, lança-t-elle en s'approchant du camion et en passant la main par la fenêtre. Tu veux m'emmener à Thicket Lane, n'est-ce pas ? dit-elle au chien en lui grattant la tête. Comment s'appelle-t-il ?

Quand elle dit ça, c'était comme si Colton avait soudain une centaine de choses à lui dire, mais qu'il ne se le permettait pas. Il la fixait presque avec incrédulité. Mais ensuite, il sembla glisser vers le moment présent.

– Tu parles beaucoup, dit-il, le coin de sa bouche tressaillant vers le haut.

– J'ai seulement demandé son nom, dit-elle, essayant de contenir la rafale de fous rires qui la comblait parce qu'il se souvenait aussi de leur première rencontre.

– Elvis, répondit-il, et à ce nom le chien se tourna vers lui.

Leigh hocha la tête, amusée. Cela ressemblerait bien à Colton d'avoir un chien qui s'appelle Elvis. Toute sa jeunesse, il avait juré qu'Elvis était le chanteur le plus talentueux de tous les temps, ce qui avait créé des débats houleux avec Meredith chaque fois qu'elle essayait de faire valoir que ce titre revenait aux Beatles.

– Tu as un… *nouveau* camion, dit-elle en observant la peinture délavée de la Ford.

– Oui, répondit-il, sans s'étendre sur le sujet.

Colton ramassa le sac et sa bière et se rendit du côté du conducteur, monta à bord du camion et démarra le moteur. Puis il se pencha par-dessus Elvis pour lancer à Leigh par la fenêtre :

– Tu me suis ou tu me regardes partir ?

Son cœur avait besoin de plus de temps. Elle voulait lui parler posément, lui dire qu'elle avait pensé à lui pendant des années. Mais il valait peut-être mieux qu'elle n'essaie pas. Ils étaient clairement des personnes différentes maintenant.

Il démarra, la laissant là. Leigh se précipita vers sa voiture de location et monta dedans.

La vieille Ford continua à descendre la route dans un nuage de poussière, écrasant le gravier sous ses pneus. Leigh passa une vitesse et se positionna derrière lui.

Chapitre 4

Lorsqu'ils arrivèrent à la maison du lac, Colton agita une main à destination de Leigh par la fenêtre, mais il n'arrêta pas le camion. Elle sauta de sa voiture pour lui dire merci, il était déjà trop loin sur la route pour l'entendre, le camion continua et tourna dans le virage. Leigh le regarda partir.

Elle posa les mains sur ses hanches et inspira une grande bouffée d'air chaud pour faire ralentir son cœur qui battait la chamade. Pas encore prête à affronter le chalet, elle ferma les yeux et inspira une nouvelle fois pour se calmer. L'odeur d'épicéa des pins voisins et l'arôme capiteux de l'eau du lac qui clapotait sur la rive derrière le chalet emplissaient ses poumons. Le carillon du porche tinta dans la brise. La berline sombre de la mère de Leigh était garée dans l'allée.

La porte moustiquaire s'ouvrit en grinçant, puis se referma derrière Katherine, tandis qu'elle descendait les trois marches menant au chemin de pierres puis à l'allée. Ses cheveux gris et son maquillage étaient tous deux soignés, et elle semblait avoir perdu un peu de poids.

– Salut maman, dit Leigh en entourant Katherine de ses bras, dont le parfum de rose et de poudre la ramena instantanément à son enfance.

Elle voulait se blottir sur les genoux de sa mère et lui raconter tout ce qui lui était arrivé, mais elle recula et lui fit un grand sourire à la place.

Sa mère l'embrassa sur la joue.

– Comment s'est passé ton voyage ? demanda-t-elle en suivant Leigh jusqu'au coffre de sa voiture pour l'aider à récupérer ses valises.

Leigh tira sur la poignée du plus gros sac pour l'extraire du coffre. Il atterrit à ses pieds avec un bruit sourd, dans le gravier.

– Bien, un vol court et agréable.

– Des nouvelles de Meredith ?

– À part le coup de fil où elle a dit qu'elle viendrait, non.

Leigh se pencha sur le siège passager et saisit un autre sac.

– Je lui ai dit que je venais aujourd'hui.

– Alors elle sera là.

L'expression d'incertitude sur le visage de Katherine montrait clairement qu'elle était nerveuse, elle aussi, à l'idée que sa fille cadette vienne.

Personne ne savait jamais si Meredith se présenterait ou non. Parfois, c'était le cas, mais d'autres fois, elle appelait pour expliquer pendant une heure pourquoi elle n'avait pas pu venir. Comme elle connaissait sa sœur, Meredith économisait probablement en reliant la Californie au Tennessee en voiture, et si ça se trouve, il s'écoulerait des jours avant qu'elles ne la voient. Il n'y avait rien de mal à économiser de l'argent, et Meredith avait raison d'être raisonnable. Leigh espérait juste qu'elle possédait sa propre voiture et qu'elle ne traversait pas le pays en auto-stop.

– Tu t'es souvenue du chemin jusqu'ici ? J'ai failli me perdre. Tout a l'air tellement différent maintenant. Les arbres et les broussailles ont tellement poussé que j'ai eu du mal à retrouver la route, dit Katherine en portant deux des sacs de Leigh sur le chemin et en lui tenant la porte de la moustiquaire.

– J'ai dû m'arrêter chez Léon et demander mon chemin, admit Leigh. Colton m'a ouvert la route jusqu'ici…

Les sourcils de sa mère dessinèrent un arc en entendant cette nouvelle, ce qui fit sourire Leigh malgré elle.

– Qu'est-ce qu'il fait maintenant ? demanda-t-elle.

– Je n'en ai aucune idée. Il n'a jamais été loquace. Il m'a juste montré le chemin et il est parti.

– Ça lui ressemble bien, dit-elle affectueusement.

Katherine franchit le porche et ouvrit la porte de la cuisine, pour poser les sacs sur le vieux sol en parquet.

Le cœur de Leigh s'emballa lorsqu'elle vit les murs en rondins de bois qui formaient comme des rayures et les carreaux blancs, les rideaux vaporeux aux fenêtres et l'odeur unique de cèdre et de lavande qui lui rappela instantanément les longues nuits passées à jouer à des jeux de société autour de la table basse du salon avec Nan. Elle s'attendait à ce que sa grand-mère passe dans le coin et les prenne dans ses bras en riant comme si elle venait de raconter une blague. Mais la maison était calme, tout était en ordre au lieu d'être couvert des objets quotidiens de Nan : des magazines ouverts sur le comptoir, un couvercle de bougie de travers après avoir allumé la bougie la veille, un verre de vin vide sur le manteau de la cheminée. Leigh sentit son estomac se serrer, des larmes inattendues piquèrent ses yeux. Les murs intérieurs sombres étaient identiques à son souvenir, bien que ses dessins d'enfant que Nan avait épinglés dessus aient disparu. Elle ravala la boule dans sa gorge en passant une main sur la table en formica crème des années 1950, recouverte de produits d'entretien que sa mère avait apportés. Elle fit glisser ses doigts sur l'une des quatre chaises vert menthe aux pieds métalliques où elle s'était assise tant de samedis matin, grignotant le strudel maison que Nan avait préparé spécialement pour elle. Les vieux planchers en bois étaient encore recouverts de tapis tissés. Toute son enfance défilait devant elle comme une bobine de film, et elle devait se concentrer sur autre chose avant de s'effondrer.

– Colton a un chien de chasse qui s'appelle Elvis, dit Leigh pour échapper à ses pensées.

Elle avait besoin de se changer les idées et d'essayer de ne plus penser à rien.

– Il est très amusant.

Katherine sortit deux tasses de l'armoire, les rinça et leur versa à chacune une tasse de café. Le poids du souvenir était également gravé sur son visage.

À la mort de Nan, Katherine avait sombré dans la dépression. Nan avait aussi été *son* roc, elles étaient presque inséparables. Après des années de thérapie, la mère de Leigh avait finalement réussi à surmonter son chagrin, mais elle n'avait jamais pu revenir au chalet.

– En fait, je l'ai croisé au marché quand je suis arrivée ici, dit-elle. Il était sur le point de partir et je lui ai dit qu'il devrait passer à la maison. Il m'a donné son numéro de portable.

Leigh eut un pincement au cœur, après leur rencontre de tout à l'heure chez Léon. La dernière chose dont elle avait besoin, c'était que Colton Harris soit assis sur son canapé, et qu'aucun des deux ne se parle parce que trop de temps s'était écoulé.

Elle préférait que les souvenirs qu'elle avait de lui restent parfaits. Sa mère s'approcha en traînant les pieds avec leurs deux tasses épaisses en céramique mouchetées de gris et de blanc, celles dans lesquelles elles avaient bu du chocolat chaud à Noël. Elle tendit un café à Leigh, puis s'installa sur une chaise en face d'elle et soupira, le regard perdu par la fenêtre.

– Après avoir tout nettoyé et fouillé dans les affaires de ta grand-mère cette semaine, j'ai finalement décidé de ne pas rentrer en voiture et j'ai dormi ici la nuit dernière.

– Oh ? dit Leigh, concentrant maintenant toute son attention sur sa mère.

– Et ça a été cette nuit ?

– Même si maman n'est plus là pour nous faire faire de beaux rêves comme avant, et qu'elle me manque plus que jamais, c'est la nuit de sommeil la plus paisible que j'aie eue depuis des années. Mais cela m'a pris du temps. J'ai d'abord dû passer par les larmes et la douleur. Mais vers le milieu de la semaine, j'ai décidé d'embrasser la vie qu'elle nous a laissée. Je suis descendue dans la rue, j'ai revu les voisins et j'ai passé du temps au marché… Elle ne me manque pas moins, et j'ai toujours envie de m'effondrer quand je pense qu'elle est partie.

Sa voix se brisa et elle se mordit la lèvre. Leigh hocha la tête.

– Elle me manque aussi.

Katherine ne dit rien, cherchant par la fenêtre une chose imaginaire, les yeux se remplissant de larmes.

Même après toutes ces années, il était encore trop tôt pour parler de Nan. Elles avaient toutes les deux besoin de plus de temps.

– J'ai hâte de passer une nuit paisible, réussit à dire Leigh.

Katherine fit glisser la crème et le sucre vers elle. Ils étaient posés sur une petite assiette avec deux cuillères, ce qui amena Leigh à se demander si elles auraient besoin de trois cuillères la semaine prochaine ou si deux suffiraient. Katherine avait manifestement du mal à revenir au chalet. Elle n'avait pas besoin d'un autre motif d'inquiétude. Leigh priait pour que sa sœur ne les laisse pas tomber.

– Ça a été dur pour moi ces derniers temps sans Nan, reprit sa mère. C'est trop calme dans mon petit appartement.

Lorsque le père de Leigh était décédé cinq ans plus tôt, Katherine avait vendu la maison de leur enfance, l'espace entier était trop grand pour elle toute seule. Leigh ne voulait pas penser à sa mère et aux longues nuits silencieuses qu'elle avait passées seule. Soudain, une bouffée de culpabilité envahit Leigh à l'idée que son travail et son amitié fragile avec Julie avaient été plus importants que cela pour elle.

– Je suis contente que tu sois là, dit Katherine.

Leigh acquiesça.

– Chaque craquement dans la maison me fait me retourner, en pensant que je vais trouver Nan.

– J'ai toujours l'impression qu'elle est ici, dans cette maison, admit Leigh, en versant de la crème dans son café et en remuant le liquide chaud, parfumant l'air d'un riche arôme. Comme si elle allait passer la porte avec un sac de courses…

– Moi aussi.

Leigh sirota son café, laissant le goût de noix l'envahir.

– Alors, raconte-moi ta vie passionnante à New York, dit Katherine en versant une cuillerée de sucre dans sa tasse et en touillant.

– Il n'y a pas grand-chose à dire, vraiment, répondit Leigh, car la journée de la veille lui paraissait floue.

En fait, il y avait *beaucoup de choses* à dire, mais elle ne savait pas par où commencer, ni même si elle voulait faire subir à sa mère tout ce stress.

– Es-tu déjà présidente de la société ? demanda Katherine en portant sa tasse à ses lèvres et en buvant une longue gorgée.

– Pas tout à fait, répondit Leigh, en prenant une gorgée de son propre café pour éviter de pleurer, parce que la misère de toutes ces années qu'elle avait passées à travailler du lever au coucher du soleil, sans rien à montrer aujourd'hui, remontait à la surface.

– Donne-toi du temps.

Si seulement sa mère savait.

– Je n'avais pas réalisé que cet endroit me manquait autant, dit-elle en changeant de sujet. Peut-être que je vais tout bazarder et m'installer ici à la place.

Elle adressa un petit sourire à sa mère, pour tenter de détendre l'atmosphère. Une once d'incertitude traversa le visage de Katherine juste avant qu'elle ne prenne une autre gorgée de son café.

– Ça va ? demanda Leigh.

– Je suis tellement heureuse que tu sois là.

– Tu ne vas pas te débarrasser du chalet, n'est-ce pas ? demanda Leigh avec un petit rire gêné. Il va rester dans la famille ?

– Bien sûr que oui, dit Katherine. Nan n'aurait pas voulu qu'il en soit autrement.

Avec un soupir de soulagement, Leigh laissa ses épaules contractées se détendre et s'adossa à sa chaise. Étrangement, revenir à ce moment précis lui semblait être la meilleure chose à faire.

Pendant que Katherine faisait la vaisselle dans la cuisine en écoutant les dernières chansons sur la station de radio country, Leigh se promenait dans le salon. Il était encore tel que Nan l'avait décoré, avec les canapés jumeaux l'un en face de l'autre, et des coussins bleu océan lumineux dans les coins. La table basse en bois portait encore de minuscules gouttelettes de peinture provenant des projets de Nan, et une pile des livres qu'elle avait lus en dernier. Leigh ferma les yeux et imagina sa grand-mère assise sur le canapé, le livre sur les genoux, lui faisant signe de venir.

– *Viens t'asseoir avec ta mamie avant d'être si grande et si occupée que tu l'oublieras, disait-elle.*

Leigh s'assit sur le canapé à côté du coin où Nan s'installait toujours.

– Je ne t'oublierai jamais, murmura-t-elle.

Elle posa sa main sur le coussin vide, des larmes perlaient dans ses yeux, ce qui la fit se redresser d'un bond avant de se ramollir.

Repoussant son émotion, elle se dirigea vers le bureau, mais se retrouva encore plus émue en découvrant l'endroit où Nan lui avait appris à écrire à la main. Les souvenirs se déversaient dans son esprit comme une cascade, elle était incapable de les contenir. Elle tira la chaise en bois et s'assit. Si elle essayait, elle pourrait sentir les bras de sa grand-mère autour d'elle tandis qu'elle guidait son crayon pour tracer les boucles de l'écriture.

Elle tripota la poignée du tiroir du bureau qui, selon Nan, avait toujours été celui de Leigh. C'était l'endroit où Leigh avait gardé toutes ses notes sur les oiseaux et ses crayons de couleur. Cet endroit était interdit à Meredith, selon les règles de Nan. Meredith avait aussi son coin personnel chez Nan : la vieille malle sous la fenêtre.

Leigh ouvrit son tiroir et jeta un coup d'œil à l'intérieur. Ses crayons étaient toujours là, ainsi qu'une pile de papiers. Mais une enveloppe était posée dessus. Elle la sortit pour y jeter un coup d'œil et fut surprise de trouver son nom au dos, dans l'écriture ronde de Nan. S'agissait-il d'une vieille carte d'anniversaire ou d'autre chose ?

Elle regarda autour d'elle pour voir si elle était seule dans la pièce. Quand elle se rendit compte que c'était le cas, car elle entendait de l'eau couler dans l'évier de la cuisine, Leigh sortit le papier plié à l'intérieur de l'enveloppe et l'ouvrit, révélant encore l'écriture de Nan, ligne après ligne. La date qui y figurait l'arrêta net. La lettre était datée de deux jours avant que Nan n'entre à l'hôpital.

– Maman, tu sais ce que c'est ? appela-t-elle, mais l'eau coulait toujours et sa mère chantait avec la radio, donc elle ne l'avait pas entendue.

Elle regarda à nouveau autour d'elle pour s'assurer qu'elle était bien dans la réalité.

Et ne rêvant pas, elle lut le mot.

Ma très chère Leigh,

Je sais que ta sœur et toi êtes des personnes très différentes, et que parfois vous n'êtes pas toujours d'accord, mais elle fait partie de la famille. Ne l'oublie pas. Embrasse-la. Et quoi qu'il arrive, tout ira bien. Je vais dire à ta mère de te transmettre quelques nouvelles – ce n'est pas quelque chose que je veux mettre par écrit parce que vous devez l'entendre en famille. Sachez que je vous aime. J'ai mes raisons. Je prends un pari, et j'espère que ça va marcher.

Avec tout mon amour, Nan

Leigh serra la lettre dans ses mains. La douleur trop familière qui se produisait lorsqu'elle pensait à sa grand-mère se forma dans sa poitrine. Elle jeta un coup d'œil par-dessus son épaule vers la porte de la cuisine, se demandant si elle devait dire à sa mère qu'elle avait trouvé le mot, mais elle décida de le garder pour elle. C'était comme si Nan le lui avait offert dans le calme du salon pour une raison précise. La nouvelle que sa mère voulait leur annoncer avait donc quelque chose à voir avec Nan.

Qu'est-ce que Nan pourrait bien avoir à dire qu'elles ne savaient pas déjà ?

Elle rangea la lettre sous les papiers dans le tiroir de son bureau et se dirigea vers sa chambre pour déballer ses affaires, en se demandant de quoi il s'agissait. Mais sur le chemin de sa chambre, elle s'arrêta à mi-chemin. Au bout du couloir, la porte de la salle de dessin de Nan était fermée. Elle la regarda fixement, avec l'impression que Nan se tenait derrière. Pendant un instant, elle voulut ouvrir la porte, souhaitant pouvoir jeter ses bras autour de sa grand-mère, mais elle ne le fit pas – elle ne pouvait pas – parce que le vide de l'atelier l'aurait écrasée. Elle la laissa fermée et entra dans sa chambre.

L'édredon en jean recouvrait toujours le lit de Leigh, les petites pièces de tissu dépareillées que Nan y avait cousues étant toujours aussi vibrantes que dans son souvenir. Leigh posa sa valise sur le bord du lit en fer, et le matelas moelleux s'enfonça sous son poids, et elle s'interrogea encore sur la lettre que Nan lui avait laissée. Meredith en avait-elle reçu une aussi, ou était-ce seulement pour elle ?

Leigh avait été la plus proche de Nan, celle qui restait avec elle à chaque heure de la journée lorsque Meredith s'enfuyait pour traîner avec ses amis sur leur hors-bord ou pour aller aux feux de joie nocturnes. La nature calme et pensive de Nan faisait d'elle le complément parfait de Leigh, et elles se promenaient toujours ensemble lorsque Leigh lui rendait visite. Et le chalet avait été leur point d'ancrage. Ces murs avaient accueilli toutes les expériences qui avaient fait de Leigh ce qu'elle était en dehors de sa vie universitaire. C'est dans ce chalet qu'elle avait appris ce qu'étaient l'amour et la perte, les vraies amitiés et les chagrins que les familles pouvaient se causer les uns aux autres.

Leigh avait déballé et rangé toutes ses affaires dans les tiroirs de la chambre quand sa mère apparut dans l'embrasure de la porte.

– Je me disais qu'on pourrait peut-être sortir le bateau pour décrasser le moteur pour la semaine.

– Il y a de l'essence dedans ? demanda Leigh en glissant ses valises dans le petit placard, avant d'en refermer les portes pliantes.

– Oui, j'ai demandé aux gens de la marina de faire le plein avant d'arriver hier. Ils l'ont amené et l'ont mis à l'eau pour nous.

Elle est entrée et s'assit sur le lit.

– Tu veux y aller ?

– J'en serais ravie, répondit Leigh. Laisse-moi juste relever mes cheveux pour que le vent ne fasse pas de ravages.

Elle fouilla dans sa trousse de toilette pour trouver son élastique pendant que sa mère se tenait prête.

– Je ne me souviens pas de la dernière fois que nous sommes montées sur le bateau, et toi ?

Katherine la suivit dans la salle de bains et Leigh alluma la lumière, puis brossa ses cheveux pour les attacher.

– Cela fait une éternité, répondit sa mère.

– Ton père n'a jamais aimé sortir le bateau après la mort de ton grand-père, tu te souviens ?

– Oui. Meredith avait l'habitude de proposer de conduire parce que Nan ne voulait pas.

Katherine sourit, des pensées plein les yeux.

Leigh remonta ses cheveux et les attacha, passant ses doigts le long de son cuir chevelu pour aplatir les quelques bosses qui s'étaient créées, puis attrapa sa veste près de la porte.

Elles laissèrent un mot à Meredith au cas où celle-ci arriverait plus tôt, même si Leigh savait qu'elle ne viendrait probablement pas ce soir, et sortirent par la porte de derrière, passèrent devant le vieux bureau avec le livre d'images sur les oiseaux, traversèrent le porche grillagé et descendirent la rive parmi les herbes jusqu'au quai où le bateau de croisière blanc était amarré. Il flottait dans l'eau, les petites vagues l'éclaboussaient. Leigh mit les mains sur les hanches et laissa la vue l'apaiser, et faire disparaître tout ce qu'elle avait laissé à New York. Demain, elle postulerait à quelques offres d'emploi et parcourrait LinkedIn à la recherche d'autres possibilités, mais aujourd'hui, elle s'offrait ce moment. Elle aida sa mère à détacher le bateau, toutes les deux travaillaient en tandem, les gestes lui revenaient précisément. Elle jeta la corde dans le bateau et monta à bord pendant que sa mère faisait tourner le moteur. Le vieux moteur se mit à vrombir, son ronronnement était comme de la musique à ses oreilles. Katherine fit reculer le bateau, puis le dirigea vers le large. La queue de cheval de Leigh volait autour d'elle, des mèches rebelles chatouillaient son visage, le vent froid du printemps s'engouffrait contre son corps, le mouvement du bateau la ramenait instantanément aux journées ensoleillées de son enfance.

L'eau s'étendait devant elles jusqu'à la limite des arbres, d'autres cabanes et chalets parsemaient la côte. Elles arrivèrent à l'extrémité est du lac et Leigh tendit le cou pour voir la maison où Colton avait grandi, se demandant si elle l'y verrait. Mais il ne vivait probablement plus là. Elle se demandait à quoi ressemblait son appartement. Ses parents occupaient-ils encore la maison ? Elle ne la quitta pas des yeux jusqu'à ce qu'elle s'estompe au loin. Elles contournèrent l'avancée de la terre et sillonnèrent les eaux libres jusqu'à approcher de Mariner's Cove, où Meredith aimait rester tard, là où les bateaux de ses amis flottaient sur l'eau jusqu'aux petites heures du matin.

– Ouah, regarde ça, dit Katherine en forçant sa voix pardessus le rugissement du moteur, en montrant le bord du lac où il y avait autrefois des arbres, tandis que le bateau ralentissait à mesure qu'elle réduisait les gaz.

On voyait maintenant une ligne de magasins en construction, et des terrasses avec des quais pour amarrer les bateaux. Leigh loucha sur le panneau.

– Greystone Properties, lut-elle. Il s'agit d'un gros terrain de construction pour cette région. On dirait qu'il y aura au moins quatre restaurants. Je parie que ce sera magnifique quand ce sera terminé.

– Les choses continuent d'avancer, n'est-ce pas ? dit Katherine.

Leigh pensa à Rebecca au bureau.

– C'est certain.

– Ça va ? demanda sa mère.

– Très bien, dit Leigh, le ton un peu trop enjoué.

Elle repensa à la lettre de Nan et au fait que, quoi qu'il arrive, elle s'en sortirait. Ce n'était pas du tout ce qu'elle ressentait à ce moment-là. Mais tandis qu'elles flottaient sur l'eau, les flux et les reflux lui donnaient l'espoir que ce n'était qu'un plongeon et qu'elle remonterait à la surface en un rien de temps.

Chapitre 5

– Faisons le tour du lac et passons par Harvey's Bend avant de rentrer à la maison, proposa Katherine au volant du bateau. Je suis affamée. On pourrait peut-être manger un hamburger.

Connaissant le silence qui les attendait au chalet, Leigh accepta et sa mère se dirigea vers la gauche en direction de la courbe où la marina Harvey's éclairait la côte. Un groupe jouait au bout de la jetée, la musique virevoltante arriva jusqu'à elles bien avant qu'elles n'aient vu la foule rassemblée à l'extérieur sous les guirlandes lumineuses.

Elles trouvèrent une place libre entre deux autres bateaux et s'amarrèrent le long de la jetée, puis se dirigèrent vers l'entrée, sous l'enseigne lumineuse de la marina. L'endroit bourdonnait d'habitants, des rires provenaient des tables de billard et du bar qui s'enroulait autour de deux murs avant de laisser place à une large double porte menant au magasin de pêche, rempli d'appâts et d'articles divers.

Leigh obtempéra au signe de s'asseoir, tira une chaise à une table libre pour quatre personnes et sa mère s'assit en face d'elle. L'atmosphère animée permit à la jeune femme de se débarrasser de tout ce qu'elle avait en tête, et elle comprenait maintenant pourquoi Katherine avait suggéré de s'arrêter là.

Une serveuse s'approcha, et Leigh aurait reconnu ses boucles rousses n'importe où.

– Shelly ? demanda Leigh, se souvenant de la jeune fille aux joues roses et aux cheveux de feu qui venait chercher Meredith.

– Hé ! dit celle-ci en se penchant pour serrer chaleureusement Leigh dans ses bras avant d'aller saluer Katherine de la même façon.

– Où est ta sœur ? Elle est là ?

– Pas encore, dit Leigh, espérant que l'incertitude ne se verrait pas dans sa réponse.

– Il faudra qu'elle passe quand elle sera là.

– Tout à fait, acquiesça Katherine, dont les yeux passaient du menu à Shelly.

Shelly leur fit un grand sourire et leur demanda ensuite avec son accent marqué du Sud :

– Qu'est-ce que vous faites ce soir ?

Deux commandes de hamburgers plus tard, la serveuse se pencha vers elles.

– Hé, vous avez déjà vu Colton ? demanda Shelly, très directe. Il est là-bas, il regarde le match.

Elle montra du doigt une cloison et désigna le grand écran de télévision qui diffusait un match de football universitaire de préqualifications et un groupe de personnes rassemblées autour. Leigh tourna la tête et découvrit le meilleur ami de Colton, Smash Hughes, en premier. Son visage s'était un peu élargi et il portait la barbe. Elle continua à scanner le groupe jusqu'à ce qu'elle aperçoive cette mâchoire carrée et ces cheveux noirs. Colton portait une casquette de baseball et avait une bouteille de bière aux lèvres. Puis, comme si une rayure était apparue sur le disque, il baissa la tête et une blonde se pencha et lui chuchota quelque chose à l'oreille, provoquant un sourire coquin sur ses lèvres, et Leigh détourna le regard, heureuse qu'elle et sa mère soient hors de sa vue.

– Je l'ai croisé tout à l'heure, dit-elle à Shelly avec un sourire forcé.

– Oh, bien, dit la serveuse en rassemblant leurs menus. Je reviens avec vos boissons.

Shelly leur fit un petit signe de la main et se dirigea vers le bar.

– Nous aurions peut-être dû nous asseoir dehors, où nous aurions pu entendre le groupe de musique, dit Leigh à sa mère, remettant en question leur décision de venir ici.

– Il fait frais dès que le soleil commence à se coucher, dit Katherine en fronçant le nez à cette idée. Je préfère de loin être à l'intérieur.

Leigh se mordilla la lèvre et acquiesça, l'esprit préoccupé.

– Tu n'es pas fâchée parce que Colton est là ?

La question de sa mère la sortit de ses pensées.

– Bien sûr que non, répondit-elle, ne sachant pas trop pourquoi elle se sentait sur la défensive. C'est un pays libre, il peut être là aussi.

Shelly revint avec deux verres de Coca qui bouillonnaient, les posa sur la table, puis s'adressa à un autre groupe assis à une table proche.

– Vous étiez comme les deux doigts de la main, dit Katherine en empoignant son coca et en buvant une gorgée à la paille.

– Beaucoup de choses ont changé depuis que nous étions enfants. Nous ne sommes plus les mêmes qu'à l'époque.

Elle posa son regard sur lui et elle le surprit en train de rire d'une blague que l'un des garçons avait dite, ce qui la fit souffrir. Elle ne savait pas si c'était parce qu'elle avait perdu le garçon qu'elle avait laissé derrière elle ou parce qu'elle ne connaissait pas l'homme qu'elle avait en face d'elle. C'est alors qu'il l'aperçut et qu'ils se regardèrent dans les yeux d'un bout à l'autre de la pièce. Son estomac se serra lorsqu'il lui adressa le début d'un sourire, avant de se tourner à nouveau vers la télévision.

Après avoir zappé sur les chaînes de télévision ce soir-là, et n'avoir rien trouvé pour calmer son esprit agité, Leigh éteignit le poste et s'allongea sur le canapé. Le bruit de la douche de sa mère était le seul son dans la maison. Elle ferma ses yeux brûlants, se rappela le sourire qui se cachait derrière la moue de Colton lorsqu'il l'avait surprise en train de le regarder. Les quelques fois où il avait porté quelque chose à sa bouche, sa stature musclée et la largeur masculine de ses mains lorsqu'il avait attrapé des bouteilles de bière au bar. *Les choses continuent d'avancer, n'est-ce pas ?*

Même si leurs retrouvailles avaient été pour le moins ternes, étant donné les circonstances, il n'y avait pas de raison de s'inquiéter.

Il n'en fallait pas plus pour qu'elle se lance dans un million de « et si ». Et si elle était allée à Belmont ou à Vanderbilt et était restée dans la région ? Serait-elle une personne différente aujourd'hui ? Aurait-elle fini ici, au bord du lac, avec Colton ? Passeraient-ils leurs journées ensemble sur la balançoire du porche ou dans des fauteuils à bascule jumeaux, à regarder le coucher du soleil tous les soirs ?

Leigh se retourna sur le canapé, s'étirant pour masser le nœud qui s'était formé dans son épaule la nuit d'avant et qui l'avait accompagnée tout au long de ses déplacements aujourd'hui. Ses yeux brûlaient du besoin de dormir, et elle sentait une tension dans son cou et dans son dos. C'était comme si huit ans d'immobilisme s'étaient accumulés dans ses muscles. Cela ne lui ressemblait pas. Leigh adorait la course au sommet. Elle était stimulée par la compétition et les efforts qu'il fallait déployer pour atteindre ses objectifs. Elle n'en avait jamais eu assez. Pas jusqu'à ce moment.

Elle avait juste besoin de se remettre d'aplomb. Pour se concentrer sur quelque chose de plus productif, elle se leva et sortit son ordinateur portable, parcourant les offres d'emploi à New York. Avec un compte épargne bien rempli et son indemnité de licenciement, elle avait un peu de temps devant elle pour trouver un autre job, mais elle préférait ne pas puiser dans ce qu'elle avait mis de côté avec tant d'acharnement. Elle fit défiler quelques annonces, mais aucune ne lui convenait. D'un clic, elle consulta un autre site et s'arrêta pour en lire une qui semble prometteuse. Mais elle n'était pas sûre de vouloir s'engager. Elle l'enregistra au cas où elle ne trouverait rien d'autre.

Puis, soudain, elle s'arrêta net, la bouche grande ouverte en lisant l'intitulé du poste disponible : *McGregor Consulting, Conseillère en gestion immobilière*… C'était son titre. Ils n'avaient donc pas supprimé son poste. Ils l'avaient supprimée, *elle*. Ils l'avaient évincée et remplacée par quelqu'un de nouveau. Elle regarda fixement l'annonce, incapable de comprendre ce qui se passait. Phillip avait adouci la situation en lui offrant une indemnité de départ, mais en fin de compte, c'était tout simplement un licenciement du type « vous-ne-faites-pas-l'affaire ».

Elle avait fait tout ce qu'il fallait. *Tout.* Comment les choses avaient-elles pu si mal tourner ?

– Si on faisait griller des marshmallows ? dit sa mère en entrant dans la pièce dans son ensemble de pyjama pantalon et tee-shirt assortis, les cheveux mouillés par la douche.

Leigh la regarda, s'interrogeant sur son comportement. D'abord la promenade en bateau, puis le dîner au restaurant, et maintenant les guimauves. La même chose s'était produite à la mort de leur père. Sa mère s'était mise à papillonner, à faire bonne figure devant tout le monde, n'osant pas s'arrêter de bouger parce que si elle l'avait fait, elle se serait effondrée en mille morceaux.

– Oh non, tu n'as pas besoin de ça, dit Katherine en ramassant l'ordinateur portable de Leigh et en le fermant.

– Je sais que tu es super importante et que tout le monde a besoin de toi, mais donne-toi au moins une journée avant de commencer à travailler.

Katherine entra dans la cuisine.

– Nous avons ces longues piques à brochettes dans le garde-manger, dit-elle par-dessus son épaule.

– Je vais les chercher.

Personne n'avait besoin d'elle. Personne du tout. Rebecca s'occupait de tout. Leigh se leva, sa tête commençait à l'élancer, les mouvements incessants de sa mère l'épuisaient. Leigh ne l'avait jamais vue dans cet état. Ce qu'elle avait à leur dire devait être énorme. Elle se leva et se rendit dans la cuisine, hébétée.

– Je vais allumer le feu derrière, dit Katherine en passant devant elle avec deux brochettes, une brassée de couvertures et un sac de guimauves.

Leigh sortit un verre de l'armoire et le remplit d'eau au robinet. Puis elle fouilla dans son sac à main jusqu'à ce qu'elle trouve la boîte, enfourna deux ibuprofènes dans sa bouche et les fit suivre du verre d'eau. Elle remplit son verre à nouveau et se dirigea vers le petit patio en bas de l'escalier, sous le porche grillagé, où, à côté du parterre de fleurs et du potager créé par Nan, il y avait un foyer en pierre avec un cercle de chaises Adirondack en bois blanchi et un hamac à la lisière des arbres. Elle s'enfonça dans l'une des chaises, se couvrit d'une couverture, au moment où les flammes orange léchaient le ciel nocturne, envoyant de la chaleur à travers la fraîcheur de l'air qui, au printemps, tombait toujours sur le lac à la tombée de la nuit. Sa mère s'assit à côté d'elle, enfila un marshmallow sur l'une des brochettes et la tendit à Leigh.

– Combien de temps as-tu pris comme congés ? demanda Katherine.

Elle avait chargé sa brochette de morceaux et avait déjà plongé son marshmallow dans la flamme.

– Je prends rarement de congés, dit Leigh, donc je peux en prendre autant que je veux… dans la limite du raisonnable, ajouta-t-elle, pour qu'il ne soit pas évident qu'elle n'avait pas de travail du tout.

– Oh, c'est merveilleux ! Je n'ai eu qu'une semaine de congé à la banque, mais ce n'est pas grave. J'ai fait la navette entre ici et la maison ces deux dernières semaines et le trajet n'était pas trop dur.

Elle retira son marshmallow de la flamme et souffla dessus.

– En plus, je veux travailler. Cela me donne un but.

Leigh comprenait. Elle aussi voulait travailler. Elle n'était là que depuis une journée et les effets de l'accalmie entamaient déjà sa détermination.

– Tu es bien silencieuse, remarqua sa mère.

La lueur d'inquiétude dans ses yeux avait du sens parce que Leigh la ressentait aussi. Si elle s'arrêtait trop longtemps, elle penserait à l'absence de Nan.

Leigh secoua la tête, repoussant le souvenir de Nan, et le besoin de nier la tristesse s'insinua dans son esprit.

– Je suis juste... en train de me détendre. La journée a été bien remplie.

– Ton marshmallow est en train de brûler.

Leigh retira sa brochette du feu, la guimauve carbonisée fumait. Elle la laissa refroidir et grignota l'intérieur tandis que les étoiles apparaissaient dans le ciel d'un bleu profond au-dessus d'elles, et que le doux mouvement du lac l'apaisait.

– Tu veux me dire ce qui se passe ? demanda Katherine. Je ne suis pas stupide. Il y a quelque chose qui ne va pas.

La lucidité de sa mère prit Leigh au dépourvu. Était-ce si évident ? Et elle n'était pas du genre à parler. Leigh hésita à lâcher la bombe de son licenciement. Elle n'était pas sûre de pouvoir en supporter la honte. Elle n'avait jamais échoué dans quoi que ce soit. Et elle avait échoué à cette étape-là, la plus importante de sa vie.

– Je te le dirai si tu me dis ta nouvelle, se risqua Leigh en posant la brochette près du feu.

Katherine fronça les sourcils.

– Je dois vous le dire à Meredith et à toi en même temps.

Il y avait une conviction dans sa voix qui montrait clairement que Leigh n'avait pas besoin de reposer la question. Katherine ne bougeait pas.

– Mais je suppose que, quoi que tu aies sur le cœur, tu préférerais sans doute ne le dire qu'à moi. Ou veux-tu attendre et le dire aussi à Meredith ?

Leigh ne voulait absolument pas dire cela à Meredith. Meredith lui rirait probablement au nez. Ses tempes recommencèrent à l'élancer, malgré l'ibuprofène. Elle but un verre d'eau. Puis, avec une profonde inspiration d'air sentant le feu de bois et la terre, Leigh recracha :

– J'ai perdu mon emploi.

Le feu claqua et un chien aboya au loin, les grillons attaquèrent leur chanson nocturne, tandis que les yeux de sa mère s'arrondissaient.

– Vraiment ? Quand ?

– Hier. Ils prennent « une direction différente », déclara-t-elle en mimant les guillemets en l'air, et cette épreuve dépassait toujours sa compréhension.

Le chien aboya encore, faisant écho dans son cerveau endolori.

– C'est la décision la plus ridicule qu'ils aient pu prendre, dit Katherine sidérée. Tu es brillante et intelligente.

Leigh sourit. Une *mère protectrice.*

L'aboiement retentit une fois de plus, cette fois en s'approchant d'elle. À la lumière du feu, il ressemblait à…

– Elvis ?

Le molosse s'approcha et renifla sa main, ses longues oreilles dressées avec intérêt tandis qu'il tournait autour de ses jambes.

– 'Soir, dit Colton en marchant sur l'herbe et en posant sur le sol à côté de lui le pack de six bières qu'il avait acheté chez Léon.

– Oh, mon Dieu, dit Katherine, dont le visage se fendit d'un immense sourire, et l'atmosphère s'allégea immédiatement avec sa présence. Colton, comment vas-tu ?

– Bien, répondit-il.

Il posa les yeux sur Leigh, tandis qu'il se laissait tomber sur le siège à côté d'elle et prenait une bouteille. Il la décapsula sur le bord de la chaise et la lui offrit.

– Non, merci, dit-elle, l'estomac retourné par l'aveu qu'elle venait de perdre son emploi, en le saluant poliment.

L'avait-il entendue ? L'idée lui donnait la nausée.

Il offrit la bouteille ouverte à Katherine. Sa mère franchit l'espace entre leurs chaises et la prit. Colton posa à nouveau son regard sur Leigh, comme s'il l'évaluait, ce qui la rendit nerveuse, elle avait l'impression que sa tête était immergée dans le lac.

– Ce n'est pas toi. J'ai juste mal à la tête, tenta de lui expliquer Leigh.

– Je peux t'apporter des médicaments, dit Katherine en se levant tout de suite. Nous en avons à l'intérieur...

– Maman, dit-elle en l'arrêtant avant qu'elle ne retourne en courant dans la maison. J'ai pris un cachet avant de sortir. Je suis juste fatiguée. La journée a été longue.

Cela faisait deux fois qu'elle n'était pas prête à voir Colton. Son irritation s'entendait clairement dans sa respiration alors qu'il était assis près du feu.

Elle voulait le prendre dans ses bras, insouciante, comme ils l'étaient lorsqu'ils étaient jeunes, et plonger dans ses yeux bruns. Elle voulait le voir lui sourire avec ce regard qui n'appartenait qu'à lui. Il était la représentation physique des meilleurs moments de son enfance. Si seulement elle avait pu lui dire cela, quand elle l'avait vu pour la première fois. Évitant de regarder son visage, elle se concentra sur les muscles de ses bras, si différents des bras longilignes qui l'avaient entourée toutes ces années auparavant.

Elvis s'en alla près du lac, reniflant autour de lui.

Colton se baissa et récupéra une bière pour lui-même, fit sauter la capsule et l'inclina contre ses lèvres, avalant de longues et profondes gorgées tandis que les grillons devenaient plus bruyants. Katherine s'apprêtait à lui offrir un marshmallow lorsqu'une lumière allumée dans la maison perça l'obscurité.

– Commençons la fête !

La voix de Meredith venait du porche. Elle fit irruption par la porte moustiquaire et se dirigea tout droit vers Colton, l'enlaçant de ses bras minces avec un cri d'excitation. Ses cheveux étaient longs, presque jusqu'au milieu de son dos, des boucles sauvages aux reflets blonds. Lorsqu'elle recula, sa peau était laiteuse et vibrante, comme si pas un jour ne s'était écoulé depuis qu'ils étaient enfants.

– Une bière ? demanda-t-il en lui souriant.

Meredith a eu son premier vrai sourire. Leigh n'arrivait même pas à mener des réunions correctement.

– Bien sûr, dit Meredith, en s'approchant du pack de bières et en se servant.

Elle s'assit sur la chaise vide, sa robe redingote s'étalant en éventail sur ses jambes.

– Salut, dit-elle à sa mère et à Leigh, comme si elle n'était pas partie depuis deux ans. Qu'est-ce qu'il y a ?

Ses longs doigts enveloppaient sa bouteille de bière, trois d'entre eux étaient enserrés dans de fines bagues en or avec différentes pierres de couleur.

Leigh avait envie de se lever et de courir dans sa chambre, de se laisser tomber sur le lit et de s'endormir ailleurs que sur la chaise où elle était présentement assise. Elle n'était pas prête à affronter tout cela pour l'instant. Elle avait besoin de temps pour tout assimiler avant de pouvoir être une bonne hôtesse pour Colton, d'attendre la grande nouvelle de sa mère et de s'occuper de sa sœur.

– Qu'est-ce qu'il y a ? redemanda Meredith, laissant tomber le mot entre elles comme un bruit lourd, arrachant Leigh à son moment d'apitoiement.

Ce n'est qu'à ce moment-là que Leigh se rendit compte que les yeux de Colton étaient restés attachés à Meredith.

– Je suis arrivée en avance, provoqua Meredith.

– Tu as dit la semaine prochaine, mais je suis venue quand *tu* es venue et c'est toujours *moi* qu'on regarde.

Elle laissa échapper un rire agacé.

– Meredith, dit calmement leur mère, dans une tentative évidente de désamorcer la situation.

– Colton n'a pas besoin qu'on enjolive les choses pour lui. Il ne nous connaît que trop bien.

Meredith renversa sa bière sur celle de Colton, en portant un toast au goulot de leurs bouteilles.

– Je te remercie d'être là.

Il sourit à nouveau. Ça faisait deux fois.

– Je suis contente que tu sois venue, dit Leigh à Meredith, mais ses mots sonnaient plus faiblement qu'elle ne l'aurait voulu.

Si elle se laissait aller, elle tomberait probablement en larmes à ce moment précis, la fatigue totale de la journée ayant raison d'elle. Meredith la regarda, et l'air d'être sur la défensive s'estompa un peu de son visage.

Elvis s'approcha et s'assit à côté des pieds de Leigh, comme s'il savait qu'elle avait besoin de ce soutien. Il soupira et posa sa tête sur ses genoux. Ravalant la boule dans sa gorge, elle caressa sa douce fourrure, heureuse de sa compagnie.

– Il t'aime bien, nota Colton, dont les sourcils se rejoignaient en un adorable froncement à cette idée. Il n'est pas très affectueux avec les gens. Il a été sauvé, et nous ne savons pas ce qui lui est arrivé, mais il ne fait pas confiance à beaucoup de gens.

Leigh regarda dans les grands yeux sombres du chien de chasse, le geste ayant encore plus de sens maintenant.

– Lorsqu'il se fait des amis, il est incroyablement loyal.

Meredith se leva pour le caresser, et il esquiva sa main, laissant échapper un aboiement fort et profond. Bizarrement, cela remonta le moral de Leigh d'avoir avec le chien ce lien intangible que Meredith ne pouvait pas lui enlever.

Colton gloussa et Meredith se rassit, piquée au vif, et but sa bière à petites gorgées. Leigh lui tapota les genoux, indiquant à Elvis qu'il pouvait revenir. Le chien garda un œil sur Meredith, comme s'il attendait un geste brusque, et revint vers Leigh, s'asseyant d'un air décidé à côté d'elle, le poitrail bombé, les oreilles en alerte comme s'il allait s'attaquer à tout ce qui déciderait de lui faire du mal ce soir. Au moins, quelqu'un était de son côté.

Chapitre 6

Leigh fut la première debout le lendemain matin. Encore vêtue de son pyjama en flanelle et de son peignoir, ses lunettes sur la tête parce qu'elle n'avait pas encore pris la peine de mettre ses lentilles de contact, elle attrapa sa tasse de café et s'avança dans l'air vivifiant du printemps sous le porche, à l'arrière de la maison. À travers le parfum de malt sucré de sa tasse matinale, elle absorba l'odeur fraîche du lac. Une douce brise coulait autour d'elle et ses épaules se détendirent instantanément.

Quand elle était petite, elle retrouvait Nan là le matin, toutes les deux étaient toujours levées avant le soleil. Elles discutaient des plants de tomates de Nan ou observaient les oiseaux ensemble. Nan et grand-père Joe s'étaient installés dans la campagne à Old Hickory, mais tous deux avaient beaucoup voyagé lorsque grand-père Joe était à l'armée. De temps en temps, Nan parlait de ses voyages.

– Ton grand-père Joe et moi avons su que nous voulions vivre au bord de l'eau après avoir été en poste au lac Attersee en Autriche. Le lac était toujours d'un bleu éclatant et s'étendait

jusqu'aux plus belles montagnes. Nous nous asseyions dans des cafés dont les tables donnaient directement sur la plage, dans le sable ! Et nous buvions du vin et riions toute la journée, oh, ton grand-père me faisait tellement rire… Nous restions assis là à parler pendant des heures. C'était un endroit incroyable, lui avait dit Nan, un jour.

– Pourquoi n'avez-vous pas pris votre retraite là-bas ? avait demandé Leigh, en remontant ses genoux et en les serrant dans ses bras, assise à côté de Nan sur le canapé du porche.

– Ah, parce que c'était loin de vous tous. La famille est plus importante, avait-elle affirmé en montrant de la main le lac devant elles. Et nous avons aussi la vue.

Leigh jeta un coup d'œil au canapé de la véranda, maintenant vide, se demandant ce que Nan penserait de leur présence à toutes les trois. Nan était consciente des différences entre Leigh et Meredith, mais elle trouvait toujours un moyen d'aplanir les choses entre elles lorsqu'elles séjournaient chez elle. Nan préparait des biscuits ou proposait un jeu de société, et pendant quelques brèves heures, les deux sœurs vivaient en harmonie. Leigh se souvenait de ces moments magiques. Elle contemplait le lac à travers la porte moustiquaire, sa tasse fumante à la main, une source de chaleur contre le froid. Les arbres commençaient à refleurir après le froid de l'hiver, d'un vert éclatant. Le lac était calme à cette heure matinale, avec une légère brume qui s'élevait au-dessus de l'eau. L'intérieur du foyer en pierre était noir de charbon du feu de la veille, les brochettes toujours posées tout contre, les bouteilles de bière vides alignées sur le rebord. Leigh posa sa tassesur la table basse et franchit la porte pour aller les chercher. Les chaises étaient drapées de rosée matinale, la terre était glacée sous ses pieds nus tandis qu'elle ramassait les bouteilles de bière vides.

Colton n'était pas resté très longtemps la nuit, et une fois qu'il avait été parti, Meredith avait dit qu'elle était épuisée par le vol. Maman et Leigh avaient été sidérées par le fait qu'elle ait pris l'avion, car prendre l'avion exigeait une certaine anticipation. Elle était montée se coucher, ce qui avait soulagé Leigh, car elle ne se sentait pas capable de gérer ce que leur mère avait à leur dire ; elle avait d'abord besoin d'une bonne nuit de sommeil.

Leigh saisit les bouteilles et sautilla sur le sol gelé jusqu'à ce qu'elle atteigne le porche. Les tenant toutes en équilibre dans un bras, elle attrapa sa tasse de café et entra dans le chalet, et la chaleur l'enveloppa dans son étreinte. En frissonnant, elle jeta les bouteilles en silence et s'installa au bureau du salon, où se trouvait son ordinateur portable, pour chercher des emplois.

Tout en surfant, Leigh réfléchissait à ce qu'elle dirait à un recruteur lors d'un entretien pour expliquer pourquoi elle avait quitté McGregor. Elle ne voulait pas avoir à admettre qu'elle avait été renvoyée. Après tout le travail qu'elle avait fourni pour l'entreprise, Phillip n'aurait-il pas pu au moins la prévenir, pour qu'elle puisse trouver quelque chose avant d'être licenciée ? Elle arrêta de faire défiler les pages, s'arrêtant sur une annonce pour un emploi à Brooklyn qui avait l'air prometteuse. Il s'agissait d'un poste de directeur de la gestion immobilière pour une petite entreprise. Elle but une gorgée de son café et consulta leur site internet. Elle trouva le formulaire de candidature, le remplit et y joignit son curriculum vitæ.

Il y en avait une autre à Manhattan qui était un peu en dessous de son poste, mais elle se lança et remplit le questionnaire. Peut-être seraient-ils tellement époustouflés par sa surqualification qu'ils ne remarqueraient pas le fait qu'elle n'avait pas été à la hauteur dans son poste précédent.

– Bonjour, dit Meredith en bâillant lorsqu'elle entra dans la pièce.

Leigh ferma rapidement son ordinateur portable.

Sa sœur passa en coup de vent, vêtue d'un tee-shirt trop grand sur des sous-vêtements violets en dentelle visibles au premier coup d'œil, ses jambes musclées nues. Elle ne jeta pas un seul regard à Leigh avant de se diriger vers la cuisine.

Meredith fit tinter des objets dans l'autre pièce et la cafetière se remit à gargouiller. Leigh regarda le dernier tiers de son café et décida de se lever pour se resservir. De toute façon, elle aurait besoin de caféine pour faire face à Meredith, elle en était presque sûre.

– Bonjour, lança Leigh en arrivant dans la cuisine, espérant partir du bon pied. Tu te lèves drôlement tôt ?

Meredith fouilla dans le garde-manger, en sortit une miche de pain et défit le lien torsadé.

– Il fallait que je me lève, dit-elle en tirant deux tranches du sac et en les enfournant dans le grille-pain. Tu en veux ?

– Non, merci.

Leigh sortit le broc de sous la cafetière, et le grésillement du café s'écoulant sur la plaque chauffante fit se retourner Meredith.

– Tu es impatiente, dit Meredith. Tu n'as pas déjà bu une tasse ?

– Oui, répondit Leigh.

Elle voulait en dire plus, mais n'en avait pas le courage. Elle n'eut pas l'énergie de faire valoir son point de vue et de batailler pour avoir une deuxième tasse, alors elle laissa tomber.

– Est-ce qu'on a des avocats ? demanda Meredith, avec son popotin en dentelle violette exposé pendant qu'elle fouillait dans le réfrigérateur.

– Je ne pense pas, dit Leigh en secouant la tête tout en se concentrant sur la crème qu'elle était en train de verser.

– Il y a de la confiture dans la porte du frigo.

Meredith grommela et attrapa le pot de confiture de fraises.

Le toast sauta du grille-pain au moment où Leigh finissait de préparer son café et elle l'apporta à table, regardant Meredith pendant que celle-ci étalait la confiture à contrecœur, puis se préparait une tasse de café.

– Alors, pourquoi devais-tu te lever ? demanda Leigh.

Meredith saisit un morceau de pain grillé par un coin et en prit une bouchée, puis se dirigea vers la chaise de la cuisine et s'y assit avec sa tasse de café.

– Colton et moi allons pêcher.

– Colton et toi ?

Ce n'était pas que sa sœur aille pêcher avec Colton, mais le fait qu'il ait fait des projets avec Meredith, alors qu'il n'avait pas semblé se soucier le moins du monde de revoir Leigh, qui fit tomber la déception sur elle comme une pluie d'été.

– Oui, dit Meredith, marmonnant les mots à travers la tartine qu'elle tenait entre ses dents pour libérer ses mains afin de touiller son café.

Elle posa le toast sur la table nue, la tasse à la main.

– Quoi ?

– Rien, répondit Leigh, déjà irritée par le ton de Meredith. Tu ne connais même pas Colton, cracha-t-elle avant de vouloir retirer ces mots, mais ils étaient sortis maintenant.

Meredith lui envoya un regard assassin, d'un bleu profond comme des lasers.

– Comment ça, je ne le connais pas ?

– Cela fait huit ans que nous ne lui avons pas parlé, Meredith.

Sa sœur s'appuya sur la table et croisa les bras.

– Peut-être depuis que *tu* ne lui as pas parlé. Je lui envoie des textos de temps en temps et je l'appelle chaque année pour son anniversaire.

Leigh resta stupéfaite. Il ne l'avait jamais rappelée à l'université… Ses veines bouillonnaient à l'idée que Meredith, qui se fichait de tout, soit restée en contact avec la personne de son adolescence à laquelle elle s'était le plus attachée.

– C'est quoi ce visage ? dit Meredith en se penchant vers elle. Quoi, tu es *jalouse* ? Allez, Leigh. Grandis un peu.

Leigh posa sa tasse de café avec un bruit sourd.

– Je ne suis pas jalouse.

Jalouse n'était pas du tout le bon mot. Mais elle ne trouvait pas le bon, alors elle resta assise là, à ruminer.

– Si Colton et moi avions quelque chose en commun, tu ne crois pas qu'on serait déjà sortis ensemble ? Je vais pêcher avec un bon copain, que je connais depuis des années. Et pourtant, dans cette maison, je me fais critiquer.

Elle souffla bruyamment et reprit une bouchée de sa tartine.

– Et l'annonce de maman ? Tu ne crois pas que tu devrais rester pour l'entendre ? demanda Leigh, en changeant de sujet pour détourner l'attention de Colton.

– Je ne serai pas parti *aussi longtemps*. C'est juste pour la pêche.

Elle lança la dernière bouchée de sa tartine dans sa bouche, posa son pied nu sur la chaise et ramena son genou sur sa poitrine.

– Il devrait être là dans une seconde pour venir me chercher. Nous ne serons pas absents plus de quelques heures.

– Colton sera là dans une minute ? demande Leigh avec inquiétude. Tu ne vas pas t'habiller ?

Meredith leva les yeux au ciel et sortit de la pièce avec sa tasse, laissant la deuxième tranche de pain grillé sur la table sans la toucher.

Elle revint vêtue d'un Levi's coupé, relevant ses boucles en une queue de cheval haute. Les cheveux à peine brossés et sans maquillage, elle était encore éblouissante, donnant à Leigh un petit coup de poing à son estime personnelle. Leigh enleva ses lunettes et les plia, les posant sur la table, et passa ses doigts dans ses cheveux.

Meredith enfila ses vieilles bottes et attrapa le deuxième morceau de pain grillé. La Ford rouge s'arrêtait dans l'allée.

– À plus tard, dit-elle en ouvrant la porte et en sortant le pas léger.

Avec un soupir, Leigh se détourna. Mais les aboiements d'Elvis attirèrent son attention et elle étouffa un sourire en regardant par la fenêtre. Meredith avait ouvert la porte du passager, mais Elvis était sur son siège, jappait et grognait contre elle tandis que Colton tentait de le calmer.

Colton sortit du camion. Ses bottes poussiéreuses frappèrent le gravier, et il se dirigea vers Meredith. Leigh ouvrit la porte pour entendre ce qui se passait.

– Laisse-la entrer, Elvis, ordonna Colton en s'avançant dans le camion pour le caresser.

Elvis esquiva sa main, tout en continuant à aboyer.

Chaque fois qu'elle essayait de monter à l'intérieur, le chien aboyait plus fort.

– Il ne m'aime pas.

– Elvis, laisse-la entrer ou tu dormiras sur le canapé ce soir.

La phrase retint l'attention d'Elvis pendant une seconde, jusqu'à ce que Meredith commence à grimper dans le camion et que le chien ne devienne à nouveau menaçant. Leigh rit sous cape, et Colton et Elvis se tournèrent vers la porte. Elle recula précipitamment et la referma lentement. Aiguisant son ouïe, elle tendit l'oreille pour essayer de comprendre ce qui se passait maintenant et, à son grand soulagement, elle entendit la porte du camion se fermer enfin et Elvis se taire. Leigh s'éloigna, restant loin des fenêtres jusqu'à ce qu'ils soient partis. Elle saisit sa tasse de café et en but une longue gorgée tiède, savourant la saveur de noix pour oublier la conversation qu'elle avait eue avec Meredith.

Un coup à la porte la fit sursauter et cracher sa gorgée. Leigh posa la tasse, toujours en toussant, et ouvrit la porte pour trouver Colton debout avec Elvis à ses côtés. Meredith était dans le camion.

– Salut, dit-il, le regard indéchiffrable.

– Bonjour, reprit-elle en se raclant la gorge avant qu'une nouvelle toux ne fasse surface.

– Je déteste demander cela, mais c'est ta sœur qui l'a suggéré. Elvis peut-il rester avec toi ? Pour qu'il ne soit pas dans le même véhicule qu'elle.

Leigh regarda le chien de chasse, ses yeux braqués sur elle, ses oreilles dressées.

– Je pensais que ça irait bien après avoir vu Meredith hier soir, mais de toute évidence, il est toujours effrayé.

Leigh ouvrit plus grand la porte et s'adressa au chien.

– Tu veux venir avec moi aujourd'hui ? demanda-t-elle en lui faisant signe d'entrer.

Le chien regarda Colton.

– Oui, c'est bon, dit-il à Elvis.

Le chien franchit l'embrasure de la porte et s'assit à côté de Leigh.

– Merci, dit Colton en s'éloignant d'un pas. Je reviendrai le chercher dans quelques heures.

Il montra du doigt l'intérieur du chalet.

– Tu restes ici, confirma-t-il à Elvis.

Leigh se pencha et caressa la tête d'Elvis.

– A-t-il une laisse ?

– Nan. Il n'ira nulle part.

– Tu as des instructions particulières ?

Le coin de la bouche de Colton se plissa en un sourire.

– Non.

– D'accord. Amusez-vous bien.

Colton se détourna et leva la main tout en se dépêchant de retourner au camion, monta dedans et démarra le moteur. Elvis s'assit à côté de Leigh, Colton s'éloigna sur le chemin de terre, provoquant un nuage de poussière derrière eux.

– Bien, je suppose qu'il n'y a plus que nous maintenant, dit-elle à Elvis. Tu es excellent pour juger les caractères, tu le sais ?

Les oreilles d'Elvis se dressèrent et il tourna la tête sur le côté.

– Moi aussi, je lui aboierais dessus.

Elvis se retourna vers la porte, et Leigh aurait juré qu'il comprenait ce qu'elle disait.

Chapitre 7

Katherine entra dans le salon, croisant son peignoir jaune en éponge pour l'attacher, et s'approcha d'Elvis avec un sourire curieux.

– Tu m'as réveillée ce matin, lui dit-elle. Qu'est-ce que c'était que ce vacarme ?

Le chien la suivit des yeux avec méfiance.

– Le chien de Colton reste avec nous aujourd'hui, lui expliqua Leigh. Meredith est allée pêcher avec lui ce matin.

– Qu'est-ce qu'elle a mangé ? J'allais préparer le petit déjeuner.

– Des toasts.

Katherine fronça les sourcils.

– A-t-elle l'intention de rester dehors toute la journée ?

– Elle a dit qu'elle serait de retour dans quelques heures. La seule raison pour laquelle je la crois, c'est parce que Colton est avec elle et qu'il regardera l'heure.

Elvis s'anima à la mention de son maître.

Katherine tendit la main pour caresser le chien, qui l'évita et faillit sauter sur les genoux de Leigh, ce qui les fit rire toutes les deux.

– D'accord, dit-elle en levant les mains en signe de reddition. Je ne te dérangerai pas. Je me prépare une tasse de café pour que tu n'aies pas à t'inquiéter pour moi. Tu en veux une, Leigh ?

– Non, merci. J'en ai pris deux tout à l'heure.

Pendant que sa mère remplissait sa tasse dans la cuisine, Leigh attrapa son ordinateur portable et l'ouvrit, vérifiant sa boîte de réception : vide à l'exception d'e-mails de publicité.

Elle avait reçu des newsletters de Neiman Marcus et de Target, ainsi qu'un e-mail d'un club de lecture en ligne auquel elle s'était inscrite, mais dont elle n'avait jamais eu le temps de s'occuper. Elle consulta donc les offres d'emploi en ligne pour voir si une nouvelle annonce était apparue au cours de la dernière heure, tout en sachant à quel point c'était ridicule. Comme prévu, rien ne sortit du lot. Puis, par curiosité, elle décida de se pencher sur le projet immobilier qu'elles avaient vu la veille.

– Quelle était l'entreprise qui construisait ces nouveaux magasins que nous avons vus du bateau ? demanda-t-elle à sa mère.

Elvis se redressa, ses oreilles s'affolèrent. Leigh lui sourit, le caressa et l'installa à nouveau sur le sol.

– C'était Greystone Properties, non ? répondit Katherine en entrant avec son café.

Elle s'assit à l'autre bout du canapé, croisant les jambes et posant la tasse fumante sur son genou.

Elvis se rapprocha de la jambe de Leigh.

– Oui, c'est ça, dit-elle en tapant le nom et le lieu dans la barre de recherche.

– Je me demande quels sont les bons restaurants qui vont arriver.

Quelques articles apparurent et elle cliqua sur l'un d'eux, cherchant les noms de magasins et de restaurants qu'elle pourrait reconnaître. Mais lorsqu'elle commença à lire, elle ralentit, et se concentra davantage sur l'article.

– Ils disent que le développement est au point mort...

Katherine se pencha plus près pour voir l'article et l'odeur sucrée et laiteuse de son café flotta au-dessus d'elle.

– Ah bon ? Pourquoi ?

Leigh tourna l'écran vers elle.

– Regarde, là, dit-elle en tapotant le deuxième paragraphe.

– *« Ils luttent pour prendre pied »*..., lut-elle à haute voix.

– L'intérêt des détaillants et de l'industrie alimentaire a été étonnamment faible et le promoteur risque de faire faillite.

– C'est terrible.

Katherine se redressa, regardant le lac à travers la fenêtre.

– On n'a vraiment pas besoin d'une horreur abandonnée au bord du lac. Il me semble que c'est un emplacement idéal.

Leigh caressa les oreilles d'Elvis.

– Je sais. Il ne devrait pas être vacant. Il n'y a aucune raison pour que les gens ne veuillent pas venir à cet endroit. C'est un bien immobilier de premier ordre. L'allée Holly Brush ne passe-t-elle pas juste derrière ?

– Oui. C'est une ligne droite jusqu'à la route principale.

Katherine pinça les lèvres, la tasse de café se balançant au bout de son anse, entre ses doigts.

– C'est donc un endroit central. Il y a un fantastique accès aux bateaux amarrés..., commenta Leigh avant de fermer son ordinateur portable.

– Je me demande quels sont les magasins de détail qu'ils ont contactés.

Katherine haussa les épaules. Elle tendit la main pour caresser Elvis à nouveau, mais il ne voulait toujours pas la laisser faire.

– Tu sais, c'est mon métier, dit Leigh en réfléchissant à la question.

– Construire des restaurants ?

– Non. Je trouve des clients pour les entreprises. Je leur vends l'entreprise, je fais en sorte que l'offre soit irrésistible.

– Vu comme ils se sont apparemment battus, il doit y avoir quelque chose qui ne va pas. Je ne suis pas sûre que tu puisses vendre un projet immobilier à vide. Les articles qui expliquent que le propriétaire est sur le point de faire faillite inquiéteraient n'importe qui.

– Tu serais surprise, dit Leigh, une idée l'incitant à rouvrir son ordinateur portable.

Elle commença à chercher des statistiques sur le lac Old Hickory.

– Tout dépend de la façon dont tu l'interprètes. J'ai connu pire que ça.

– Qu'est-ce que tu cherches ? demanda sa mère, qui n'écoutait plus qu'à moitié et attrapait son roman pour l'ouvrir à la page qu'elle avait marquée.

– Des données de base, répondit Leigh, concentrée. Vends-leur le nombre de clients potentiels et la facilité avec laquelle ils les séduiront, et c'est la moitié de la bataille gagnée.

Elle cliqua sur un article et le mit en favori.

– Quel genre de données de base ? demanda sa mère en levant les yeux au ciel.

– Je cherche des statistiques sur des sujets tels que la quantité de fruits de mer achetés dans les épiceries locales, le nombre de bateaux affrétés dans la région, combien de maisons sont habitées par leurs propriétaires par rapport à celles qui sont louées. Tout cela me permettra de savoir qui cibler pour Greystone.

– Tu pourrais travailler pour *eux* !

En s'agitant sous le coup de l'excitation, Katherine fit aboyer Elvis, ce qui la calma sur-le-champ. Elle rit, s'amusa à tendre la main vers lui et récolta un autre aboiement.

Leigh tapait sur son ordinateur.

– C'est une petite entreprise. Je doute qu'ils aient assez de sous, compte tenu de leur situation, pour embaucher un employé à temps plein pour un poste comme le mien, mais là où cela pourrait être intéressant pour moi, c'est que cela pourrait m'apporter un beau projet pour mon portefeuille qui pourrait m'aider à décrocher un emploi ailleurs. Je vois déjà les titres des articles : « Une femme de la région sauve le commerce de détail à Old Hickory Lake ; le commerce est maintenant en pleine effervescence. »

– Mais même si tu pouvais faire en sorte que ça marche pour eux, tu ne resteras pas longtemps ici, dit Katherine.

– Il faudra que je sois disponible sur place pour les réunions avec les entreprises potentielles, mais je pourrais faire tout le reste à distance.

Leigh laissa le site web de Greystone à l'écran et tapa le numéro de téléphone sur son portable.

– Cela vaut la peine d'appeler.

– Je dirais que oui, approuva Katherine qui se leva et reposa le roman, sans en avoir lu une seule page. Tu veux manger quelque chose ? Je suis affamée.

– Oui, super.

Leigh regarda Elvis.

– Tu aimes le bacon ?

Elvis tourna la tête et la regarda.

– Je parie que c'est le cas. Viens, mon grand. Prenons un petit déjeuner.

Meredith traversa la maison, riant à un propos de Colton, lui donnant une tape sur le bras et les deux déboulèrent sous le porche arrière où Leigh était assise, encore en pyjama. Elle eut un pincement au cœur, mais elle le cacha en lui adressant un salut aimable.

Elvis sauta du canapé de la véranda, où il était installé à côté de Leigh, sous la couverture qu'ils partageaient, et bondit autour de Colton.

– Où est maman ? demanda Meredith.

– Elle a couru jusqu'au marché.

Leigh ne pouvait pas s'empêcher de se sentir exclue par ces deux-là. Elle posa le roman qu'elle avait apporté avec elle – celui qu'elle avait depuis quatre mois et qu'elle n'avait jamais rouvert – et remonta la couverture sur ses épaules. Elle était arrivée au quatrième chapitre.

– La pêche a été bonne ? demanda-t-elle dans une tentative d'être sociable.

Meredith renifla puis se mit à rire, les yeux rivés sur Colton, tous deux avaient l'air de partager une sorte de blague privée. Leigh en eut la chair de poule.

Sa sœur croisa les bras et frissonna de façon spectaculaire.

– Il fait un froid de canard ici. J'ai passé assez de temps dehors. Entrons, dit-elle à Colton.

– J'arrive dans une minute, répondit-il.

Meredith revint en courant par la porte, poussant Leigh, Colton et Elvis sous le porche.

– Comment s'est-il débrouillé ? demanda Colton en flattant Elvis sur le côté.

– Très bien, répondit-elle en replaçant un peu gênée ses cheveux derrière ses oreilles.

Elle ne s'attendait pas à ce qu'ils reviennent si vite.

Il serra les lèvres et hocha la tête, le regard vague comme s'il voulait dire autre chose. Puis il s'assit à côté d'elle, et son parfum unique d'épices et de bois de cèdre chatouilla ses sens. Elle respira superficiellement pour l'éviter autant que possible, retira ses lunettes et posa son roman. Elvis sauta sur le canapé avec lui et posa sa tête sur la jambe de Colton.

– Je ne l'avais jamais laissé à quelqu'un avant, dit Colton. Mais il semble vraiment t'apprécier.

– C'est un bon gars.

Elle se décala légèrement, aspirant l'air pur du lac et lui demanda :

– Meredith et toi, vous vous êtes… amusés ?

– Oui, tu sais comment elle est. On n'a fait que plaisanter et rire.

En fait, Leigh ne savait pas du tout ce qu'il voulait dire. Meredith n'avait jamais plaisanté ni ri avec elle. Pas même une fois.

– Pourquoi penses-tu qu'elle est si facile à vivre avec toi ? demanda-t-elle.

– Je ne sais pas. Je suppose que c'est parce que je ne lui demande rien.

– Nous ne lui demandons rien, déclara Leigh.

Colton haussa les épaules.

– Alors c'est à elle que tu devras poser la question.

Ils restèrent assis ensemble. Le balancement silencieux de l'eau du lac remplissait le silence entre eux. Tant de temps s'était écoulé. Ils étaient tous les deux si différents, mais ils avaient aussi l'impression d'être les mêmes, assis côte à côte.

– Colton, commença-t-elle, avec la sensation qu'ils étaient partis du mauvais pied le jour d'avant. Le dernier été que nous avons passé ensemble, quand nous avons parlé de notre avenir, je n'ai pas voulu rire de…

– Quoi ?

– Cela m'a trotté dans la tête ensuite pendant toute ma vie d'adulte.

Il écarta son commentaire.

– Cela fait des années… Tout va bien.

– C'est possible, mais j'ai gardé un sentiment de culpabilité à ce sujet. Je ne riais pas *de toi*.

– C'est vrai. C'est bon, dit-il avant de se racler la gorge.

Le sujet n'arrangeait pas leur relation, ce qui ne faisait qu'aggraver la culpabilité de Leigh, car elle savait ce que l'on ressent, à cet âge impressionnable, lorsque quelqu'un à qui l'on tient vous rejette.

– Nous avons eu deux parcours de vie très différents, dit-il en tripotant quelque chose sur le cou d'Elvis. On dirait que les choses se sont bien passées pour toi.

Son regard restait posé sur le chien, des pensées non avouées se dessinaient sur son visage.

– Pour toi aussi, dit-elle. Tu as l'air heureux.

C'est alors qu'il s'est tourné vers elle, et ses yeux brun foncé rencontrèrent les siens.

– Oui… ça va.

La porte s'ouvrit et Meredith passa la tête dehors, ce qui mit Elvis en alerte.

– Tu viens ? demanda-t-elle à Colton, en interrompant d'un geste l'instant présent.

– Ouaip, dit-il en se levant, l'air fermé. À plus tard.

Leigh hocha la tête, elle aurait voulu qu'il reste, mais ne l'empêcha pas de partir. Elle avait l'impression d'avoir besoin d'apprendre à le connaître à nouveau.

– Viens, mon gars.

Colton entra dans le chalet, Elvis sur ses talons.

Chapitre 8

– Je nous ai acheté des fraises et des mûres fraîches à la ferme des Johnson, dit Katherine en enfonçant sa main dans le sac en papier brun, et ils avaient les plus gros concombres que j'aie jamais vus ! J'en ai pris trois.

Elle sortit un pichet de lait, deux fromages différents et des pois mange-tout frais avant de demander :

– Où est Meredith ?

– Je ne sais pas, lui répondit Leigh.

– Je suis entrée dans la douche pour me préparer pour la journée, et quand je suis ressortie, elle était de nouveau partie.

Katherine secoua la tête, visiblement déçue.

– C'est comme si elle ne se souciait même pas que tu aies quelque chose à nous dire. J'ai l'impression qu'elle est juste là pour faire une apparition et c'est tout.

– Accordons-lui le bénéfice du doute. Peut-être qu'elle a juste oublié quelque chose sur le bateau et qu'elle est allée le chercher chez Colton.

Katherine passa la main autour du récipient de mûres pour récupérer son téléphone.

– Je lui enverrai un message pour savoir si elle est là.

Leigh mit le lait au réfrigérateur et posa les concombres sur le comptoir.

– J'ai appelé la société Greystone et j'ai laissé un message pendant ton absence, dit-elle en pliant le sac en papier et en le rangeant sous l'évier où elles les remisaient.

– Oh ? s'exclama Katherine tout en passant le panier de mûres sous le jet d'eau de l'évier.

– Je leur ai annoncé que j'avais entendu dire qu'ils avaient des difficultés à remplir la propriété sur le lac et que je pensais pouvoir les aider.

Maman jeta les mûres dans la passoire de Nan pour les faire sécher, comme Nan le faisait toujours.

– C'est très bien. Peut-être que quelque chose en sortira, dit-elle, pensive, puis elle reporta son attention sur son téléphone.

– Colton dit qu'il ne l'a pas vue.

Leigh ne put s'empêcher de craindre que sa sœur ne soit partie. Cela lui ressemblerait de s'enfuir, de courir après autre chose et de les laisser là.

– Elle ne serait pas *partie*, n'est-ce pas ?

Les mains de Katherine s'immobilisèrent et elle posa la tomate qu'elle était en train d'essuyer.

– Ses affaires sont là ?

Leigh et sa mère entrèrent dans la chambre de Meredith, au fond du chalet. Leigh poussa un petit soupir de soulagement mêlé de frustration en voyant la valise de sa sœur. Les sandales à lanières de Meredith étaient encore rangées sous la chaise dans le coin, une paire de hauts décolletés traînait sur le lit et elle voyait son sac contre le mur.

– Prometteur, murmura Katherine.

– Oui, mais c'est égoïste de sa part de partir sans rien dire, se plaignit Leigh, alors qu'elles retournaient toutes les deux vers la cuisine. Elle ne pense jamais à personne d'autre qu'à elle-même.

– Elle est peut-être dehors quelque part. As-tu vérifié ?

Sentant sa frustration grandir, Leigh sortit sous le porche arrière pour regarder. Elle scruta la rangée d'arbres, le quai, le bord de l'eau, le hamac, le foyer… personne.

– Meredith ? appela-t-elle, mais tout ce qu'elle obtint en retour, ce fut le doux sifflement du vent.

– Elle n'est pas ici, c'est sûr, dit-elle en revenant à l'intérieur.

Katherine retrouva Leigh dans le salon.

– Comment es-tu censée nous annoncer cette mystérieuse nouvelle ? Tu ne peux pas me laisser l'écouter d'abord ?

Sa mère la regarda fixement comme si elle prenait une décision.

– Je me suis demandé si je devais te le dire d'abord, répondit-elle en fronçant les sourcils. Je pense que je devrais le faire, mais une partie de moi voulait inclure Meredith dans tout ça pour qu'elle n'ait pas l'impression que je choisissais un camp. Elle mérite de le savoir en même temps que toi, même si je pense que tu auras plus de mal à l'accepter.

Un frisson glacial traversa Leigh à l'idée qu'elle prendrait plus mal que sa sœur ce dont Nan l'avait avertie de façon si énigmatique, même si ce n'était pas si surprenant, puisque sa sœur ne s'investissait pas le moins du monde dans leur famille.

– Si elle ne peut pas rester assez longtemps pour écouter ne serait-ce qu'une seconde, elle *ne mérite pas* de l'entendre en premier.

Katherine se mordilla la lèvre inférieure, visiblement en train de délibérer.

– Donnons-lui une heure. Si elle ne revient pas d'ici là, je prendrai les devants et je te le dirai.

Leigh était assise sous le porche grillagé pendant que sa mère s'affairait à faire le ménage. Le ventilateur au-dessus d'elles vrombissait. C'était une journée de printemps parfaite : les oiseaux gazouillaient dans les arbres et, de temps en temps, un bateau passait sur le lac. Après avoir envoyé un texto à sa sœur sans obtenir de réponse, Leigh avait passé l'heure précédente à rédiger un document rapide sur les entreprises qu'elle aimerait contacter au nom de Greystone, en se préparant au cas où elle recevrait un appel téléphonique. Elle avait des descriptions des entreprises, des photos de leurs autres emplacements et des estimations du montant du loyer qu'elles paieraient probablement, en fonction des espaces qu'elles occupaient déjà. Les idées coulaient d'elles-mêmes comme du bon vin dans le chalet de Nan. Elle pouvait élaborer ce plan les yeux fermés, et le fait que cela lui vienne si facilement la remplissait d'un sentiment d'utilité. Le lac représentait un changement frappant par rapport au rythme qu'elle avait adopté au cours des quatre dernières années, et avec tout ce qui se passait dans sa vie, le fait d'être là lui apportait de la joie et de la satisfaction. Même sans la présence physique de Nan, elle ressentait du soulagement, comme si Nan était présente dans le vent et dans l'odeur des pins. Elle pouvait presque entendre sa grand-mère lui parler de tout cela.

– Ce n'est qu'un accident de parcours, lui disait-elle, ses cheveux gris tirés en arrière, ses mains usées par le temps posées sur les genoux de Leigh. Tu as tout ce qu'il faut pour réussir.

Si ses études l'avaient préparée à la réussite, c'était le temps passé au chalet avec Nan qui avait fait d'elle ce qu'elle était. Leigh s'est fait la promesse que, quoi qu'il arrive, elle reviendrait plus souvent au chalet. Cela faisait bien trop longtemps qu'elle n'y était pas venue. Elle pourrait peut-être planifier d'autres visites, quelques-unes par mois. Cela ferait du bien à son esprit de passer du temps dans l'endroit où elle s'était construite.

– Cela fait une heure et demie, dit Leigh en regardant sa mère qui balayait le porche.

Katherine appuya le balai contre la rambarde du porche.

– Je sais. J'essaie juste de lui donner du temps, en espérant qu'elle franchira cette porte.

– Je ne la comprends pas, dit Leigh en secouant la tête et en fermant son ordinateur portable. Elle semble faire des choses juste pour nous agacer.

Katherine la regardait fixement, et son silence en disait long.

– Vas-y, dis-moi de quoi il s'agit. Je doute que Meredith ne s'en préoccupe.

– Je suis tellement partagée, gémit Katherine.

Elle s'assit à côté de Leigh, se tortillant pour se mettre en face d'elle.

– Je veux faire cela en famille.

– Meredith s'est-elle *déjà* comportée comme si elle était en famille ?

Katherine baissa les yeux sur ses genoux en se tordant les mains.

– Je repasse ma vie en me demandant pourquoi elle est si différente de nous… Je n'arrive pas à comprendre, murmura-t-elle.

Les larmes montèrent aux yeux de sa mère et Leigh s'approcha pour la réconforter.

– Qu'est-ce qui se passe ?

La voix de Meredith transperça l'instant comme un couteau aiguisé alors qu'elle arrivait sous le porche.

Katherine s'essuya les yeux.

– Nous nous demandions juste où tu étais, dit-elle en se raclant la gorge et en clignant des yeux pour chasser sa tristesse.

Meredith brandit un gobelet en carton.

– Je suis allée chercher un café. Je mourais d'envie d'un bon cappuccino et j'ai dû aller presque jusqu'à Nashville. Tu sais à quel point c'est difficile de trouver un bon café dans cette ville ?

Elle s'assit sur le canapé, coinçant Leigh au milieu.

Cette dernière se tourna vers sa sœur, démangée par des années d'irritation.

– Tu aurais pu le dire à quelqu'un, lui jeta-t-elle au visage.

Meredith se raidit, ses lèvres formant une ligne droite.

– Je ne savais pas que ça prendrait autant de temps. Je pensais que je serais de retour avant même que tu ne sois sortie de la douche. Maman était partie. Il n'y avait personne à qui le dire.

Elle posa son gobelet en carton sur la table et se releva.

– Bon sang. Je suis unc adulte. Je ne peux pas sortir pour prendre une tasse de café ? Maman, tu nous as laissé un mot pour nous dire que tu étais au marché ?

– Je l'ai dit à Leigh, répondit leur mère.

Meredith leva les bras au ciel.

– Bien sûr que tu l'as dit à Leigh, cracha-t-elle.

Katherine se redressa.

– Tu étais partie pêcher avec Colton ! Comment aurais-je pu te le dire ?

– Vous deux, vous pouvez rester assises à me pointer du doigt et à être malheureuses. Nan me manque aussi, comme une folle. Mais j'essaie de profiter de la vie comme elle le faisait. C'est ce qu'elle aurait voulu. Tu m'as demandé de venir ici, mais je suis confrontée à la misère à chaque fois.

Elle se tenait face au lac et secouait la tête.

– Dis-moi ta nouvelle et je m'en irai. Vous préférez que je parte de toute façon.

Katherine se leva.

– Ce n'est pas vrai.

Meredith sembla remarquer le silence de Leigh, elle lui jeta un regard par-dessus son épaule, puis laissa échapper un soupir de frustration. Ce n'était pas que Leigh voulait que sa sœur s'en aille. Elle souhaitait simplement qu'elles puissent toutes s'apprécier, et elle ne pensait pas que ce serait le cas un jour.

– Je ne veux pas me disputer avec vous, dit Meredith en redescendant de ses grands chevaux après sa diatribe, le ton plus doux.

– Moi non plus, dit Katherine. Écoute, cela fait longtemps que nous n'avons pas eu l'occasion d'être réunies en famille. Pourquoi ne ferions-nous pas quelque chose ensemble avant de nous préoccuper du reste ?

En regardant sa sœur et sa mère, Leigh repensa à la lettre de Nan : *« Quoi qu'il arrive, tout ira bien. »*

La voix de leur mère interrompit ses pensées.

– Nous avons besoin d'une occasion de nous rapprocher. C'est ce que Nan aurait aimé voir.

Meredith s'adoucit encore plus quand elle mentionna les souhaits de Nan, face à Leigh. C'était comme si Nan était là, essayant de les diriger toutes en silence.

Meredith et Leigh se regardèrent l'une l'autre, sans dire un mot, sachant toutes les deux que trouver quelque chose qui plaise à tout le monde était plus facile à dire qu'à faire.

– Je pense que tu devrais juste dire ce que tu as à nous dire, maman, lâcha Meredith.

Katherine regarda tout autour du plafond comme s'il allait lui donner une sorte d'aperçu caché.

– Je ne peux pas encore te le dire. Nous devons toutes les trois être sur la même longueur d'onde avant que je ne te fasse part de cette nouvelle.

– Je n'ai pas *beaucoup* de temps. Je pars bientôt à Paris, dit Meredith, dont la remarque surprit Leigh.

Elle ne l'avait pas vu venir.

– Nous mettre sur la même longueur d'onde va prendre plus de temps que ça, ajouta Meredith.

Paris ?

Réalisant à cet instant qu'elle n'avait aucune idée de l'identité réelle de sa sœur, Leigh se leva et se plaça à côté de Meredith, ignorant sa remarque ronchon.

– Comment sommes-nous censées être sur la même longueur d'onde alors que nous nous parlons à peine ? Tu es ma sœur et je ne sais même pas ce que tu fais dans la vie ni où tu habites. Ou comment tu as réussi à organiser un voyage à Paris.

Meredith se retourna vers elle, l'air pincé.

– Tu n'as jamais posé la question. Aucune d'entre vous ne l'a fait.

Leigh se rapprocha d'elle d'un pas.

– Eh bien, je te le demande maintenant.

Meredith baissa les yeux sur le bord en bois du cadre de la moustiquaire du porche, ramassant une écharde qui dépassait. Elle inspira profondément et croisa le regard de Leigh une fois de plus.

– J'ai vécu dans un camping-car pendant deux ans, en économisant tout l'argent que je gagnais comme barman. J'ai acheté une poignée de toiles et je me suis mis à peindre, je les ai exposées dans différentes villes, en gardant les meilleures en cours de route. Et j'ai ouvert une galerie à San Diego. Elle a ouvert ses portes en janvier.

– C'est incroyable, dit Katherine, et son visage s'illumina.

– Comment ça se passe ? demanda Leigh, complètement époustouflée par le fait que sa sœur ait réussi à faire quelque chose d'aussi énorme sans se défiler ou changer ses plans. As-tu vendu des peintures ?

Meredith sembla se tenir plus droite quand elle répondit, prenant évidemment la question de Leigh comme une remarque sceptique sur sa réussite, alors que Leigh l'avait seulement posée par curiosité.

– J'ai vendu cinquante-deux de mes tableaux depuis l'ouverture de la galerie. À mille dollars le tableau. Mon voyage à Paris est payé de toute façon. C'est pour une commande de l'acteur David Ferguson. Il décore sa ferme à la campagne.

Katherine sursauta.

– *Le* David Ferguson, celui de tous ces films d'action ?

– Oh, mon Dieu ! C'est incroyable.

Leigh s'en voulut soudain d'avoir été si désinvolte quand Meredith lui avait dit qu'elle aurait besoin d'un peu de temps pour régler ses affaires avant de venir au chalet.

– Je suis si fière de toi, dit Katherine, visiblement encore émerveillée, clignant des yeux comme pour intérioriser ce que Meredith avait dit, les yeux brillants d'émotion.

Mais au lieu du bonheur, quelque chose traversa le visage de Meredith… de la rancœur ?

– Merci, dit-elle, le visage impassible, sans se réjouir de leur joie.

– Tu devrais être heureuse, Meredith, lui fit remarquer Leigh. Nous sommes toutes les deux ravies pour toi.

En disant cela, elle grimaça intérieurement, sachant qu'elle avait tracé cette ligne invisible avec Meredith d'un côté et sa mère et elle de l'autre.

– Je n'ai pas besoin de ton approbation pour être heureuse, dit Meredith. J'ai vécu sans elle pendant tout ce temps ; je n'en ai absolument pas besoin maintenant.

– Je ne te donne pas mon approbation, s'énerva Leigh, aiguillonnée par une morsure de colère refoulée devant la réaction de Meredith.

Katherine rayonnait à travers ses larmes.

– Ce n'est pas une raison pour se disputer, dit-elle, avec le même bonheur maniaque qu'elle avait affiché dans les jours qui avaient suivi la mort de leur père.

– Nous devrions *fêter ça*. Allons chercher une bouteille de champagne et invitons les voisins. Nous pourrons nous amuser sans la pression de n'être que toutes les trois.

– Ce n'est pas grave. Tu n'as pas besoin de te donner tout ce mal, dit Meredith.

– Ce n'est absolument pas un problème. Je pense déjà aux personnes que nous pouvons inviter. Nous pouvons aussi appeler Colton et lui dire si tu ne l'as pas déjà fait, voir s'il peut venir aussi.

Pour la première fois depuis qu'elle avait franchi le porche, Meredith se radoucit en entendant le nom de Colton.

– D'accord, je vais l'appeler.

Leigh ne pouvait s'empêcher d'être légèrement envieuse que Meredith puisse appeler Colton sur un coup de tête, alors qu'elle-même avait à peine pu lui parler, et qu'elle avait encore tant de choses à lui dire. Elle voulait s'assurer qu'il sache à quel point elle avait vécu une enfance formidable grâce à lui. Et qu'elle était une meilleure personne parce qu'elle l'avait connu. Elle ne voulait pas qu'il pense une seule seconde que les souvenirs qu'elle avait de lui étaient moins bien que merveilleux. Avec Meredith à ses côtés, elle se demandait si elle arriverait un jour à avoir une chance de le lui dire. Mais, alors que Meredith composait le numéro de Colton sur son téléphone portable, un petit sourire aux lèvres, Leigh savait que c'était le moment de sa sœur à cet instant-là, et qu'elle ne se laisserait pas abattre.

– Hé, je sors pour trouver quelque chose à peindre, dit Meredith en frappant à la porte de Leigh.

Leigh leva les yeux de l'étude de dernière minute qu'elle faisait sur son ordinateur portable pour préparer sa présentation à Greystone Properties. Sa sœur avait une toile sous le bras et un sac lourd de fournitures artistiques en bandoulière, avec des pinceaux qui dépassaient du haut.

– Je veux voir si je peux faire quelques peintures avant la grande fête de ce soir. Alors, je me suis dit que je devais te dire où j'allais, ajouta-t-elle en roulant des yeux.

– Merci, dit Leigh et elle abandonna son ordinateur, le laissant derrière elle sur le lit.

– *Et toi* où vas-tu ? demanda Meredith, en remarquant que Leigh était vêtue de son plus beau pantalon en lin et d'un débardeur, avec un cardigan assorti et des chaussures plates.

– J'ai une réunion pour le travail… une entreprise locale, dit-elle en mentant un peu.

Greystone ne savait pas qu'elle passait, elle n'avait pas reçu de réponse à son message, mais elle s'était dit que ça valait la peine de passer les voir.

– Nous allons travailler toutes les deux. Je n'aurais jamais pensé que je verrais le jour où nous allions faire *toutes les deux la* même chose.

Leigh lui fit un demi-sourire.

– Puis-je te poser une question que je me pose depuis longtemps ?

Meredith attendit, dubitative.

– Pourquoi n'aimes-tu pas passer du temps au chalet ? Tu es toujours en train de te précipiter.

Meredith se referma instantanément, ce mur qu'elle savait si bien élever apparut sur son visage.

– Je ne te juge pas, dit Leigh pour rattraper les choses. Je n'ai pas du tout d'opinion sur ce sujet. J'ai toujours été curieuse de savoir pourquoi tu t'absentais si souvent, et je ne t'ai jamais posé la question.

Meredith soupira.

– Pour de nombreuses raisons, mais surtout parce que le fait d'être dans des endroits nouveaux me donne de l'énergie. Je n'ai même pas de maison à San Diego où se trouve la galerie. Je suis mieux dans un hamac dans les arbres quelque part que coincée entre quatre murs.

Leigh sourit.

– Toi et moi sommes si différentes, fit-elle remarquer.

– Oui, c'est clair.

Un silence pesant s'installa entre elles jusqu'à ce que Meredith le comble.

– Bon, j'y vais. Maman est en mode planification, expliqua-t-elle avec une grimace.

– Oh non. Vraiment ?

– Je pense qu'elle a appelé tous les habitants de la ville.

– Elle est juste excitée.

Leigh savait que c'était plus que cela. C'était la façon dont leur mère restait à la surface de l'eau pour ne pas sombrer, car si elle se relâchait, elle risquait de ne plus remonter à la surface.

Meredith sembla presque agacée par le commentaire de Leigh, comme si elle le savait aussi, et elles firent toutes deux une pause, mal à l'aise. Après un moment de ce qui semblait être une délibération, sa sœur dit :

– D'accord. J'y vais. À plus tard.

Elle s'envola par la porte de la chambre et laissa Leigh dans sa chambre.

Avec un soupir, Leigh ferma son ordinateur portable et se leva, fixant son reflet dans le miroir au-dessus de la commode, encore stupéfaite que la galerie de Meredith semble connaître un succès fou alors qu'elle n'avait pris que quelques années pour planifier ce projet, tandis que toute sa propre vie avait abouti à la carrière qu'elle essayait désespérément de maintenir à flot. Cela lui semblait injuste, mais elle était heureuse pour sa sœur. On aurait dit que Meredith savait exactement qui elle était, alors que Leigh ne savait pas trop où elle en était.

Elle passa ses doigts sous ses yeux pour lisser son maquillage car elle avait l'air fatigué. Elle se détourna de son reflet et prit une photo encadrée de Nan sur la plage, ses cheveux gris flottant au vent.

– Suis-je sur le bon chemin ? murmura-t-elle au visage souriant de sa grand-mère, le cœur lourd dans le silence.

Sans réponse à sa question, elle redressa ses épaules et sortit de la pièce.

– Ça te va bien, dit Katherine depuis la table de la cuisine, alors qu'elle feuilletait un des magazines de Nan.

– Merci. J'ai vu en ligne que Greystone a un bureau à côté du chantier. Je vais m'y arrêter et voir si je peux parler à quelqu'un. Tu veux venir avec moi sur le bateau ?

– Oh, je pense que je vais rester ici. J'ai encore quelques personnes à appeler pour la fête de Meredith ce soir et j'aimerais aller faire les courses.

Ses yeux se posèrent avec tendresse sur le magazine qu'elle tenait entre les mains.

– Mais pour l'instant, j'absorbe tout. C'est bien de s'asseoir dans le monde de maman pendant un petit moment.

Leigh s'approcha et posa une main sur l'épaule de sa mère.

– Nan semblait faire en sorte que tout aille bien, tu sais ?

– Je sais.

– Tu te souviens qu'elle avait l'habitude d'installer des guirlandes lumineuses sur le porche et d'allumer toutes les lampes tiki le premier soir de notre arrivée ici, chaque été ? Elle faisait brûler toutes les bougies et faisait cuire quelque chose dans le four, comme une casserole remplie de légumes de son jardin.

– C'est vrai, dit Katherine avec un sourire nostalgique.

– Toute la maison sentait le fromage et les bougies au jasmin.

– Oh oui, dit Katherine. Il me semble que c'était il y a non pas une, mais des dizaines d'années.

Leigh hocha la tête, perdue dans ses souvenirs.

– Elle mettait une sorte de musique de vacances à tue-tête, poursuivit Leigh, se laissant aller aux souvenirs.

– Et quand nous lui demandions de baisser le son, elle nous attrapait par la main et nous faisait tourner.

– J'adorais la regarder faire ça avec Meredith et toi quand vous étiez toutes les deux des petites filles.

Katherine se concentra sur le magazine, une vieille édition de *Southern Style*.

– Je ne supporte toujours pas qu'elle soit partie, dit-elle, la voix brisée.

Sans crier gare, les larmes se mirent à couler des yeux de Leigh.

– Ce n'est pas la même chose sans elle, continua Katherine. On a l'impression que c'est vide.

– Je sais. J'attends encore que cela me paraisse normal, dit Leigh.

– Mais ce n'est pas le cas. Pas du tout.

Katherine fit voltiger ses mains en l'air.

– Je suis désolée, je ne voulais pas te casser le moral. Je sais que tu veux essayer de décrocher ce poste...

– Ce n'est pas grave. Ça ne me dérange pas de parler de Nan. Et même si je ne me sens pas encore normale, c'est bon d'être de retour ici. Peut-être qu'avec le temps, nous nous réconcilierons avec le chalet, et il nous apparaîtra à nouveau comme le nôtre.

Katherine sourit, une expression indéchiffrable sur son visage. Puis elle s'éclaircit.

– Vas-y ! Fais fonctionner ta magie et gagne-les à Greystone.

Leigh embrassa sa mère sur la joue, attrapa son sac à main et se dirigea vers la porte. Cela pourrait être le début d'une grande aventure. Elle devait y croire.

Le soleil tapait alors qu'elle frappait pour la deuxième fois à la porte de la caravane à l'extérieur du lotissement. Elle pouvait entendre un murmure à l'intérieur, alors elle avait laissé un peu de temps entre les coups au cas où le chef de projet serait au téléphone. Il n'y avait rien de mal à cela.

Elle prit donc l'initiative de jeter un coup d'œil à l'intérieur lorsque personne ne répondit la deuxième fois.

– Qu'est-ce qu'il y a ? aboya un homme d'un certain âge en claquant le combiné de son téléphone de bureau sur son socle.

Il la fixait, sa casquette de baseball à l'envers, des boucles de cheveux gris s'échappant en dessous, deux lignes profondes entre ses sourcils.

– Je suis vraiment désolée, dit-elle, imperturbable, en entrant.

Elle ne se laissait jamais impressionner par l'attitude des clients potentiels. Et elle en avait vu de toutes les couleurs.

– Je voulais parler au chef de projet de Greystone Properties.

Il la fixait comme si sa présence avait gâché sa journée, la climatisation bourdonnait comme un compresseur d'air, crachant un courant d'air glacé à travers la chaleur du petit espace.

– C'est vous ? insista-t-elle en lui adressant son sourire le plus authentique, compte tenu des circonstances.

– Qui le demande ? grogna-t-il en ouvrant un classeur et en notant des chiffres sur un bloc-notes.

– Je vous ai laissé un message. J'ai entendu dire que vous aviez besoin d'occupants pour votre développement immobilier ici. Je pense que je peux vous aider.

Le type continuait de porter son attention sur ses papiers.

– Je m'appelle Leigh Henderson. Je suis gestionnaire de propriétés commerciales. Je suis consultante pour une grande entreprise new-yorkaise et il se trouve que je suis ici en... vacances. J'ai vu votre projet et je me suis dit que j'étais peut-être la personne qu'il vous fallait pour vous aider.

– Je n'ai pas de budget pour ça, alors vous perdez votre temps.

Il referma le classeur et tourna sur sa chaise, sortit un tiroir à dossiers et en feuilleta les onglets.

– Je le ferais bénévolement, annonça-t-elle.

Le bonhomme fit demi-tour.

– Pourquoi ? Qu'est-ce que vous y gagnez ?

– De l'expérience, répondit-elle. Ce serait fantastique de l'ajouter à mon CV.

Il secoua la tête et retourna à ses dossiers.

– Elle a besoin d'expérience, marmonna-t-il. Tout dans l'apparence et rien derrière.

Elle s'appuya sur son bureau et s'adressa à l'arrière de sa tête, en fait, au bout de la casquette tournée vers elle.

– Il y a exactement huit restaurants dans un rayon de vingt-cinq kilomètres, et parmi ces restaurants, il n'y a aucune – vous m'entendez bien – aucune pizzeria. La pizza est l'aliment numéro un dans le pays. Après une journée en famille sur le lac, que voudront les enfants avant de rentrer à la maison ? Une pizza. Une pizzeria gastronomique est ce dont nous avons besoin pour occuper l'unité située à l'extrémité de la bande avec la terrasse circulaire. L'espace extérieur ferait un fantastique coin repas en plein air.

Il se retourna vers elle et croisa les mains, loucha d'un air sceptique.

– L'année dernière, les Américains ont dépensé plus de deux milliards de dollars en tongs, poursuivit-elle. Devinez combien de magasins de vêtements d'été se trouvent à moins de quinze kilomètres en voiture du lac Old Hickory ?

Son strabisme se transforma en un regard intéressé.

– J'ai dit « devinez ». Est-ce que vous le savez ?

Il secoua la tête à contrecœur.

– Zéro.

Elle se pencha plus près, ses mèches blondes se balancèrent au-dessus de son calendrier de bureau délavé avec la trace d'un anneau de café au centre.

– Je *sais* ce dont vous avez besoin.

L'homme protesta.

– Je voulais démarcher des entreprises locales et je n'arrive pas à en convaincre une seule de s'engager.

– Vous pensez trop petit avec les entreprises locales, ajouta-t-elle sans reprendre son souffle. De plus, le marché fermier couvre ce créneau. Vous voulez offrir un plus grand choix.

– Et comment sommes-nous censés intéresser ces entreprises ?

– C'est là que j'interviens.

Elle le regarda droit dans les yeux.

– Nous ne nous sommes pas présentés.

Elle lui tendit la main.

– Comme je l'ai dit, je m'appelle Leigh Henderson. Et vous, vous êtes ?

– Jimbo Peterson.

Il ne lui serra pas la main, et lui adressa à nouveau un regard glacial.

– Jimbo… ?

Leigh avait lu dans l'un des articles que le directeur de l'entreprise s'appelait *James* Peterson. À en juger par la barbe de deux jours sur son visage, il était assurément décontracté dans son approche professionnelle, alors elle supposa sans risque qu'il s'agissait du même homme.

– Ouais, dit-il, les lèvres formant une ligne droite qui montrait son agacement face à sa simple présence. Écoutez, je ne sais pas qui vous êtes ni ce que vous voulez vraiment, mais nous ne tenons plus qu'à un fil. Je n'ai pas le temps pour des bêtises. Je suis un homme très occupé.

– Je comprends, dit-elle. Alors, Jimbo, je vous laisse ma carte.

Elle en avait une toute prête dans la poche de son pantalon en lin, la sortit et la fit glisser sur le calendrier sale.

– Quand vous serez prêt, je serai plus qu'heureuse de vous parler de la liste de clients que j'ai déjà constituée pour vous.

Il regardait fixement sa carte, en la tripotant.

Elle l'avait presque convaincu. Elle pouvait le voir dans ses yeux. Elle renchérit :

– Nous pourrions peut-être prendre un café un jour. Oh, attendez, on ne peut pas encore. Pas tant que vous ne m'aurez pas laissé introduire les torréfacteurs dans votre plan de développement… Mais c'est vous qui décidez.

Avec un sentiment de satisfaction, elle tourna les talons et se dirigea vers la porte.

Chapitre 9

Leigh stationna sa voiture devant le chalet, juste derrière la Ford de Colton. Elle saisit les bouteilles de champagne qu'elle avait achetées au marché en rentrant chez elle après avoir eu son entrevue avec Jimbo – une autre tentative d'apaiser les choses avec Meredith – et descendit. Elvis s'approcha d'elle tout joyeux.

– Hé, mon garçon, dit-elle en lui frottant le sommet de la tête. Où est ton papa ?

– Ici, répondit Colton depuis la maison, en se matérialisant sous le porche de la porte d'entrée ouverte.

Lorsqu'elle le rejoignit, il était adossé au cadre de la porte, la main dans la poche de son jean. Il était pieds nus et portait un tee-shirt déchiré à tous les bons endroits, ce qui lui donna un coup de fouet. Elle se concentra sur la porte ouverte pour faire cesser cette sensation.

– Ta mère m'a appelé pour savoir si je pouvais l'aider à préparer le repas pour ce soir. Elle a invité la moitié de la ville.

– Vraiment ?

Colton lui prit les bouteilles de champagne des mains et les porta dans la maison, Elvis sur ses talons. Lorsque

Leigh entra, elle fut accueillie par un parfum de jasmin et dut reprendre son souffle. De la porte de la cuisine qui donnait sur l'arrière de la maison, elle pouvait voir le scintillement des guirlandes lumineuses à l'extérieur, et un sentiment de nostalgie l'envahit.

– Où est Meredith ? demanda-t-elle.

– Je crois que ta mère a dit qu'elle était encore en train de peindre ou quelque chose comme ça.

Il sortit les bouteilles de champagne de leur sac et les glissa dans le réfrigérateur.

– Elle ferait mieux de venir, dit Leigh en retenant son souffle. C'est *sa* fête.

– Elle viendra, dit-il, ses yeux sombres posés sur Leigh. Tu ne lui fais jamais confiance.

Leigh n'allait pas argumenter avec Colton, mais lui n'avait pas passé sa vie à écouter les excuses de Meredith.

– Elle est toujours présente pour toi, dit-elle plutôt à la place.

Il fixa son regard sur elle.

– C'est parce que je crois en elle, et elle le sait.

Leigh réfléchit à son point de vue, cette idée ne lui était pas venue avant. Était-ce parce qu'elle n'avait jamais vraiment eu confiance en Meredith ? Peut-être que Meredith le sentait…

– Je peux te demander quelque chose ? dit-il en s'avançant très près, il la surplombait de sa hauteur.

Son expression sérieuse et l'intimité entre eux deux coupèrent la respiration à Leigh.

Elle fit un pas en arrière.

– Bien sûr.

– Qu'est-ce qui t'est arrivé pour que tu sois si nerveuse ?

Sa question la prit au dépourvu.

– Je ne suis pas différente de la personne que j'étais.

Colton secoua la tête.

– Tu as toujours été passionnée, mais jamais énervée. Je l'ai su dès que tu es entrée chez Léon. Tes épaules sont remontées quelque part près de tes oreilles.

Il posa doucement ses grandes mains sur le haut des bras de Leigh et la tension fondit instantanément, elle sentit ses épaules glisser vers le bas. Elle n'avait même pas réalisé qu'elles étaient crispées jusqu'à cet instant.

– J'étais juste occupée aujourd'hui, c'est tout.

Elle ne savait pas trop pourquoi elle ne voulait pas avouer à Colton ce qu'elle traversait, mais elle ne voulait pas qu'il sache. C'est peut-être parce que si elle essayait de s'expliquer, elle savait qu'elle n'y arriverait pas. Elle n'avait pas la moindre idée de la raison pour laquelle elle avait perdu son travail. Ou pourquoi elle ne s'était pas sentie assez forte pour revenir au chalet au fil des ans. Ou, pire encore, pourquoi elle n'était pas revenue *le* voir. Elle aurait voulu être plus épanouie dans sa vie qu'elle ne l'était en ce moment avant de revoir Colton – ce moment n'était certainement pas le meilleur moment.

– Alors ! Comment ça s'est passé ? demanda sa mère en entrant dans la cuisine avec un chiffon et un flacon pulvérisateur.

Elvis lui aboya dessus, un grand *wouf*, et ses yeux méfiants suivirent maman quand elle traversa la cuisine.

Leigh secoua rapidement la tête derrière Colton pour déjouer les questions de sa mère.

– Je nous ai acheté trois bouteilles de champagne, dit-elle en lançant tous les mots qui lui passaient par la tête pour changer de sujet.

Elle voulait décrocher ce job avant d'en parler à Colton. D'une manière étrange, elle espérait prouver que le quitter avait été la bonne décision, alors elle voulait remettre sa carrière sur les rails avant d'en parler devant lui.

– Super, répondit Katherine, tandis qu'elle dardait un regard interrogateur sur les deux. Il nous reste environ une heure avant que les gens ne commencent à arriver. J'ai invité toutes les personnes que nous connaissons dans cette rue, Rutledge Way et Trout Lane.

Elle jeta le chiffon et la bouteille sous l'évier de la cuisine et fit couler de l'eau.

– Colton, dans une quarantaine de minutes, pourrais-tu préchauffer pour nous le gril pour les hamburgers et les hot-dogs ?

– Oui, répondit-il en lançant un regard curieux à Leigh, comme s'il était déjà dans sa tête.

– Leigh, les ingrédients de la salade sont dans le réfrigérateur. Pourquoi ne prépares-tu pas un grand saladier pour nous ? Et pourrais-tu disposer ces biscuits sur un plateau ?

Katherine sortit de la cuisine, laissant Leigh et Colton ensemble une fois de plus.

– Peux-tu m'aider à éplucher les concombres ? demanda-t-elle en les sortant du réfrigérateur, ainsi que des tomates, un sac de laitue et un bloc de cheddar.

– Bien sûr.

Elle sortit de l'armoire un des saladiers faits main par Nan. Un tourbillon de rose, de jaune et de sarcelle serpentait autour du bord de la poterie couleur crème. Elle y renversa la laitue.

Colton se lava les mains dans l'évier et Elvis s'écroula dans le coin de la cuisine en grognant. Pendant que Leigh savonnait ses propres mains sous le robinet, Colton la contourna pour prendre une serviette en papier, et elle dut retenir sa respiration pour ne pas inhaler le parfum boisé de son après-rasage.

– Ta maman a été très occupée, dit-il en s'essuyant les mains.

– Oui, c'est vrai.

Leigh prit l'économe et un couteau dans le tiroir et les posa sur la planche à découper.

– Elle se donne vraiment du mal pour Meredith. Je ne l'ai jamais vue comme ça avant..., dit-elle en prenant un concombre et en l'épluchant avec facilité, ce qu'elle avait fait pour Nan à de nombreuses reprises au fil des ans.

Colton hocha la tête, et vit à l'air sérieux de Leigh qu'elle s'inquiétait pour sa mère.

– C'est le moment de gloire de Meredith, tu sais ? dit-il, s'en tenant manifestement à un sujet plus léger.

– Oui, répondit-elle en lui tendant le concombre épluché.

Il prit le couteau et commença à le découper, faisant tomber les tranches sur le tas de laitue dans le saladier de Nan.

– Et toi ? Qu'est-ce que tu fais maintenant ? demanda-t-il, la curiosité qu'elle avait vue plus tôt dans ses yeux revenue en force.

– Je suis conseillère en gestion immobilière à New York.

Elle espérait qu'il n'entendrait pas la légèreté de ses mots : le présent qu'elle avait volontairement utilisé.

– Et toi ?

Elle lui tendit un autre concombre.

Il hésita juste assez longtemps pour qu'elle se demande s'il craignait qu'elle ne le juge sur sa carrière. S'il savait combien de fois elle s'était demandé si elle n'aurait pas préféré un rythme plus lent.

– Après le lycée, j'ai travaillé dans la ferme de coton de Jax Wrigley.

La plus grande exploitation de coton au nord du comté de Rutherford. Elle entendait encore la voix rauque du vieux Jax, qui vantait ses champs en ville.

– Lorsque le vieil homme est décédé, il me l'a laissée. Depuis, je m'en occupe.

– Oh, ouah… à toi tout seul ?

Elle ne voulait pas se montrer indiscrète, mais elle se demandait s'il avait rencontré quelqu'un au fil des ans ou s'il n'avait eu que des relations ponctuelles comme elle.

– Ouaip. C'est comme ça que j'aime faire les choses, répondit-il, mais ses mots sonnaient faux.

– Tu *aimes* être seul ? demanda-t-elle, ne sachant pas trop pourquoi elle voulait qu'il soit honnête avec elle alors qu'elle n'était pas tout à fait franche avec lui.

– C'est plus facile. Beaucoup moins… compliqué.

Il la jaugea du regard, ce qui la mit mal à l'aise.

– D'ailleurs, je ne suis pas tout à fait seul. J'ai Elvis.

Le chien se réveilla. Colton saisit un biscuit au sucre sur la plaque à côté de lui et le lança dans les airs. Elvis l'attrapa adroitement. Le chien se lécha les babines, en remuant furieusement sa queue.

– C'est un chien formidable, commenta Leigh.

Quand elle prononça ces mots, elle aurait presque pu jurer, à la façon dont les yeux d'Elvis rencontrèrent les siens, qu'il avait compris. Il s'approcha d'elle et se frotta contre sa jambe. Leigh se pencha et lui fit un petit câlin.

– Il t'aime bien, dit Colton. C'est incroyable. Il ne s'est jamais senti à l'aise avec quelqu'un d'autre que moi. C'est comme ça que j'ai su que c'était le bon chien quand je l'ai vu au refuge.

Leigh continuait de lui prêter attention et ramassa le couteau qu'il utilisait pour commencer à hacher les tomates et les ajouter à la salade.

– Lorsque nous nous sommes promenés le long des cages, ils nous ont dit de ne pas nous occuper du chien qui se trouvait au bout. « Il n'est amical avec personne », nous ont-ils dit. Mais le chien me regardait droit dans les yeux et je ne pouvais pas le quitter des yeux. J'ai demandé s'ils pouvaient ouvrir la cage et quand ils l'ont fait, il est venu vers moi et s'est frotté contre mes jambes.

Leigh regarda le chien et sourit. Elvis remua la queue.

– C'est comme s'il savait quel genre de personne tu étais, dit-elle. S'il pouvait sentir ta gentillesse.

– Mais ta mère est gentille. Pourquoi ne le sent-il pas ?

Leigh secoua la tête.

– Je ne sais pas. Peut-être qu'il avait une sorte de sixième sens qui lui disait que tu étais la bonne personne pour lui.

Colton esquissa un sourire et tendit la main pour tapoter la tête d'Elvis.

– Peut-être.

C'est alors que les yeux sombres de Colton trouvèrent les siens.

– Alors, que pense-t-il de *toi* ?

Meredith fit irruption par la porte, son tableau au bout des doigts, plongeant Elvis dans une frénésie d'aboiements.

– Salut, dit-elle à Leigh et Colton, en tendant la main pour caresser le chien.

Elvis s'éloigna en aboyant plus fort, et Colton le fit taire.

Meredith appuya sa dernière toile contre le mur.

– C'est incroyable, dit Leigh en s'accroupissant pour mieux voir.

Meredith avait capturé le jaune et l'orange du lever de soleil, les éclats sur le lac et la façon dont la lumière descendait à travers les pins, avec une petite balançoire en corde au loin. Sa technique était douce et délicate, les lignes étaient floues, ce qui donnait à la photo un air de ferme du Sud.

– Merci, dit Meredith en s'approchant de Colton et elle lui donna pour jouer un coup de poing dans le bras.

– Hé là ! dit-elle juste pour lui, comme si elle avait besoin de le saluer personnellement.

– Tu prépares de la salade ?

Elle prit une tranche de concombre dans le bol et la mit dans sa bouche.

Colton lui sourit, et Leigh sentit son estomac se serrer devant la simplicité de leur relation. Les mots restaient en suspens et sa sœur fut soudain distraite par leur mère qui installait les décorations à l'extérieur.

– Mais qu'est-ce qui se passe ?

À peine entrée, elle était déjà repartie.

– Cette peinture est… ouah, déclara Colton qui la ramassa avec précaution et la tint devant lui. Elle est si talentueuse.

– Oui.

Leigh le regarda et, pour la première fois de sa vie, elle sentit un sentiment d'infériorité l'envahir. À cette seule idée, ses joues s'enflammèrent. Qu'est-ce qui lui arrivait ?

Elvis se leva d'un bond et s'approcha d'elle en lui donnant un petit coup dans la main, comme s'il savait. Elle se pencha et lui caressa le cou. Peut-être était-ce le fait d'être de retour au chalet, ou tout ce qui se passait, mais elle se sentait étrangement émotive, comme si elle pouvait tomber dans la dépression d'une minute à l'autre. C'était vraiment ce dont elle avait besoin, passer la fête de Meredith en plein effondrement mental. Meredith ne la laisserait jamais entendre la fin de l'histoire.

Colton reposa le tableau contre le mur à l'endroit où il se trouvait, et s'approcha pour flatter Elvis. Sa poitrine frôla le bras de Leigh et provoqua l'accélération de son pouls.

– Meredith et toi, vous vous entendez si bien, remarqua-t-elle en se demandant comment il pouvait rendre sa sœur chaleureuse comme il le faisait.

Il roula des yeux.

– Tu ne vas pas recommencer, n'est-ce pas ?

– Recommencer quoi ?

– Insinuer qu'il se passe quelque chose entre Meredith et moi. Allez, Leigh.

– Pourquoi n'y as-tu jamais pensé ?

– Son côté bohème sans emploi du temps me rendrait fou, elle a mauvais caractère et je n'ai rien en commun avec elle. Mais c'est un plaisir de la côtoyer.

Leigh acquiesça. Elle voulait lui demander ce qu'il avait vu en *elle-même* à l'époque, mais elle garda le silence. Cela ne servait à rien de déterrer de vieilles émotions. Cela ne ferait que tout embrouiller. Elle ne resterait pas dans la région et il n'allait certainement pas s'en aller n'importe où s'il avait la ferme de Jax Wrigley à gérer.

– Les biscuits apéritifs et la salade sont-ils prêts ? demanda Katherine en passant la tête dans la cuisine.

Leigh reprit son souffle.

– Presque.

Elle tira le plateau vers elle.

Une fois qu'ils furent seuls, Colton se tourna vers elle.

– Ça me fait plaisir de te voir, dit-il.

Elle attendait cela depuis le moment où elle l'avait croisé chez Léon et cette simple phrase lui remonta le moral. Il lui avait manqué.

– *Idem*, lui dit-elle en retour, en essayant de ne pas laisser transparaître l'incroyable affection qu'elle avait pour lui.

Au lieu de cela, elle disposa les biscuits en éventail sur le bord de l'assiette, en tournant jusque vers le milieu.

– C'est bon d'être de retour.

– Vraiment ?

Un souffle doux traversa la partie charnue de ses lèvres, comme s'il avait encore une centaine de choses à lui dire, mais il s'était interrompu là.

Elle lutta contre l'envie de l'entourer de ses bras et d'enfouir son visage dans sa poitrine ; elle devait rompre le charme immédiatement avant d'éclater en sanglots et que tout ce qu'elle avait vécu ne se déverse hors d'elle, là, dans la cuisine.

– Tu sais que j'aime ce chalet, répondit-elle, sachant qu'il s'attendait à une réponse plus forte.

Elle finit de disposer les biscuits, ramassa l'assiette et se dirigea vers l'extérieur sans regarder de son côté.

Colton attrapa le saladier et la suivit jusqu'à la sortie, avec Elvis.

La douce brise printanière et le clapotis familier de l'eau du lac la détendirent dès qu'elle sortit sous le porche. Associés à la joyeuse effervescence des quelques personnes qui étaient déjà arrivées, son moral s'améliora instantanément. Thomas et Rosemary Peabody, qui tenaient le marché local, étaient là. Thomas avait l'habitude de garder une glacière remplie de sucettes glacées pour tous les enfants qui venaient au marché avec leurs parents. Le parfum préféré de Leigh était la cerise, et il en réservait une juste pour elle.

Meredith admirait les boucles d'oreilles artistiques de Rosemary comme si elle l'avait quittée la veille. Mais c'est ainsi que les gens étaient ici : des années ou des jours après, ils se traitaient toujours comme s'ils étaient de la famille. Rosemary tenait le premier stand du marché en plein air, ses tables étaient couvertes de bijoux et de bibelots faits main. Elle partageait son stand avec Nan chaque fois qu'elle avait des poteries à vendre, et maman possédait quelques-unes de ses bagues.

Leur voisine, Luella Wilson, qui devait approcher les quatre-vingt-dix ans, était venue et s'efforçait de s'asseoir sur l'une des chaises ; une nouvelle pièce, une assiette ancienne portant un empilement de scones recouverts d'un film plastique, trônait au milieu de la pâte à modeler de Katherine sur la table. Luella vivait dans un petit cottage jaune au milieu des arbres, et avant qu'elle ne devienne si faible, elle faisait des promenades matinales tous les jours, et passait souvent avec ses scones faits maison. Leigh n'avait pas réalisé à quel point cela lui avait manqué jusqu'à présent.

Elle déposa le plateau de biscuits apéritifs sur la table à côté des scones de Luella. Colton fit de même avec le saladier avant que Katherine ne l'entraîne vers le gril.

– Ohé, Leigh, l'appela Meredith. Maman dit qu'il y a du champagne dans la cuisine. Ouvrons-le !

– D'accord, dit Leigh en retournant à l'intérieur pour mettre le champagne au frais.

Elle ouvrit l'un des placards de la cuisine et commença à sortir les flûtes, les posant sur le comptoir pour les emmener sur la table dehors. Elvis l'avait suivie à l'intérieur, alors elle remplit un bol d'eau et le posa par terre pour lui.

– Tu es vraiment gentil, tu le sais ? dit-elle en lui caressant le dos pendant qu'il lapait.

Elvis avait été une heureuse surprise, une sorte d'intervention divine pour lui apporter la sérénité que Nan avait emportée avec elle.

– Tu as aussi un bon papa, mais je suis sûre que tu le sais déjà.

Colton fit un pas dans la pièce, se retenant de rire avant que quelque chose ne lui vienne à l'esprit pour se donner une contenance.

– Je viens chercher le paquet de hot-dogs pour le barbecue.

Il regarda Elvis du coin de l'œil, en secouant subtilement la tête. Puis il récupéra le paquet dans le réfrigérateur. Alors qu'il refermait la porte, Meredith rentra précipitamment.

– Tu allais nous apporter le champagne ? le taquina-t-elle en sortant une bouteille du réfrigérateur.

Elle ôta le papier autour et tendit la bouteille à Colton.

– Peux-tu résoudre ce problème ?

Colton cligna des yeux comme s'il changeait de vitesse mentale et désentortilla la cage métallique, travaillant le bouchon. Avec un *pop !*, le bouchon se détacha dans sa main, libérant le dioxyde de carbone de l'intérieur de la bouteille dans une bouffée blanche.

– Merci, dit Meredith en lui prenant la bouteille et en attrapant à la volée une flûte sur le comptoir.

Elle lui prit le bras.

– Viens ! Fais-nous à manger. Je suis en train de mouriiiiir de faim.

Ce qui le préoccupait un instant avant disparut alors qu'il se dirigeait vers la porte avec Meredith.

Avec un soupir, Leigh rassembla les verres et les apporta à la table que Katherine avait installée sous le porche arrière. Pendant qu'elle les alignait au centre, Colton était près du gril, riant avec Meredith qui lui racontait quelque chose. Sa sœur était l'image du bonheur dans sa robe bain de soleil vaporeuse avec sa veste en jean par-dessus, et ses longues boucles qui tombaient dans son dos. Meredith tendit la main pour caresser Elvis qui s'éloigna, ce qui fit sourire Leigh.

Soudain, le téléphone de Leigh bourdonna dans sa poche, l'avertissant d'un appel. Comme le numéro était inconnu, elle faillit le rejeter, mais l'indicatif local l'incita à répondre.

– Allô ?

– Madame Henderson ?

– Oui ?

Elle posa la dernière flûte à sa place, puis retourna dans la cuisine, fouillant dans les armoires de Nan pour trouver le seau à champagne en argent qu'elle avait utilisé à Noël.

– C'est Jimbo Peterson de Greystone Properties.

– Oh, bonjour.

Elle se redressa et s'arrêta devant une armoire ouverte.

– Je ne suis d'accord avec rien, déclara-t-il, mais je vais vous écouter. Retrouvez-moi sur le chantier à seize heures.

Elle consulta sa montre. C'était dans une heure.

– Est-il possible de se rencontrer demain ?

Un soupir audible frappa son oreille.

– Je ne peux pas. Je ne serai pas en ville. Je pars demain et je reviens jeudi matin. C'est seize heures ou on oublie.

C'était la fête de Meredith, et même si sa mère la leur avait littéralement imposée, Leigh devait être là. Elles le remarqueraient probablement si elle manquait à l'appel pendant une heure ou deux… Mais comme Jimbo n'avait pas d'argent, qui savait s'il reviendrait vers elle après son départ ? Il fallait qu'elle prenne les devants et qu'elle commence à organiser des réunions si elle voulait que tout se passe bien avant que cela n'ait un impact significatif sur les entretiens qu'elle pourrait obtenir à New York.

Elle se mordilla l'intérieur de la lèvre, délibérant, son regard posé sur sa sœur. Meredith ne l'avait pratiquement pas cherchée de toute la soirée. La seule fois où elle avait fait appel à elle, c'était pour le champagne. Et Katherine était trop occupée à essayer de cacher ses vrais sentiments pour vouloir parler à Leigh. Elle avait déjà pris une chaise à côté de Luella et s'y était installée, les jambes croisées, les bras posés sur les côtés de la chaise, riant poliment de ce que disait la dame. Peut-être que Leigh pourrait vraiment s'éclipser sans que personne le remarque et revenir se glisser dans la fête...

– On se retrouve là-bas, dit-elle, avant de mettre fin à l'appel et de rejoindre la fête pour être sûre d'être vue pendant l'heure qui suivait.

– Oh, mes petites étoiles ! dit Ruby, la mère de Colton, en jetant ses bras autour de Katherine, juste après avoir serré Leigh dans ses bras. Cela fait trop longtemps !

Elle s'approcha et serra les mains tendues de Leigh.

– Tu es magnifique ! Mais j'ai toujours su que tu deviendrais une star en grandissant.

Elle se pencha vers elle et lui donna un baiser sur la joue. Puis elle ajusta sa chemise à boutons en coton et remonta ses manches en rouleaux. Elle portait ses cheveux poivre et sel tirés derrière ses oreilles pour mettre en valeur ses boucles d'oreilles en jean assorties. Elle s'était clairement mise sur son trente-et-un pour la journée.

Paul, le père de Colton, sortit dans la cour. Il posa ses mains sur le bas de son dos pour s'étirer, puis se redressa, dominant tout le monde de sa grande carrure. Il leur adressa ensuite le même sourire chaleureux qu'il leur offrait lorsqu'ils étaient tous enfants.

– C'est bon de vous voir tous, dit-il en hochant la tête.

– Et Meredith ! continua Ruby. Tu n'as pas l'air d'avoir plus de vingt ans ! Leigh et toi êtes des jeunes femmes absolument magnifiques.

Elle porta une main à sa poitrine avec adoration avant de s'éclipser pour saluer les autres.

– C'est une fête délicieuse, dit Rose Thompson, leur voisine et vétérinaire de la ville, qui s'était approchée de Ruby pour la saluer et se tenait maintenant à côté d'elle.

Ses bracelets en argent, assortis à l'éclat de ses cheveux gris, tintaient contre son poignet tandis qu'elle présentait son assiette de salade de fruits et de cheeseburger.

– Et la nourriture est délicieuse, même si nous savons à quel point Colton aime cuisiner.

Elle se fendit d'un grand sourire.

– Colton aime cuisiner ? demanda Leigh, dont ce commentaire arrêta ses tentatives pour quitter le groupe.

Son esprit était entièrement attentif à Colton. Comme il avait changé depuis le jeune garçon qui se nourrissait de Moon Pie au chocolat et de Dr Pepper de chez Léon.

– Oh oui. Tu ne le savais pas ? Ses dîners sont incroyables.

Leigh dut retenir sa mâchoire qui menaçait de tomber.

– Des dîners de plusieurs personnes ?

Elle attendit la conclusion qui ne vint jamais. En regardant Colton dans la cour, penché sur le gril, une bouteille de bière dans une main, une pince dans l'autre, ce vieux tee-shirt tombant juste sur ses hanches, elle ne pouvait pas l'imaginer en train d'organiser un dîner formel.

– S'il vous plaît, prenez votre verre ! cria Katherine au groupe de personnes qui s'étaient rassemblées sur la pelouse et près du porche grillagé.

– Portons un toast à Meredith !

La foule bourdonna, ramassa ses verres et tourna joyeusement son attention vers la star du jour.

Leigh jeta un coup d'œil à sa montre : quinze heures quarante-cinq. Elle aspira une bouffée d'air. Il fallait qu'elle sorte de l'allée tout de suite si elle voulait rejoindre la route principale, traverser la ville et passer le pont pour arriver de l'autre côté du lac avant seize heures. Elle leva son verre et s'éloigna, mais Colton le remarqua et s'approcha d'elle.

– Je dois y aller, murmura-t-elle. Distrais Meredith jusqu'à ce que je revienne.

Il haussa les sourcils, l'air très intéressé.

– Pourquoi ? As-tu préparé une sorte de surprise pour elle ou quelque chose comme ça ?

– Non, c'est pour une histoire de boulot. Je n'ai pas pu m'en défaire.

Le sourire de Colton s'effaça, laissant place à la déception.

– N'es-tu pas en vacances ?

– En quelque sorte. Mais pas vraiment.

Elle fit un autre pas en arrière, mais il la suivit.

– Qu'est-ce que tu pourrais bien avoir à faire au lac ? Tu sais qu'il n'y a pas d'Internet ici. Si tu cherches une connexion, il vaut mieux essayer d'envoyer tes documents depuis le chalet.

Elle regarda à nouveau sa montre : quinze heures quarante-neuf.

– Je dois y aller, dit-elle, sur un ton d'excuse. Essaie de faire en sorte qu'elle ne sache pas que je suis partie.

Colton se ferma lorsqu'elle essaya de partir une fois de plus.

L'assemblée porta un toast, en acclamant Meredith.

– Reste, l'exhorta-t-il en lui tendant le bras.

– Je n'ai pas le temps d'en discuter. Je ne serai pas absente longtemps, je te le promets.

Colton retira sa main en fronçant les sourcils, l'air frustré. Il faudrait qu'elle lui donne une explication plus tard. Elle se précipita à l'intérieur, attrapa son ordinateur portable et se dirigea vers Greystone Properties, tout en envoyant un message vocal à Jimbo pour l'informer qu'elle était en route.

Chapitre 10

Sur le chemin du chantier, Leigh passa mentalement en revue les faits dont elle se souvenait ; elle n'avait pas eu le temps de répéter pour la présentation et le reste, elle devrait le chercher sur son ordinateur portable. Quand elle arriva, Jimbo l'attendait devant la maison.

– Il y a intérêt à ce que ce soit bien. Vous êtes ma dernière chance, dit-il, alors qu'elle sortait de la voiture avec son ordinateur portable rangé sous le bras. Je viens de recevoir la dernière note de la banque. J'ai environ six mois pour percevoir les premiers paiements de loyer ou je ferme tout et je le mets en vente.

– Six mois ? demanda-t-elle, mais elle se reprit. Bien. C'est ce que nous ferons.

Ils enjambèrent le monticule de terre sablonneuse qui n'avait pas encore été nivelé et s'avancèrent sur le quai qui longeait la propriété. Jimbo glissa la clé dans la serrure de l'une des façades. L'odeur de peinture neuve et de bois fraîchement coupé la frappa en même temps que la fraîcheur de l'air conditionné. Il alluma les lumières.

– C'est bien, dit-elle en posant le pied sur le carrelage blanc brillant et en observant le comptoir aux lignes épurées et les lampes qui le surplombaient. Cet espace serait parfait pour Green Hat Coffee Roasters.

Elle posa son ordinateur portable sur le comptoir et l'ouvrit, affichant leur page web.

– Il s'agit d'une entreprise de café qui non seulement conçoit chacune de ses boutiques en fonction de l'histoire locale, mais qui fait également don des recettes pour fournir de la nourriture et de l'eau aux personnes défavorisées dans le monde entier. Le café et la charité, une excellente combinaison.

Elle cliqua sur le document qu'elle avait créé et lui montra des photos des autres emplacements occupés par la marque de café.

– Elle a doublé son chiffre d'affaires au cours de l'année écoulée, et je parie que le PDG cherchera à acquérir davantage de biens immobiliers.

Elle fit défiler la diapositive avec les données financières qu'elle avait pu trouver en ligne.

Une lueur d'intérêt apparut dans les yeux de Jimbo.

– Sur la liste figure également Top Mountain Supply Co., une entreprise de vêtements de plein air, spécialisée dans la navigation de plaisance et la vie en plein air, basée en Floride. Ils viennent d'ouvrir un deuxième magasin à Tampa et cherchent maintenant à s'agrandir.

Elle ouvrit le document suivant.

– Au bout du quai, j'aimerais voir Rocket Pizza, une nouvelle chaîne entièrement bio qui vient de se lancer et qui cherche à ouvrir quinze autres magasins dans le Sud. On m'a parlé d'un article, cette entreprise recherche des zones à la campagne dans le Tennessee, la Virginie et les Carolines. Et à l'autre bout du quai, je vous propose d'entrer en contact avec Samantha Perkins de The Attic Light, une librairie indépendante en pleine expansion qui a des emplacements dans trois autres villes du Tennessee.

– Et votre travail ne me coûterait rien ? lui demanda-t-il de préciser encore une fois.

– Rien du tout.

– Comment puis-je dire non, alors ?

Elle ferma son ordinateur portable, se sentant pleinement victorieuse.

– Exactement.

– Comme je vous l'ai dit, j'ai six mois, donc vous en avez quatre.

Il ouvrit la porte et sortit.

– Oui, chef ! cria-t-elle après lui, étourdie par l'excitation de faire ce qu'elle aimait le plus.

Il ne lui restait plus qu'à faire en sorte que cela marche.

Elvis se précipita sur Leigh lorsqu'elle revint après avoir déposé ses affaires à l'intérieur. La fête battait son plein. Quelqu'un avait mis de la musique et le feu de camp crépitait. En descendant la colline vers l'eau, elle aperçut Meredith en maillot de bain, flottant sur une grosse bouée dans l'eau, une bière pendue à ses doigts, sans être complètement gelée, tandis que tous les autres se mêlaient à la foule dans la cour.

– Comment s'est passé ton rendez-vous de travail ? dit Colton d'un ton un peu sec, en arrivant derrière elle.

Elle se retourna.

– Bien.

– As-tu réussi à faire ce qu'on te demandait ?

– C'est moi qui ai initié le rendez-vous, dit-elle en refrénant le pétillement d'excitation qu'elle ressentait à sa vue. Meredith a-t-elle remarqué que j'étais partie ?

– Non. Mais ce n'est pas la question, n'est-ce pas ?

Il se dirigea vers le hamac et s'y laissa tomber, s'y enfonçant profondément, porta sa bouteille de bière à ses lèvres et en but une gorgée.

Leigh le suivit, et il lui fit les gros yeux, visiblement irrité.

– Ne me juge pas, dit-elle, sur la défensive.

Il n'avait aucune idée de ce qu'elle traversait ni à quel point elle se sentait mal en ce moment.

– Tu ne me connais même plus, ajouta-t-elle.

C'était un coup bas, mais son attitude de rejet la troublait.

– C'est clair que non.

Il prit une nouvelle gorgée de sa bouteille.

– Ce que je veux dire, c'est que je ne suis plus la fille qui t'a laissé ici cet été-là.

Il se redressa, les yeux brillants. Il jeta sa bouteille vide dans la poubelle qui ne sortait que pour les fêtes, ce qui fit dresser les oreilles d'Elvis. Avec un soupir, le chien se recoucha à l'ombre de l'arbre.

– Tu n'as *laissé* personne ici. J'ai décidé de rester. Tout le monde ne veut pas forcément de la vie que tu mènes.

– Comment peux-tu le savoir ? Tu n'as pas la moindre idée de la vie que je mène.

– Je te vois dans cette tenue chic et je peux deviner, dit-il en se redressant.

Elle haussa les épaules et leva les yeux vers lui.

– Que veux-tu dire par là ?

– Je veux dire que tu es tellement raide qu'il est assez évident que tu as besoin de vivre un peu.

Elle passa ses mains sur son pantalon en lin.

– Ce n'est pas parce que je me soucie de mon apparence que je ne... *vis pas*. Je devais travailler aujourd'hui ! dit-elle en haussant la voix, exaspérée.

Elle regarda autour d'elle pour s'assurer que personne d'autre n'avait entendu et, à son grand soulagement, vit que tout le monde continuait à bavarder joyeusement.

– J'ai besoin d'une autre bière.

Colton se dirigea vers le bac à glace près de l'eau, suivi d'Elvis, et attrapa une bouteille qui dégoulinait, utilisant le trousseau de clés de sa poche pour la décapsuler. Il la renversa en arrière, en vida un tiers, puis marcha le long de la jetée, en regardant l'eau qui avançait et refluait.

Meredith lui fit signe depuis son flotteur avant de tourner dans l'eau, la marée l'attirant vers le rivage. Leigh le suivit. Elle ne savait pas ce qu'elle voulait lui dire, mais elle n'allait pas le laisser s'en tirer à bon compte.

– Monte ! cria Meredith à Colton, en ramant de nouveau avec ses mains. Viens, parce que je veux ta bière, le taquina-t-elle en agitant sa bouteille vide dans les airs. La mienne est vide ! Et l'eau est magnifique ce soir !

– Il faudra que tu viennes me chercher, parce que je suis habillé.

– Allez, pleurnicha Meredith.

– Qui s'en soucie ? plaisanta Colton.

– Oui, *profite un peu de la vie*, répliqua Leigh.

Lentement, Colton posa sa bière à ses pieds sur le quai et se tourna vers Leigh, une lueur de défi dans les yeux.

– C'est toi qui l'as dit, lâcha-t-il.

Elle jeta un coup d'œil aux autres fêtards en haut de la colline, mais personne ne semblait les remarquer en bas.

– Qu'est-ce qu'il y a ? Tu as la trouille ? insista-t-elle, appréciant ce nouveau moyen de pression qu'elle avait trouvé.

– Certainement pas.

Il croisa les bras.

Meredith s'était tue, elle les observait tous les deux, mais Leigh ignora ce public réduit à une seule personne. Elle était trop occupée à faire valoir son point de vue.

– Alors qu'est-ce qui t'en empêche ?

Il regarda de nouveau l'eau et hocha la tête comme s'il avait pris une décision. Puis il se tourna vers elle.

– Rien, dit-il en la prenant soudain à bras-le-corps.

L'instant d'après, ils avaient quitté le quai et elle volait au-dessus du lac dans son cardigan et son pantalon en lin, ses sandales compensées à deux cents dollars glissaient déjà de ses pieds, coulant dans les profondeurs du lac. Avec une grande éclaboussure, ils plongèrent sous la surface glaciale, ce qui lui coupa le souffle. Le bourdonnement de la foule d'en haut était étouffé sous l'eau.

Elvis aboya depuis le quai.

– Ça ne va pas, Colton ? cracha-t-elle à travers des lèvres tremblantes en émergeant, repoussant ses cheveux trempés de son visage tandis que sa sœur riait si fort qu'elle faillit perdre l'équilibre et tomber de sa bouée.

Leigh pagaya jusqu'à ses chaussures, les sortit de l'eau – abîmées – pendant qu'Elvis continuait d'aboyer.

– C'était ton idée, dit-il en nageant vers elle avec un sourire malicieux. Tu as proposé que nous profitions un peu de la vie.

– Pas au détriment de mes Stuart Weitzman !

Elle tapa dans l'eau juste devant lui avec ses chaussures, l'éclaboussant au visage, et il éclata de rire en la regardant essayer de les récupérer.

– Ce ne sont que des chaussures, la consola-t-il.

– Ce sont des chaussures très chères.

Elle fit la moue, se dépouilla de son gilet lourd d'eau et nagea jusqu'à ce que ses pieds touchent le fond mou du lac.

– C'est pour ça que tu n'achètes pas de chaussures chères, renchérit Meredith en ricanant.

– Ses priorités sont un peu différentes des nôtres, dit Colton à Meredith, en posant les sandales détrempées de Leigh sur le quai.

Ils ne faisaient que la taquiner comme ils l'avaient toujours fait, mais à ce moment-là, alors qu'elle nageait dans le lac dans son costume de lin ruiné sous le regard de toute la fête, elle sentait la frustration enfler dans sa gorge et les larmes lui monter aux yeux. Les laissant tous les deux, elle nagea jusqu'à ce qu'elle atteigne la rive, étendit son gilet trempé sur une chaise, puis marcha à travers les fêtards éberlués jusqu'au porche, entra finalement à l'intérieur où elle se retrouva debout, ruisselante, et fondit en larmes.

Prenant une serviette dans le placard de l'entrée, elle se rendit dans la salle de bains et se débarrassa de ses vêtements mouillés, et fit couler la douche chaude sur sa peau glacée, se demandant pourquoi leurs plaisanteries l'affectaient comme cela. Plus jeune, elle l'aurait coulé et l'aurait laissé la poursuivre autour du lac, mais maintenant, ce n'était plus drôle. Plus du tout. Elle s'avança sous le jet d'eau et laissa la chaleur l'imprégner jusqu'à l'os. Les larmes tombaient silencieusement tandis qu'elle se rinçait.

Quelqu'un frappa à la porte, puis la voix de Katherine s'éleva.

– Ma chérie, tu vas bien ?

– Oui, répondit-elle, une pointe de tristesse dans la voix.

– Je pense que Colton ne faisait que plaisanter. Mais je sais que tu es probablement sensible en ce moment…

– Ça va aller, maman, merci.

En passant le savon sur son visage et dans son cou, Leigh se dit que si elle était si bouleversée, c'est parce qu'au fond d'elle, elle pensait que Colton avait peut-être raison à son sujet.

Alors que la fête se poursuivait à l'extérieur, Leigh était assise dans sa chambre, essayant encore de rassembler l'énergie nécessaire pour retourner dehors. Elle avait noué ses cheveux en arrière pour les dégager de son visage, et elle avait aussi mis un peu de poudre et de brillant à lèvres avant d'enfiler une de ses robes décontractées et d'enrouler un autre pull sur ses épaules. Elle était tout à fait prête à retourner à la fête, mais elle n'y arrivait pas. Elle s'était morigénée, se rappelant que c'était pour Meredith. Sa sœur avait fait quelque chose d'extraordinaire et cela valait la peine d'être célébré. Elle s'était promis de se servir une autre coupe de champagne, de rire de tout cela. Mais à chaque fois qu'elle se levait, les larmes venaient. Elle alla dans le salon et sortit la lettre de Nan. Son regard parcourut la ligne : *Quoi qu'il arrive, tout ira bien.* Elle avait besoin d'entendre cela.

La porte arrière s'ouvrit et elle poussa la lettre dans le tiroir du bureau.

– Hé, dit Colton depuis l'embrasure de la porte.

Elle se retourna. Il avait changé son tee-shirt pour un autre, vert délavé, avec une marque qu'elle ne reconnut pas sur le devant, dont l'ourlet était plus foncé à force de frôler son jean mouillé.

– Nouvelle tenue ?

Il l'avait dans le camion. Colton entra dans la pièce, la lumière jaune du soleil du soir entra par la fenêtre derrière lui.

– Tu reviens ?

– J'essayais de le faire, dit-elle en reprenant son souffle.

– Si tu t'inquiètes de devoir croiser des gens, la plupart d'entre eux sont partis maintenant ou s'en vont, et ta mère a convaincu Meredith d'y aller avec eux, elle doit ramener Thomas et Rosemary à la maison en bateau. Alors il n'y a vraiment qu'Elvis et moi.

Il tenait la porte ouverte.

– Tu veux sortir ?

Elle le suivit à travers le porche jusqu'au patio en contrebas, sous les guirlandes. Ils allèrent jusqu'au hamac et Colton s'assit perpendiculairement dedans, stabilisant la balançoire avec ses pieds fermement posés sur le sol et tapotant le filet à côté de lui. Leigh s'y enfonça, il relâcha sa prise et les deux se balancèrent d'avant en arrière. Elvis s'installa près de l'arbre où il se trouvait tout à l'heure.

– Désolé si je t'ai contrariée aujourd'hui, commença-t-il. Je ne faisais que m'amuser. Je ne voulais pas te faire pleurer.

Elle n'avait pleuré devant personne. Elle était restée seule dans le chalet quand elle s'était effondrée en larmes.

– Comment as-tu su que je pleurais ?

La tendresse qu'elle avait l'habitude de voir dans ses yeux était de nouveau présente.

– Ton menton fait ce petit mouvement juste avant que tu ne craques. Je l'ai vu quand tu étais sur le point d'entrer.

Elle déglutit, son cœur battait la chamade.

– Ce n'est pas grave. Je suis juste sensible en ce moment.

– Tu veux me dire pourquoi ?

Elle ne l'avait jamais vu aussi sérieux.

– Juste des histoires de job, et le fait d'être de retour au chalet sans Nan. Et maman a quelque chose à nous dire qu'elle ne nous dit toujours pas.

Elle tourna la tête pour le regarder, ses yeux sombres sur elle, ses mèches de cheveux dorés tombant sur son front, et pendant un instant, elle eut l'impression qu'ils avaient à nouveau dix-sept ans.

Sans prévenir, un papillon vola devant eux, se posa sur le bord du hamac et battit de ses ailes jaunes.

– Oh, regarde-le, dit-elle en le montrant du doigt. Je me demande de quelle sorte de papillon il s'agit.

Colton haussa les épaules, plus attentif à elle.

– Tu sais, j'ai aussi vu un papillon en venant ici, lui confia-t-elle.

Il se retourna vers elle, dérangeant l'insecte. Le papillon jaune s'envola.

– C'était juste avant que je ne m'arrête chez Léon pour demander mon chemin.

Il lui fit un sourire.

– Quoi ?

– C'est peut-être ton père ou ta grand-mère.

Elle roula sur le côté, secouant le hamac, la tête appuyée sur son bras.

– C'est une idée merveilleuse. Tu sais, elle avait l'habitude de dessiner des papillons dans son journal à la couverture en cuir, mais je ne l'ai pas vu. Je me demande où il se trouve…

Elle se réarrangea, essayant de sortir du hamac.

– Nous devrions essayer de le trouver.

– Tout de suite ?

– Oui.

Elle lui attrapa le poignet et tira, ce qui le fit se lever.

Lorsque Colton fut debout, Elvis se leva d'un bond, et tous les trois retournèrent à l'intérieur du chalet.

– Elle a peut-être un message pour moi, dit Leigh en fouillant dans les autres tiroirs qui bordaient le bureau.

Ils contenaient quelques vieux annuaires téléphoniques en papier, de la papeterie et quelques bibelots qui semblaient avoir été rangés là par Nan, parce qu'elle n'avait pas d'autre endroit où les mettre. Leigh souleva quelques dossiers et ferma le tiroir qu'elle fouillait, puis passa au porte-revues de Nan qui se trouvait sur le sol, près du canapé. Elle feuilleta les magazines, mais ne trouva rien.

Il n'y avait rien là.

– À quoi ça ressemble ? demanda Colton en balayant du regard la bibliothèque.

– C'est un carnet mince, de la taille d'un album, et il est marron avec une étiquette.

Elle ouvrit le placard de l'entrée et souleva les draps et les serviettes pliés, sans succès.

– Il se trouve peut-être dans la pièce où elle dessinait.

Ils marchèrent ensemble dans le couloir et elle s'arrêta devant la porte de l'atelier de Nan. Elle ne s'était pas autorisée à y entrer depuis son arrivée.

Cette pièce était le royaume de Nan. Meredith passait de temps en temps pour peindre avec leur grand-mère, mais Leigh était restée à l'écart de cette pièce la plupart du temps, ne se sentant jamais à sa place.

– Quand je peins, mon âme prend le dessus sur mon corps et me montre ce dont elle est capable, avait dit Nan un jour quand Leigh avait une quinzaine d'années. Parfois, je ne suis même pas consciente de ce que je fais jusqu'à ce que je prenne du recul et que j'y jette un coup d'œil une fois que j'ai terminé. Cela me surprend à chaque fois.

Cette pièce était le lieu lié à son âme, l'endroit où elle se trouverait si par miracle elle pouvait être attachée au chalet. On aurait pu penser que Leigh aurait couru en premier vers cette pièce sans réfléchir, mais cela avait été exactement le contraire. Elle s'était sentie indigne d'y entrer, incapable d'égaler la grandeur de l'âme de Nan sans son corps pour rester à son niveau.

Dans une tentative timide, Leigh saisit la poignée de la porte et la tourna, les charnières grincèrent lorsqu'elle la poussa pour l'ouvrir. Elle resta dans l'embrasure de la porte, Colton derrière elle.

Les toiles de Nan étaient toujours sur leur chevalet. L'une d'entre elles présentait un paysage de montagne inachevé, les deux autres étaient vierges, comme si elles attendaient la douce caresse des coups de pinceau de sa grand-mère. Les pinceaux de Nan reposaient toujours dans une tasse vide, une ligne d'eau trouble entourait l'intérieur, ses tubes de peinture en aluminium ratatinés posés de travers sur la table à côté de la peinture. Tout était comme elle l'avait laissé le jour où elle avait appelé sa fille pour lui dire qu'elle pensait qu'elle devrait aller à l'hôpital pour faire vérifier sa toux. La pièce attendait comme si elle allait revenir pour reprendre là où elle s'était arrêtée.

C'était le problème avec la vie : elle ne semblait jamais terminée lorsque les gens la quittaient. Ils disparaissaient simplement, laissant leur vie là où ils étaient. Elle avait sans doute de grands projets pour ce tableau de montagne. Il aurait pu être accroché dans la maison de quelqu'un ou surplomber un bureau très productif. Ce tableau ne savait pas qu'il n'avait pas d'avenir, que son destin était de rester posé là, inachevé.

– Je sais d'où Meredith tient son talent pour les paysages, dit Colton en dépassant Leigh pour entrer dans la pièce et se placer devant le tableau.

La respiration saccadée, Leigh le suivit. La rivière qui serpentait autour des montagnes semblait presque fluide, comme si elle pouvait y tremper son doigt.

– Oui, dit-elle, répondant enfin au commentaire de Colton.

Elle avait la tête lourde.

– Elles n'étaient pas si proches, Meredith et ta mère ?

– Non. Elles avaient des tonnes de choses en commun, mais Meredith n'était presque jamais là. Elle n'a jamais passé de temps dans le chalet avec Nan.

– C'est une voyageuse, dit-il. Elle est tout simplement ce qu'elle est.

– Tu lui trouves des excuses, l'accusa Leigh. En fin de compte, elle n'était là pour aucun d'entre nous et nous l'avons senti.

– Tu es incroyable !

La voix de Meredith surgit de l'embrasure de la porte, surprenant Leigh.

Elle se retourna pour faire face à sa sœur.

– Comment ?

– Pauvre de toi, tu te sens exclue. Moi, je me suis sentie exclue toute ma vie.

– Je devrais vous laisser une minute, dit Colton en faisant un pas pour partir.

– Non, déclara Meredith qui l'arrêta en bloquant la porte. Nous n'avons pas besoin d'une minute car je m'en vais.

– Typique, constata Leigh à voix basse.

Elle laissait Meredith faire de cette conversation tout un drame alors qu'en réalité, elle aurait dû être résolue dans le calme, ensemble. C'était le problème depuis toujours. La communication était inexistante. Avant que Leigh ne puisse l'arrêter, Meredith était déjà au bout du couloir, et le claquement de la porte moustiquaire leur indiqua qu'elle avait quitté le chalet.

– Mais qu'est-ce qui se passe ? dit maman en faisant les cent pas dans le couloir en direction de Leigh et de Colton.

Elle s'était arrêtée à mi-chemin, ne voulant manifestement pas aller plus loin. Les problèmes de Meredith étaient déjà bien suffisants pour ne pas avoir à affronter l'atelier de Nan.

– Meredith et moi venons de faire une belle promenade en bateau, poursuivit-elle, mais nous ne sommes pas rentrées depuis deux secondes qu'elle part en trombe. Qu'est-ce que tu lui as dit, Leigh ?

– Rien qu'elle ne sache déjà, mais elle refuse d'agir en adulte quel que soit le sujet.

Katherine enfonça sa tête dans ses épaules, soupira un coup, et ce côté tranchant comme une fissure dans une tasse en porcelaine qu'un mauvais geste ferait voler en éclats commençait à apparaître.

– Meredith a raison : nous ne serons jamais sur la même longueur d'onde. Je vais devoir vous annoncer la nouvelle à toutes les deux, que cela nous plaise ou non. Quand Meredith se sera calmée, il faudra que nous nous asseyions toutes ensemble et que nous parlions.

Il n'avait pas échappé à Leigh que sa mère était d'accord avec Meredith.

Qu'est-ce qui se passait ?

– Je vais sous le porche arrière pour me vider la tête, dit Katherine.

– Je ne voulais pas gâcher l'ambiance, dit Leigh, mais en vérité, Meredith prend la mouche pour la moindre phrase, alors que tout cela aurait pu être évité.

– C'est juste que ce n'est jamais facile, dit Katherine. Laisse-moi prendre un peu de temps, d'accord ? J'ai beaucoup de choses en tête.

– D'accord.

Leigh laissa partir sa mère, souhaitant pouvoir remonter le temps de quelques minutes et ne rien avoir dit. Leurs problèmes n'auraient pas disparu, mais la nuit se serait terminée très différemment.

Chapitre 11

– Le livre des papillons n'est nulle part, dit Leigh à Colton, qui était resté à contrecœur après leur petite dispute quand elle le lui avait demandé.

Les mains tremblantes d'anxiété et de frustration, elle ferma le tiroir du bas du meuble de Nan dans son atelier.

Lorsque Meredith était partie subitement et que Katherine s'était retirée sous le porche pour se reposer, Leigh avait repris la recherche du livre, et Colton et elle avaient retourné toute la maison sens dessus dessous. C'était comme s'il avait disparu, tout comme Nan. Leigh avait besoin de quelque chose qui la console de son départ, mais il semblait que même cela devrait être une lutte.

– Tu veux aller faire un tour ? demanda soudain Colton, comme s'il devinait sa détresse.

Elle se redressa.

– Et pour aller où ?

– Dans ma maison. Je dois changer de jean, il est trempé, mais ça pourrait aussi être bien de s'éloigner un instant.

Elvis, qui s'était recroquevillé sur une bâche dans un coin de la pièce, se leva et se dirigea vers Colton, en chouinant comme s'il avait compris.

– Et si Meredith revient ? demanda Leigh.

– Nous ne serons pas absents longtemps. Mais si elle revient bientôt, elle ne sera certainement pas d'humeur à parler avec ta mère et toi, tu sais comment elle est. Il lui faudra au moins vingt-quatre heures pour se remettre d'aplomb.

– Tu la connais mieux que moi, dit Leigh, et l'idée la déconcerta.

Elle avait vécu toute son enfance avec sa sœur et elle la connaissait à peine. Elles étaient comme deux bateaux qui se croisaient dans la nuit.

– D'accord, céda-t-elle.

Peut-être le fait de reporter son attention sur quelque chose d'extérieur à sa famille la rechargerait-il.

Colton fit un signe de tête en direction du couloir.

– On y va, dit-il au chien. Montre-nous le chemin, on rentre à la maison.

Elvis remua la queue furieusement et se mit à tourner en rond d'excitation, les menant vers la cuisine. Colton lança les clés à Leigh.

– Peux-tu laisser Elvis monter dans le camion ? Je vais dire à ta maman que nous partons.

– D'accord. Dis-lui de m'envoyer un message si elle a besoin de moi.

Elle tapota sa jambe.

– Viens, Elvis. Ton papa veut que nous montions dans le camion.

Leigh sortit, le chien courant à côté d'elle tandis qu'elle ouvrait la lourde portière de la vieille Ford. Elvis sauta à l'intérieur, s'assit sur la banquette côté passager, le torse bombé et les oreilles en alerte. Leigh fit le tour de la voiture et glissa les clés dans le contact, démarra le moteur, et le camion prit vie avec un grondement. Elvis gardait un œil sur la porte, attendant son maître.

– Il arrive, assura-t-elle au chien, en se penchant pour laisser la porte côté conducteur ouverte pour Colton.

Elvis sembla s'en contenter et s'installa en boule à côté d'elle sur la banquette élimée. Elle caressa sa fourrure jusqu'à ce qu'elle aperçoive Colton dans le rétroviseur latéral, qui s'approchait à pas rapides.

– Tout va bien, dit-il en grimpant à l'intérieur.

Il arrivait toujours à empêcher tout le monde de perdre la tête. Il mit le camion en marche et se dirigea vers le chemin de terre, en direction de l'ouest.

L'air pur aux odeurs de terre se fraya un chemin à l'intérieur par les fenêtres ouvertes du camion. Les arômes de la végétation les suivaient inévitablement tandis qu'ils cahotaient sur le chemin de gravier qui s'éloignait du chalet de Nan.

Le soleil offrait des bribes de rose et d'orange flamboyant à travers la canopée des arbres. Si Leigh fermait les yeux, elle serait ramenée à l'époque de sa jeunesse, lorsque Colton et elle faisaient de longs trajets dans sa jeep, sans destination précise. Le trajet *était* la destination.

Comment avait-elle pu s'en passer pendant tant d'années ? C'était un tel changement par rapport à l'éclairage des néons et au gris ardoise de son bureau. Elle avait été tellement obsédée par sa réussite et son avenir qu'elle avait complètement négligé son passé.

Colton la regarda et sourit plusieurs fois, comme s'il pouvait lire dans ses pensées.

Ils quittèrent finalement le chemin de terre pour s'engager dans une allée goudronnée qui serpentait à travers une étendue de champs à perte de vue.

– Tu ne peux pas le voir pour l'instant, dit Colton, mais sous toute cette terre, il y a des graines de coton, et quand j'aurai fini de labourer le reste, toute la ferme se remplira de fleurs blanches en quelques semaines.

– C'est incroyable, dit-elle en regardant les vastes champs et en imaginant les rangées de fleurs.

Il manœuvra pour prendre un virage qui les fit passer devant une énorme maison de campagne, une ferme neuve, imposante et charmante à la fois. Elle avait l'air ancienne avec son parement blanc et ses deux cheminées en pierre de part et d'autre du toit en tôle, mais il était clair qu'il s'agissait d'une nouvelle construction à cause de ses immenses fenêtres aux lignes pures et de sa double porte d'entrée située sous un porche surdimensionné avec des ventilateurs à palettes vrombissants et des lanternes lumineuses nichées avec style sous le surplomb.

– C'est ta maison ? demanda-t-elle.

Il arrêta le camion et en sortit.

– Yep.

– Quelque chose me dit que Jax Wrigley ne vivait pas ici..., dit-elle, alors que Colton ouvrait sa porte.

Elle descendit sur l'allée arrondie ; le camion jurait dans le décor.

– Si. Mais Smash possède maintenant sa propre entreprise de construction et il lui a donné un coup de jeune.

Il l'invita à monter les larges marches jusqu'au porche et la fit entrer par la porte d'entrée.

Le bois dur et rugueux s'étendait à travers l'espace ouvert jusqu'à la cuisine, où elle fut accueillie par des appareils électroménagers en acier inoxydable et un éclairage brillant qui illuminait les comptoirs en quartz marbré blanc et gris. Un canapé en cuir se trouvait à l'autre extrémité, flanqué de deux fauteuils inclinables très tendance, le tout face à une énorme cheminée en pierre et à un téléviseur à écran plat.

– C'est incroyable, déclara-t-elle.

– Je suis heureux que tu aimes.

Elvis alla droit vers sa gamelle pour grignoter des croquettes.

Tout à coup, le téléphone portable de Colton sonna dans sa poche. Avec un regard d'excuse, il le sortit et jeta un coup d'œil au numéro entrant, et son sourire s'estompa. Ses yeux se rétrécirent en fixant l'écran et il rejeta l'appel, glissant à nouveau le téléphone dans sa poche.

– Tout va bien ? demanda Leigh.

Il prit une grande inspiration, comme s'il inhalait sa vue, et un sourire sincère revint.

– Oui. Tout va bien.

Il fit un signe de la main en l'air.

– Surveille Elvis…

Elvis s'arrêta de manger et leva les yeux.

– Garde un œil sur lui, d'accord ?

Colton fit un clin d'œil à Leigh, et le chien leva les yeux vers elle. Avec un sourire, Colton dit :

– Je reviens tout de suite avec un jean sec.

Leigh se dirigea vers le salon et s'installa sur le canapé. Une table basse sophistiquée aux fins pieds en fer et au plateau en bois vernis contenait une pile de magazines de mode masculine et une bougie parfumée. Elle feuilleta l'un des magazines et s'arrêta sur le nom de la marque qu'elle avait repérée sur le tee-shirt de Colton : « Dans le sud du pays » en écriture curviligne avec le mot « Athletics » imprimé en larges lettres en dessous. Elle lorgna le prix, la bouche ouverte. Après toutes ces années, il l'avait taquinée à propos de sa tenue chic, et il était là, dans son énorme maison, avec sa bougie, portant des tee-shirts à deux cent cinquante dollars ? Il ne conduisait probablement ce camion que pour la galerie et avait sans doute une réserve de voitures de sport cachée dans son garage.

– Tout sec, dit-il en revenant dans la pièce avec un nouveau jean.

Il remarqua le magazine ouvert sur la table et s'approcha d'elle.

– Ah, je vois que tu as trouvé des lectures légères.

– Oui.

Elle tapota du doigt le tee-shirt.

– Tu investis dans des lignes de vêtements de luxe ?

Il lui jeta un regard interrogateur.

– Tu portes l'un de ces tee-shirts.

– Ah oui. Coupable, dit-il en levant les mains.

– Ce n'est pas toi qui as prétendu que parce que je choisissais de porter des vêtements de luxe, mes priorités étaient *un peu différentes* ?

– Non pas parce que tu as choisi de les porter, mais parce que tu as choisi de dépenser une grande partie de ton argent pour cela.

– C'est toi qui dis ça ! Regarde-toi…

Elle pointa un doigt vers le logo sur sa poitrine.

– Celui que tu portais à la fête n'était-il pas aussi de cette marque ? Tu as un stock de tee-shirts à deux cent cinquante dollars. En quoi est-ce différent ?

Elvis se réveilla et s'approcha d'eux. Il s'assit à côté de Colton, comme s'il prenait son parti.

– Je ne les ai pas payés deux cent cinquante dollars. J'ai acheté les miens pour douze dollars.

Elle croisa les bras, sceptique.

– Comment ça ?

– Parce que je les ai achetés au prix coûtant.

– Alors, tu passes des nuits entières à chercher des vêtements soldés en ligne ?

Il se mit à rire.

– Certainement pas.

Il se baissa et prit le magazine, feuilleta un article et le lui tendit. Alors qu'elle se concentrait sur la photo de lui, il dit :

– Je possède Down South Athletics.

– Tu as créé ta propre marque de vêtements ?

Elle leva les yeux de son magazine, stupéfaite. Il haussa les épaules.

– J'avais tout ce coton et rien à voir avec ça...

Leigh plaqua une main sur sa bouche. Il l'avait complètement surprise. Elle lui prit le magazine des mains, et considéra la marque d'un œil nouveau. La palette de couleurs était traditionnelle du Sud : rouge profond, vert John Deere, blanc, kaki, bleu denim délavé... L'écriture rappelait les vieilles enseignes de Coca-Cola, et le style était simple. *Du génie.*

– C'est toi qui as conçu tout cela ?

– Mm-hm.

– Je ne savais pas que tu étais créatif.

– Moi non plus. Je veux dire que j'ai une équipe pour m'aider, mais c'est moi qui ai fourni le modèle original.

Il se dirigea vers la cuisine.

– Tu veux boire quelque chose ? J'ai une bouteille de vin blanc dans le réfrigérateur.

Leigh ferma le magazine et le reposa sur la table basse.

– Quand as-tu commencé à boire du vin blanc ? demanda-t-elle en traînant les pieds derrière lui alors qu'il se dirigeait vers le bar qui séparait le salon de la cuisine.

– Quand j'ai dû recevoir les gens de New York qui ont lancé ma marque. J'ai bu du vin blanc pendant six mois d'affilée quand nous planifiions le lancement de Down South Athletics. J'ai commencé à y prendre goût.

Elle sourit.

– Ne te méprends pas. Je choisirais une Bud Light pendant la saison de football n'importe quand, mais un bon chardonnay pas trop boisé n'est pas mal pour l'été.

Leigh laissa échapper un grand rire.

– Je n'aurais jamais cru entendre un jour Colton Harris dire « pas trop boisé ».

Elle rit à nouveau.

– Ça fait un moment que tu es partie.

Il fouilla dans le frigo et en sortit la bouteille, la déboucha et servit deux verres, puis lui en tendit un.

– Merci, dit-elle en le voyant différemment maintenant. Tu m'as surprise ce soir.

Il leva son verre.

– Aux surprises !

– Aux surprises ! dit-elle en trinquant avec lui.

– Nous n'avons pas trouvé le livre de papillons de ta grand-mère, dit Colton.

Leigh s'assit sur le tabouret de l'îlot de cuisine, les doigts entourant le fond de son verre de vin à moitié vide. La vue par la fenêtre était maintenant d'un violet sombre alors que le soleil finissait sa course. Colton avait rempli leur verre de vin plusieurs fois à présent, et elle en ressentait le faible effet, qui détendait ses épaules et réchauffait ses joues.

– Je sais. Je me demande où il se trouve.

Elle jouait avec le pied de son verre en réfléchissant.

– Tu sais, je faisais avec les oiseaux la même chose que Nan avec les papillons. Je n'arrivais pas à les dessiner.

Elle but une gorgée de vin fruité et croquant.

– Bien qu'elle et moi soyons très différentes en termes de talent, nous partagions l'amour du plein air. Revenir ici m'a fait réaliser à quel point cela me manque.

Une idée traversa la tête de Colton et il se leva.

– Tu veux voir quelque chose de cool ?

– Bien sûr.

– Prends ton verre.

Leigh suivit Colton à travers le grand espace du salon dans un large couloir, passa devant plusieurs chambres immaculées, jusqu'à l'arrière de la maison, où il la mena dans une grande salle avec une table de billard, un bar entier pour organiser des fêtes et un panier de basket-ball de taille normale. Elle essayait de ne pas rester bouche bée en le regardant.

– Il n'y a pas grand-chose à faire en hiver, s'excusa-t-il. Mais ce n'est pas ce que je voulais te montrer.

Colton s'approcha du mur du fond qui était entièrement constitué de verre et déverrouilla un boulon au milieu.

L'ensemble se replia comme un énorme accordéon transparent, ouvrant tout l'arrière de la maison sur l'immense terrasse avec des murs de verre en guise de garde-corps, une cheminée en pierre à une extrémité, et une vue imprenable sur l'extérieur. Aussi loin qu'elle pouvait voir, il y avait des collines ondulantes de champs de coton et une partie privatisée du lac. La seule construction visible était un vieux bungalow au bord de la rive. Le silence régnait ce soir, à l'exception du chant des cigales et des grillons.

– Bon sang, dit-elle en s'avançant sur la terrasse, les cheveux poussés vers l'arrière par la brise fraîche du printemps.

– C'est incroyable la vue d'ici le matin.

Il désignait une petite table et des chaises installées au bout de la terrasse.

– Parfois, je m'assieds avec mon café et un livre, et je perds la notion du temps parce que c'est tellement paisible. Il n'y a que moi et toute la faune.

– Je peux imaginer ce que cela doit être, dit-elle en sirotant son vin et en se prélassant à la lueur du clair de lune et des étoiles scintillantes qui avaient commencé à apparaître.

Colton garda les yeux rivés sur l'horizon.

– Je parie que c'est différent de New York…

– Oui. Absolument.

Elle admirait la vue étendue qui s'offrait à elle – les collines aux différentes nuances de pourpre qui se détachaient sur le bleu saphir de plus en plus profond – et se rendit compte qu'elle n'avait pas le choix.

Le ciel était bleu et elle pensait à son appartement d'une seule pièce. Elle avait dû travailler dur pour s'offrir ce petit espace.

Il but une gorgée de son vin et se tourna vers elle.

– Tu as toujours eu ce besoin de faire tes preuves que je n'ai jamais ressenti. Je ne suis jamais parti, mais je n'ai jamais voulu partir non plus. Et le succès m'a d'une certaine façon trouvé. Mais tu sais quoi ? Je pense qu'il m'a trouvé parce que j'étais fait pour ça.

Il agita un bras en direction de la vue.

– Je ne pourrais pas m'en passer.

– Tu dis que le succès t'a trouvé, mais c'est toi qui as créé Down South Athletics ? C'est grâce à ton esprit créatif que tu as trouvé le succès, et non l'inverse. Tu n'as pas eu besoin d'aller où que ce soit pour l'obtenir.

Il hocha la tête.

– Et toi, as-tu trouvé ton truc ? Es-tu heureuse ?

Elle essaya de faire bonne figure, mais l'inclinaison de sa tête lui montrait qu'il voyait clair dans son jeu.

– Bien sûr, mentit-elle quand même.

Il la fixait comme s'il voulait qu'elle crache le morceau.

– Parfois, je me demande pourquoi je suis restée si longtemps loin d'ici, avoua-t-elle en espérant que cette demi-vérité le satisferait.

– Avant tu comptais les jours jusqu'à ce que tu puisses venir au chalet et voir ton père ou ta mère.

Elle acquiesça, les années d'absence lui semblaient maintenant du temps perdu.

– J'avais oublié à quel point c'était génial, pendant un bon moment, et à quel point le chalet était réconfortant pour moi, mais je n'oublierai plus.

– Je suis heureux de l'entendre, dit-il en s'avançant vers elle, et ils restèrent tous deux côte à côte sous les étoiles. J'espère que tu nous rendras visite souvent.

Son aveu la remplit de joie.

– Oui, dit-elle, ne sachant pas trop comment faire une fois de retour à New York, sous la pression d'un nouveau travail, mais elle était certaine qu'elle trouverait une solution.

Lorsque Colton déposa Leigh chez elle, la maison était sombre et toutes les portes des chambres étaient fermées. Après sa soirée avec Colton, Leigh était pleine d'énergie, et elle se sentait plus en paix, malgré les tensions persistantes avec sa famille. Quelle que soit l'annonce de sa mère, elle pourrait s'en sortir si elle canalisait la paix que lui apportait cet endroit. Même si Nan n'était pas là physiquement, elle était toujours là, et Leigh pouvait enfin la sentir. En allumant la lampe du salon, elle s'apprêtait à s'asseoir sur le vieux canapé et à se blottir sous l'un des édredons de Nan toujours accroché à l'accoudoir, mais elle aperçut alors la vieille malle où Meredith avait rangé ses affaires. Nan avait-elle aussi laissé un mot à sa sœur ? Le bourdonnement du vin lui donna le courage de regarder par elle-même. En jetant un coup d'œil aux portes fermées du couloir, elle se dirigea calmement vers la malle et la déverrouilla, puis en souleva le couvercle.

À l'intérieur se trouvaient de vieilles toiles avec quelques peintures d'enfance de Meredith. Il y avait des livres de coloriage, quelques poupées qu'elle gardait pour dormir et une paire de lunettes de natation. Mais c'est l'objet qui se trouvait juste au-dessus qui donna des fourmis dans les jambes de Leigh. C'était le livre des papillons en cuir avec une enveloppe collée à la couverture. Sur l'enveloppe, il y avait le nom de Meredith écrit par Nan.

Meredith n'avait probablement pas pensé une seule fois à ce livre depuis son arrivée, et pourtant Nan le *lui* donnait ? Leigh était celle qui s'intéressait à la nature comme Nan ; Leigh avait étudié les oiseaux comme Nan avait étudié les papillons ; Meredith n'avait pas passé un seul instant avec Nan, à parler. Nan n'avait laissé à Leigh qu'un mot. Alors pourquoi diable sa grand-mère aurait-elle donné ce précieux livre à sa sœur ? Elle devait savoir pourquoi. Tranquillement, elle fit glisser l'enveloppe de sous le trombone et la glissa dans sa poche, ferma le couvercle de la malle et emporta le mot dans sa chambre.

Une fois la porte fermée et verrouillée, Leigh fixa le nom de sa sœur sur l'enveloppe, souhaitant que ce soit son propre nom à la place sur le livre des papillons. Elle sortit la feuille de papier et sursauta en voyant la longueur de la lettre, alors que la sienne était courte. Dévorée par la curiosité, elle s'absorba dans la lettre et commença à lire.

Meredith, ma douce enfant,

Toi et moi n'avons jamais passé plus de quelques minutes ensemble – tu étais toujours en mouvement, comme ton cœur, suivant les désirs du moment. Même si je n'étais pas à tes côtés la plupart du temps, je te regardais aller et venir, sachant que le mouvement était essentiel à ce que tu es. Mais je comprends aussi qu'une âme agitée n'a pas la vie facile la plupart du temps.

Une fois, sur un arbre au bord du lac, je me suis arrêtée à la vue d'un papillon qui sortait de sa chrysalide. Je l'ai regardé lutter chaque jour pendant une semaine et demie. Il travaillait si dur et il semblait que personne ne remarquait son incroyable combat. Je ne pouvais pas le supporter, alors j'ai pris ma pince à épiler et j'ai commencé à l'aider à sortir. Quand je l'ai enfin libéré, il est tombé par terre et ne s'est jamais relevé. Le lendemain, quand je suis allée le voir, le papillon était mort. J'étais dévastée.

Convaincue que je l'avais laissé lutter trop longtemps, j'ai commencé à faire des recherches. Je me suis sentie très mal à l'aise en notant mes découvertes dans ce journal. Mais ce que j'ai découvert m'a encore plus surprise. Vois-tu, en l'aidant, je l'ai tué. Lorsqu'il quitte son cocon, un papillon a besoin de se battre pour pousser le liquide de son corps vers ses ailes. Ainsi, sans la lutte, il ne volera jamais.

J'ai l'espoir, pour toi, que par la lutte constante qui s'est produite en toi et ce que tu as dû endurer, tu aies trouvé tes ailes. Et si j'y suis autorisée depuis le grand paradis d'en haut, je te regarderai voler.

Avec tout mon amour,
Nan

Lentement, Leigh plia la lettre et la remit dans l'enveloppe, l'esprit en ébullition, les yeux remplis de larmes. Pendant tout ce temps, Leigh avait pensé que c'était elle qui avait travaillé le plus dur, en étudiant de longues heures et en repoussant ses limites pour gravir les échelons de l'entreprise ; elle avait pensé que c'était elle qui avait lutté le plus, laissant tout ce qu'elle connaissait derrière elle et construisant une vie dans un tout nouvel endroit. Mais Nan pensait différemment.

Les mots de Nan, *toujours en mouvement* et à l'*âme agitée*, revinrent dans son esprit. Sa peau la brûla lorsqu'elle réalisa que si Meredith n'était pas proche d'elle, c'était parce que

Leigh n'avait jamais compris sa sœur. Elle avait vu son agitation comme de l'évitement et son attitude décontractée comme de la paresse. S'était-elle trompée ? Meredith était-elle vraiment la plus forte des deux ? Après tout, il semblait qu'elle avait trouvé ses ailes, alors que Leigh s'agitait sur le sol, essayant de survivre.

Elle glissa la lettre dans son enveloppe et la ramena dans le salon, où elle la remit à l'endroit où Nan l'avait laissée pour Meredith. Alors qu'elle se tenait dans le silence du chalet, soudain, plus rien de sa vie ne lui paraissait clair.

Chapitre 12

Leigh s'assit timidement à côté de sa mère à l'extérieur, près du feu, en regardant le soleil se lever et en essayant d'évaluer son humeur ce matin.

– Bonjour, dit Katherine en levant la tête pour observer un moineau qui volait au-dessus de sa tête. Quels sont tes projets pour aujourd'hui ? lui demanda-t-elle.

– Je vais commencer à appeler différentes entreprises pour voir si je peux obtenir un rendez-vous avec elles pour la propriété de Greystone.

Si elle voulait un jour se sentir mieux dans sa peau, il fallait qu'elle se bouge et qu'elle trouve que faire de sa vie.

– Je veux que les e-mails soient dans leur boîte de réception lundi matin.

Katherine acquiesça, réarrangeant une bûche dans le feu avec la pince.

– Meredith est-elle revenue hier soir ? demanda-t-elle en poignardant une bûche pour attiser le feu, dont la douce odeur de charbon rappelait l'été à Leigh.

– Oui, répondit Meredith depuis l'embrasure du porche, en remettant une mèche de boucles qui s'était échappée du chignon emmêlé et désordonné qu'elle avait sur le dessus de la tête.

Avec un soupir, elle descendit et s'assit en face de Leigh, tirant sur son pantalon de jogging ample pour le maintenir en place.

– Il fait froid ici. On passe à l'intérieur ? demanda Katherine.

– Oui, répondit Meredith dans un sifflement presque désespéré.

Avant d'avoir lu la lettre de Nan, Leigh aurait interprété la réponse de Meredith comme le signe qu'elle ne voulait pas être là, mais maintenant, elle se demanda si le fait d'être assise dehors avec deux personnes qui ne la comprenaient absolument pas n'était pas la vraie raison.

C'était plus difficile pour elle qu'elle ne le laissait entendre. Est-ce que c'était ce que Colton avait compris de Meredith et que Leigh n'avait pas compris ?

Katherine se leva et rentra. Leigh et Meredith la suivirent. Sans crier gare, leur mère se retourna et dit :

– Je crois qu'il est temps que je vous dise ce pour quoi je vous ai fait venir toutes les deux. Nous laisserons les choses se faire comme elles arriveront…

Elles s'assirent toutes les trois à la table de la cuisine où elles avaient partagé tant de repas, où elles avaient ri aux larmes pendant que Nan leur racontait des histoires, où elles avaient englouti de gros petits déjeuners et recouvert la surface de la table de farine pour cuisiner des gâteaux, l'endroit où elles s'étaient rassemblées – elles étaient là, prêtes à écouter tout ce que Nan avait à leur dire depuis le ciel.

– Votre grand-mère m'a donné une lettre juste avant de mourir. Elle m'était adressée, et je n'ai pas eu la force de l'ouvrir tout de suite, alors je l'ai rangée au fond d'un tiroir. C'était trop dur, pendant si longtemps… Je ne supportais pas de lire les mots qu'elle m'avait adressés, sachant qu'elle n'était plus là pour les dire. Puis, des années plus tard, quand j'ai enfin senti que je pouvais lire la lettre sans m'effondrer, je l'ai ouverte.

Leigh était suspendue à chaque mot de sa mère. Jusqu'à présent, les lettres de Nan avaient été assez surprenantes, alors elle avait hâte de savoir ce que contenait celle-ci.

– Quand je l'ai lue, je n'arrivais littéralement pas à y croire.

Les yeux de Katherine se sont remplis de larmes.

– Il fallait que je revienne ici pour essayer de donner un sens à tout ça, confia Meredith en croisant les bras sur la table.

– Qu'est-ce que dit la lettre ?

Katherine aspira une longue bouffée d'air et les regarda toutes les deux dans les yeux, l'une après l'autre, et sa détresse était évidente.

– Elle ne m'a pas légué le chalet.

Les yeux de Leigh s'agrandirent.

– Quoi ? Mais pourquoi ?

Katherine renifla, et Leigh attrapa un mouchoir en papier sur le comptoir et le lui tendit.

– Elle disait dans la lettre qu'elle savait que tout irait bien et que tout cela aurait un sens à la fin.

Katherine essuya ses larmes et prit une respiration saccadée.

– Elle veut que l'une d'entre *vous* ait le chalet.

Leigh sentit ses poils se dresser sur les bras. C'était la raison pour laquelle la lettre de Nan qui lui était adressée était si courte. Ce serait le parfait cadeau d'outre-tombe. Nan savait que Leigh demanderait à sa mère de s'occuper de la maison, c'est pourquoi Nan n'avait pas tenu compte de sa mère dans l'héritage. Et Nan avait aussi compris que c'était *son* lieu de cœur, où rien ne pouvait aller de travers... Elle remercia silencieusement Nan pour ce cadeau incroyablement généreux, qui modifiait tout son avenir devant ses yeux.

Katherine posa ses mains tremblantes sur la table, et se pencha vers elles deux.

– Meredith, elle veut que ce soit toi qui aies le chalet.

– Quoi ?

Le mot jaillit des lèvres de Leigh dans un claquement de défi et de colère. Dans le silence qui suivit, elle réalisa qu'elle était maintenant debout, tremblante, piquée par le rejet de Nan comme par un essaim d'abeilles.

– Meredith n'aime même pas cet endroit ! réussit-elle à dire, tandis que les larmes commençaient à couler de ses yeux, et son menton à vaciller. Elle ne s'est jamais installée nulle part dans sa vie. Qu'est-ce qui pourrait pousser Nan à lui donner *à elle* ?

Ce que Leigh ne disait pas, c'est que le chalet avait été l'endroit où elle et sa mère s'étaient senties le plus en sécurité. Tant de leurs souvenirs y étaient attachés. Et encore cette année, alors que Leigh avait l'impression que son monde était en train de basculer, c'est le chalet qui l'avait ramenée à la réalité. Les papillons qu'elle avait vus – celui qui avait volé dans sa voiture, celui sur le hamac –, elle avait pensé qu'ils signifiaient quelque chose. Soudain, tout cela ne signifiait plus rien. Alors qu'elle était si sûre de son travail que Rebecca lui avait retiré, voilà que son sanctuaire empli d'amour et de souvenirs lui était arraché, ainsi qu'à sa mère. Le pire dans tout ça, c'est que Nan semblait avoir eu une profonde compréhension de Meredith et de ce qui la faisait vibrer, mais n'avait pas remarqué à quel point *Leigh et Katherine* adoraient cet endroit.

Elle se rassit, essayant de calmer la blessure qui lui déchirait les entrailles.

– Tu vas me le donner, n'est-ce pas ? demanda-t-elle à Meredith, essayant désespérément de le sauver. Je veux dire, c'est logique puisque tu n'es presque jamais venue ici. C'est mon endroit préféré…

Meredith pinça les lèvres.

– Ton endroit préféré où tu n'as pas pris la peine de revenir au cours des huit dernières années.

– Et toi, tu es revenue ? demanda Leigh, en entendant le mélange d'angoisse et de frustration dans sa voix.

– Nous trouverons une solution, dit Katherine en essayant de l'apaiser.

Meredith se leva et regarda par la fenêtre, en s'appuyant sur l'évier.

– Je ne suis pas sûre qu'il y ait quelque chose à trouver, dit-elle en leur tournant le dos. Nan veut que j'hérite du chalet. Je suis désolée si vous avez toutes les deux du mal à l'accepter.

– Elle a dit qu'elle vous avait laissé des mots à toutes les deux ici, dit Katherine, d'une petite voix. Je ne les ai pas vus.

Meredith regarda autour d'elle, pensive, avant de se diriger vers l'embrasure de la porte.

– Je parie que je sais où trouver le mien.

Elle se dirigea vers le salon, laissant Leigh stupéfaite, encore tremblante, à la table de la cuisine. Et revint avec le livre de papillons et la lettre.

– Je l'ai trouvée. Leigh, la tienne est probablement dans le tiroir de ton bureau.

Puis elle les laissa seules une fois de plus.

– J'espérais pouvoir nous rabibocher avant d'annoncer la nouvelle, dit sa mère en chuchotant. La dernière chose que je veux, c'est que Meredith soit tellement en colère contre nous qu'elle nous tienne à l'écart et ne nous laisse pas entrer dans le chalet.

Ses yeux brillaient d'autres larmes, et l'une d'entre elles s'échappa le long de sa joue. Elle la tamponna avec son mouchoir en papier. Leigh entendait les mots de sa mère, mais ils ne faisaient pas sens. Leigh ne pensait qu'à la trahison de sa mère et à la lettre que Meredith était probablement en train de lire en ce moment même. Complètement découragée, elle se leva de la table.

– Puis-je avoir un peu de temps seule ? demanda-t-elle doucement, en essuyant les larmes qui coulaient maintenant sur ses joues.

Katherine acquiesça. Lorsque Leigh fit un pas, elle lui tendit la main.

– Je suis vraiment désolée, Leigh.

La douleur dans les yeux de sa mère ne fit qu'aggraver le malaise de Leigh. Leigh la fixait, sans voix, le bord de ses yeux brûlant de larmes.

– Mais Leigh, il y a autre chose…

Rien de ce que sa mère pourrait dire n'améliorerait la situation.

– J'ai besoin d'une minute, dit-elle à sa mère en ignorant sa phrase.

Elle ne voulait plus rien entendre à ce sujet pour l'instant.

Leigh alla dans le salon, ouvrit le tiroir du bureau et en sortit sa lettre. Puis elle retourna lentement dans sa chambre et ferma la porte. Se laissant tomber sur le lit, elle ouvrit l'enveloppe et relut le message énigmatique de Nan.

Je sais que ta sœur et toi êtes des personnes très différentes, et que parfois vous n'êtes pas toujours d'accord, mais elle fait partie de la famille. Ne l'oublie pas. Embrasse-la. Et quoi qu'il arrive, tout ira bien.

Nan savait clairement comment Leigh prendrait cette nouvelle, mais elle l'avait quand même fait. Et même si Leigh essayait de comprendre les motivations de Nan, elle n'arrivait pas à en percevoir la raison.

Leigh était assise dans un café à une vingtaine de minutes du lac, dans la petite ville de Goodlettsville, dans le Tennessee. La cohue du matin s'était calmée.

Leigh avait besoin de prendre du champ pour essayer de se ressaisir et d'avancer sur le projet Greystone, mais il était presque impossible d'être concentrée quand les problèmes avec Nan et le chalet l'assaillaient à chaque pensée. Leigh avait eu besoin de s'éloigner pour essayer de se ressaisir et de progresser dans le projet Greystone, mais il était presque impossible d'avoir toute sa tête dans le jeu quand les problèmes avec Nan et le chalet empoisonnaient chacune de ses pensées.

Elle s'installa à une minuscule table de bistrot sans vue et avec le wi-fi gratuit, déplaça le petit vase avec un œillet rouge sur le côté et ouvrit son ordinateur portable, en essayant de concentrer son attention sur la tâche à accomplir.

Même si elle essayait de ne pas s'apitoyer sur son sort, elle ne pouvait s'empêcher de penser que personne ne semblait la comprendre – ni son patron, ni Nan, ni même Colton à certains moments.

Jusqu'à jeudi dernier, elle s'était sentie invincible, et maintenant tout ce qu'elle faisait, c'était remettre en question chacun de ses gestes. Alors qu'elle essayait de rédiger un e-mail à l'attention du siège social de Green Hat Coffee Roasters, les mots qu'elle avait tapés s'enchaînaient sous ses yeux, et sa confiance en elle était ébranlée.

Peut-être que Nan avait pensé que Meredith aurait besoin d'un endroit pour vivre, alors que Leigh avait déjà construit sa vie ailleurs... Ou il était possible que Nan ait pensé que le chalet serait plus adapté pour une artiste... Mais aucune de ces réponses ne semblait juste. La famille était tout pour Nan, pourquoi la faire voler en éclats ainsi ?

Leigh ferma les yeux, puis les rouvrit, se concentrant à nouveau sur l'e-mail et sur son café au lait au caramel non entamé, posé sur la table à côté d'elle. En respirant profondément, elle se dit que la seule façon de sortir de ce trou était de faire ce qu'elle faisait le mieux et de remonter l'échelle un barreau à la fois. Elle fit rouler ses épaules pour en atténuer la tension et commença à taper.

... j'aimerais vous faire connaître auprès de 24 100 clients potentiels. Rencontrez les habitants de Old Hickory, dans le Tennessee, une ville toute proche de la région métropolitaine de Nashville. Avec plus de 1 200 maisons inscrites au registre historique national, cette ville possède un passé vibrant et, ce qui sera intéressant pour vous, un marché totalement inexploité et parfait pour Green Hat Coffee...

Se forçant à rédiger les premières présentations, elle prit une gorgée de son café au lait. Le caramel sucré et l'amertume du café l'aidèrent à clarifier ses idées. Elle continua en envoyant des e-mails à Top Mountain Supply Co., à Rocket Pizza et à la librairie Attic Light, en indiquant ses coordonnées au bas de chacun d'entre eux. Elle se sentit un peu mieux après avoir terminé, alors elle rassembla ses affaires et, juste avant de sortir du café, jeta sa tasse en carton dans la poubelle, qui l'engloutit du premier coup, et une petite réminiscence de ce qu'elle était il y a à peine quelques jours l'envahit.

Chapitre 13

Le lendemain, après avoir compilé d'autres statistiques pour ses présentations aux entreprises qu'elle courtisait pour Greystone, Leigh trouva Meredith et sa mère assises à la table de la cuisine.

– Nous étions justement en train de parler de toi, dit Katherine lorsque Leigh posa son ordinateur portable sur la table.

Le fait qu'elles parlent toutes les deux sans elle créa chez elle un sentiment de malaise. Meredith tapota du plat de la main le vinyle du siège à côté d'elle.

– Viens t'asseoir un peu.

Leigh n'était pas sûre que cela résoudrait les choses, mais la vérité était qu'elle n'avait nulle part où aller, alors elle s'assit. Les fenêtres étaient ouvertes, laissant entrer une brise fraîche malgré l'ambiance lourde qui les séparait. Katherine déposa une assiette de petits pains à la cannelle frais devant Leigh, les épices sucrées dansaient dans l'air sous son nez, mais elle n'en prit pas un.

– Tu as dit que vous parliez de moi ? demanda-t-elle en croisant les mains et en essayant de paraître décontractée alors qu'elle n'était pas du tout à l'aise.

– Je sais que notre relation est… tendue, commença Meredith. Mais je tiens à rappeler que c'est Nan qui m'a laissé la maison. Je ne l'ai pas cherché.

– Justement : tu *n'as pas* cherché à l'avoir. Est-ce que ça t'intéresse au moins de l'avoir quand tu n'as rien fait du tout ? demanda Leigh.

Meredith se pencha sur son feuilleté à la cannelle.

– Tu penses que ça a le moindre sens pour moi ?

Leigh secoua la tête, sachant que l'argument n'était pas le bon. Même si elle parvenait à convaincre Meredith qu'elle était celle qui méritait le chalet, cela ne changerait rien au fait que Nan avait choisi Meredith. Leigh devrait vivre avec cela pour toujours, et si elle résidait dans le chalet, elle se sentirait toujours comme une étrangère maintenant. Des larmes montèrent soudain à ses yeux et elle déglutit difficilement en essayant de les chasser.

– Je sais que c'est très difficile pour toi, dit Katherine en posant une main douce sur le bras de Leigh. C'est difficile pour nous toutes…

– Je suis désolée, dit Leigh en se levant trop vite et en cognant la table.

L'assiette de petits pains à la cannelle trembla à la surface.

– J'ai besoin d'être seule.

Elle se précipita dans sa chambre, ferma la porte, se laissa tomber sur le lit et sanglota dans son oreiller. Elle ne pouvait pas s'empêcher de se demander pourquoi Nan lui avait fait ça. Un ouragan soufflait dans son crâne. Elle se sentait trahie, rabaissée, comme si elle était moins que ce qu'elle pensait être aux yeux de Nan. Et avec la perte de son emploi et le fait qu'elle n'avait que quelques mois d'économies pour payer le loyer de son appartement à New York, elle avait l'impression de couler. Si elle était tout à fait honnête avec elle-même, il ne lui restait plus rien à New York. C'était la pire douleur qu'elle ait jamais ressentie, et toutes ces pensées continuaient à tourner en spirale dans son esprit. Elle priait pour qu'un signe lui permette de s'en sortir.

– Nan, si tu peux m'entendre, dis-moi ce que j'ai fait de mal pour que je puisse le réparer. Quoi que ce soit, je ne le pensais pas, murmura-t-elle dans son oreiller, et sa voix se brisa dans un autre sanglot.

Sans réponse, elle se retourna et fixa le plafond et son luminaire nuageux qui était flou à travers ses larmes. Leigh le fixa jusqu'à ce que l'engourdissement prenne le dessus et que ses larmes s'apaisent, que sa respiration devienne léthargique et régulière.

Alors que la tristesse et la confusion s'installaient en elle, elle tourna la tête sur le côté et profita de la vue du lac à travers sa fenêtre. Elle avait envie de se promener, de respirer l'air pur et de tremper ses pieds dans l'eau. Résolument, elle essuya les larmes sous ses yeux, attrapa son téléphone portable et enfila ses tongs. Puis elle sortit par la porte du porche arrière, en passant devant sa mère et sa sœur qui se trouvaient dans la cuisine. Alors qu'elle traversait la cour pour se rendre sur le sable doux de la rive du lac, le soleil matinal projetait sa lumière blanche sur l'eau ondulante, et elle se sentait déjà plus apaisée. L'eau clapotait sur le sable comme pour lui faire signe d'entrer. Elle enleva ses tongs et plongea ses orteils dans l'eau froide, se faufilant entre les petites vagues. La brise soufflait sur sa chemise en coton, puis sur les arbres, dont le bruissement ressemblait à des applaudissements discrets pour son petit succès d'hier.

Son téléphone bipa à l'arrivée d'un e-mail dans sa poche arrière. Elle le sortit et jeta un coup d'œil à la notification, surprise. Rocket Pizza était déjà revenu vers elle et voulait l'appeler… Elle le fixa, essayant de s'en réjouir. Mais là, dans le flux apaisant de l'eau, il lui vint à l'esprit qu'alors que tout le reste semblait aller de travers, ce nouveau travail était la seule chose qui, très lentement, petit à petit, allait bien. Et c'était la chose la plus positive de sa vie en ce moment, alors elle devait lui accorder l'attention qu'elle méritait. Elle ouvrit l'écran et lança une date et une heure pour parler.

– Tu travailles en marchant maintenant ?

La voix de Colton arrivait vers elle. Elle se retourna et glissa son téléphone dans sa poche arrière.

– Ouah. Ça va ? demanda-t-il en remarquant immédiatement l'émotion qui s'attardait dans ses yeux brillants et son nez rougi.

Elvis descendit la colline et s'en alla vers la limite des arbres.

Elle secoua la tête, ne voulant pas parler de peur que cela ne sorte sous forme de sanglots.

Il s'approcha d'elle. L'eau assombrissait le cuir de ses bottes, mais il ne semblait pas s'en préoccuper.

– Meredith m'a envoyé un texto et m'a dit que tu avais des soucis et que tu voudrais peut-être parler.

Leigh essaya de répondre, mais les mots restèrent coincés dans sa gorge.

Bien qu'elle n'aime pas l'idée que Meredith répande autour d'elle le bruit qu'elle était une tête brûlée, elle était contente que Colton soit venu. Sa présence était une force réconfortante dans la tempête.

Il regarda sa montre.

– Il est presque midi. Que dirais-tu d'aller chez moi et que je te prépare un déjeuner ? Je fais un excellent poulet au curry de noix de coco.

Elle laissa échapper un petit sourire.

– J'avais entendu dire que tu cuisinais, marmonna-t-elle.

– Oh. Tu sais que tu as du talent quand cela devient une rumeur autour du lac.

Elle sourit à nouveau et renifla.

– Ah, c'est ce que j'aime voir, dit-il, avant d'appeler Elvis. Allez, viens. Allons manger un morceau.

Ils retournèrent chez Colton et en un rien de temps, Leigh était enveloppée dans une couverture douce et installée sur le canapé douillet du salon, avec une vue sur le lac par la fenêtre à sa droite et la chaleur d'un feu dans la cheminée en pierre à sa gauche. Elvis se pelotonna à côté d'elle pendant que Colton découpait des morceaux de poulet sur la planche à découper. Il coupa également un oignon et un poivron et les jeta dans la casserole, dont la chaleur les fit grésiller. Il y ajouta ensuite de l'ail et du beurre, et l'odeur savoureuse qui s'en dégageait fit gargouiller son estomac.

– Tu veux me dire ce qui se passe ? demanda-t-il.

Elle lui parla des souhaits de Nan pour le chalet. À chaque mot, elle espérait qu'il aurait une sorte de révélation qui ne lui était pas encore venue à l'esprit.

– C'est vraiment bizarre, dit-il, à sa grande déception.

Il ajouta dans la casserole le lait de coco avec les épices, mit le tout à mijoter, puis il vint vers elle avec un plateau de fromage cheddar et des crackers. Elvis sauta du canapé et s'assit au garde-à-vous près de la table basse, espérant visiblement une bouchée.

– Je ne comprends tout simplement pas, dit-elle en se concentrant sur l'empilement du fromage sur son cracker pour éviter de plonger à nouveau dans le désespoir.

– Tu sais, dit-il en attirant de nouveau son attention sur ses yeux sombres, parfois, les meilleures parties de notre vie proviennent des choses qui nous mettent le plus mal à l'aise.

– Mais regarde, toi, répliqua-t-elle. Tu as du succès et tu as l'air à l'aise.

– *Regarde* est le mot clé. Nous avons tous des batailles à mener.

– Qu'est-ce que tu combats en ce moment ? demanda-t-elle, curieuse.

– Il n'y a rien qui puisse t'inquiéter, dit-il en se levant. Profite des crackers pendant que je prépare le riz.

Colton finit de cuisiner et apporta les plats sur la table de ferme réutilisée, faite de vieilles planches de bois très laquées et fixées à des pieds en fer élégants. Il lui tendit une chaise.

– Pour les boissons, j'ai de la limonade et du thé sucré. Qu'est-ce qui te fait envie ?

– J'aimerais bien une limonade, dit-elle en s'enfonçant dans son siège.

Colton remplit deux verres et les apporta, puis s'assit en face de Leigh.

– Alors, qu'est-ce que tu vas faire pour le chalet ? Tu vas essayer de convaincre Meredith de te le donner ? demanda-t-il, reprenant la conversation de tout à l'heure.

– Je ne peux pas aller à l'encontre des souhaits de Nan, dit-elle en piquant sa fourchette dans une bouchée de poulet et en l'enfournant dans sa bouche. Le curry mélangé à la crème de coco était à tomber.

Colton laissa la fourchette pleine de curry planer au-dessus de son assiette pendant qu'il demandait :

– Qu'est-ce que tu penses que Meredith va en faire ?

– Je ne sais pas. Elle n'est jamais là pour en profiter.

– Tu ne penses pas qu'elle le vendrait ?

Sa dernière bouchée tomba comme un parpaing dans son estomac.

– Elle ferait mieux de ne pas le faire, dit-elle, soudainement effrayée. Maman ne lui parlerait plus jamais.

Elle prit une bouchée et but ensuite une gorgée de limonade pour la faire passer.

– Je suppose qu'il restera là, inoccupé.

– Elle pourrait vouloir y vivre, suggéra-t-il. Elle m'a dit l'autre jour qu'elle n'avait pas de maison pour le moment.

– Je n'en ai aucune idée, souffla Leigh. Mais changeons de sujet.

Elle ne supportait vraiment plus d'y penser.

– Merci d'être venu me chercher et de m'avoir préparé le déjeuner. Il est délicieux.

– De rien.

Elle nota de la tendresse dans ses yeux lorsqu'il avait dit ça.

– Je t'ai quand même fait patienter, ajouta-t-il.

– Qu'est-ce que tu veux dire ?

Il se pencha en avant de façon spectaculaire.

– J'ai de la tarte au citron vert dans le réfrigérateur.

Elle sursauta, et son excitation effaça presque ses pensées au sujet de Nan et du chalet.

– Tu sais que c'est ma préférée.

– Toujours ? demanda-t-il en riant, mais elle pouvait voir dans son regard adorateur qu'il le savait.

Colton semblait heureux d'avoir pu la rendre heureuse. Et elle se demanda soudain : le poulet au curry, la tarte... avait-il pensé à elle en achetant tout cela ? Elle n'osait même pas y penser, étant donné l'état de sa vie en ce moment. De plus, Rose Thompson avait dit qu'il organisait des dîners. Peut-être était-il toujours prêt...

Après le déjeuner, Colton rassembla leurs assiettes et les posa dans l'évier.

– Quel est le verdict ? Tarte ou pas tarte ?

– Je vais vraiment regretter d'avoir dit ça tout à l'heure, dit-elle – en partie parce qu'elle manquerait la tarte, mais surtout parce qu'elle aurait voulu qu'ils puissent passer plus de temps ensemble –, mais je suis trop rassasiée pour en prendre. Le poulet au curry était si bon que j'ai léché mon assiette.

– Je vois ça, dit-il en faisant un signe de tête vers le plat vide dans l'évier. Une autre fois alors, dit-il, donnant à son estomac une poussée d'excitation à l'idée de passer plus de temps avec lui. Je veux te montrer quelque chose, dit-il avec une étincelle dans les yeux. Je viens de l'installer ce matin. Ce sera parfait pour se détendre avec tout ce curry dans le ventre.

Il la conduisit sur la terrasse arrière, Elvis sur leurs talons. Le long du côté de la terrasse où se trouvait la cheminée en pierre, il avait accroché un énorme hamac à deux places.

Le filet était accroché aux poteaux situés à chaque extrémité de la terrasse.

– Oh dingue, dit-elle en passant sa main le long de l'épaisse corde qui le composait.

– Toi d'abord.

Il lui fit signe de monter. Leigh grimpa sur le hamac pendant qu'il le maintenait immobile. Puis il se dirigea vers le feu, prit un paquet d'allumettes sur le manteau de cheminée et alluma les bûches. Une lueur s'alluma au bas de la cheminée et se propagea vers le haut. Lorsqu'il s'installa sur le hamac à côté d'elle, il croisa ses doigts et les plaça derrière sa tête, son corps si proche d'elle qu'elle aurait pu s'enrouler autour de lui si elle l'avait voulu.

– Tu sais pourquoi j'ai mis ça ici ? demanda-t-il alors qu'ils étaient allongés sous le ciel bleu.

– Pourquoi ?

Il fit un signe de tête en direction de la vue.

– Pour cela.

Leigh porta son attention au-delà de la vitre sur le bord de la terrasse. Elle pouvait voir jusqu'au lac avec le soleil qui scintillait à sa surface comme des diamants.

– Tu peux littéralement rester allongée à regarder cela jusqu'à ce que tu t'endormes.

– Mmm, dit-elle.

Ses problèmes s'étaient presque évanouis.

Il tourna la tête pour établir un contact visuel, ses yeux sombres trouvant les siens.

– Je me suis posé des questions sur toi au fil des ans, admit-il.

Elle essaya de ne pas reconnaître le battement de sa poitrine quand elle entendit sa confession. Il jeta un coup d'œil à la vue.

– Puis-je t'avouer quelque chose ?

– Bien sûr.

– J'avais de grands projets pour nous ce dernier été avant nos dix-huit ans.

Elle se tourna vers lui, les cordes du hamac grincèrent.

– Ah bon ?

– Oui.

Il sourit d'un air entendu.

– J'allais franchir le pas et t'embrasser. Le bonheur était au rendez-vous.

– Tu *m'as* embrassée.

– Par désespoir ! Tu as lâché cette bombe en disant que tu partais. Je me suis dit qu'il valait mieux le faire tout de suite, sinon je risquais de me demander pour le reste de ma vie à quoi ressemblait un baiser avec toi.

– Comment c'était ? dit-elle pour le taquiner.

– C'était vraiment génial. Je veux dire, mieux qu'avec Mary Jo Sanders et Sharon Easton – les deux autres filles que j'avais embrassées à ce moment-là.

Leigh rit. Son esprit et ses plaisanteries légères lui avaient manqué.

– Je suis désolée, dit-elle, vraiment.

Mais il se ravisa ensuite.

– Je me souviens d'avoir retenu ma tristesse ce dernier jour avec toi. Je pensais que je ne rencontrerais jamais une autre fille comme toi.

– Ah, je n'en doute pas.

Il sourit, mais ne répondit pas, la laissant s'interroger. Aussi calamiteuse qu'elle se sentait être en ce moment, et aussi différents qu'ils soient tous les deux, elle voulait entendre sa réponse.

– Puis-je te demander quelque chose, sérieusement ?

– Absolument.

– Qu'est-ce que tu *aimais* chez moi à l'époque ?

Il fronça les sourcils alors qu'il élaborait une réponse à sa question.

– Tu étais toujours en train de réfléchir, tu avais toujours une longueur d'avance. Tu as ça dans le sang.

En quoi cela faisait-il d'elle un bon choix pour lui ?

– Qu'est-ce que tu veux dire ?

– Ta sœur Meredith a besoin de mouvement physique, mais toi, tu as besoin d'exercice mental pour être heureuse. Et j'ai relevé le défi de te tenir en haleine. Je n'avais jamais lu de livres avant de te rencontrer. Je le faisais pour toi. Mais quand je m'allongeais à côté de toi pour lire, je sentais ce que c'était que d'être dans ton monde, et j'adorais ça. Tu as remis en question mes pensées quotidiennes. Tu m'as appris à regarder les choses différemment, à voir plus grand.

Ton point de vue m'a poussé à me sentir comme une personne à part entière.

Il bascula sur le côté, se décalant vers l'arrière pour que le hamac ne les fasse pas rouler l'un contre l'autre.

– Alors, tu as aimé apprendre, comme moi, dit-elle.

– Oui, mais ce n'est pas tout. Tu vois les choses différemment de moi. Le monde est un endroit gigantesque que tu peux découvrir, tu n'as peur de rien. Au fond de moi, quand j'étais enfant, j'étais terrifié par ce qu'il y avait dehors, j'avais peur que le monde ne me comprenne pas. Tu m'as appris qu'il n'y avait rien à craindre, que mon monde était ce que j'en faisais.

Il la fixait, vulnérable, tous les deux se regardaient dans les yeux, la tête appuyée sur les bras et le bout de ses doigts chatouillant les siens. Si elle avançait la tête, elle pourrait presser ses lèvres contre les siennes. Elle l'envisagea, mais se ravisa. Elle avait beaucoup à apprendre sur le Colton plus âgé. L'enfant indompté avait été remplacé par cet homme du Sud raffiné.

Mais leurs yeux se croisèrent juste avant qu'il ne roule à nouveau sur le dos, et elle dut se forcer à respirer.

– Cela ne veut pas dire que tu ne m'as pas rendu fou aussi, de bien des façons, reprit-il.

– Comment ça ? demanda-t-elle, en essayant encore de retrouver son calme.

– Eh bien, en plus de me cantonner à une relation amicale pendant toute notre adolescence, j'ai eu beau essayer de te montrer plus de choses, tu ne l'as pas vu.

– Si je l'avais vu, mais je ne voulais pas gâcher les choses.

– C'est ce que je veux dire quand je dis que tu es toujours en train de réfléchir. Ton inquiétude d'abîmer quelque chose t'a empêchée de faire l'expérience de la vie.

Elle resta allongée, les yeux fixés sur la silhouette noire d'un oiseau qui volait entre elle et le soleil, tandis qu'elle réfléchissait à tout cela.

– C'est la même chose avec Meredith. Tu l'évites.

Elle s'assit, et le hamac vacilla sous eux.

– Je n'essaie pas d'éviter ma sœur. J'ai toujours été là avec elle ! C'est elle qui part toujours.

Il tendit doucement la main et prit la sienne, la ramenant vers le bas, mais ses épaules étaient maintenant tendues et elle n'était plus à l'aise.

– J'ai passé du temps avec vous deux. Tu ne lui parles pas. Tu ne lui poses pas de questions sur sa vie.

– Mais si ! L'autre jour, dit-elle, sur la défensive, en se souvenant de leur conversation sous le porche, je lui ai demandé ce qu'elle faisait dans la vie car je ne le savais même pas.

– C'est un début, répondit-il en lui tenant toujours la main. Mais Leigh, tu ne savais même pas ce que ta propre sœur faisait dans la vie. Pourquoi as-tu mis tant de temps à le demander ?

– Tu ne comprends pas, Colton. Elle est différente avec toi.

– Parce que je lui pose des questions. Et je l'écoute. C'est pour ça qu'elle est différente.

– Elle n'a jamais voulu être près de l'une d'entre nous, jamais. Quand je suis partie pour l'université, elle n'a même pas pris la peine de sortir de la maison pour me dire au revoir.

– Et tu lui as demandé pourquoi ?

Leigh restait allongée sur le hamac, silencieusement frustrée. Devait-elle tendre une branche d'olivier à Meredith alors qu'elle n'avait rien fait au monde qui justifie le comportement de sa sœur ?

– Personne ne l'écoute, dit-il, très sérieux. Et c'est tout ce qu'elle voulait.

C'était ridicule.

– Si tu es si doué pour comprendre les gens, qu'est-ce que tu penses que *je* veux faire ?

Il sourit, les coins de ses yeux firent des plis adorables.

– Tu veux avoir un but. Tu es quelqu'un de concret, une bosseuse. Et tu veux pouvoir montrer ce que tu sais faire parce que c'est spectaculaire.

Elle en eut la chair de poule, son compliment lui réchauffait le cœur. Il avait mis dans le mille.

– Et toi ? demanda-t-elle à voix basse. Qu'est-ce que *tu* veux faire ?

– Je veux pêcher avec mon bateau et regarder le football sous mon porche le soir. Je veux aller en ville et connaître tout le monde.

Elle sourit à sa réponse légère, mais un éclair de chaleur la traversa au souvenir de ses désirs d'adolescence.

– Alors, tu veux toujours faire tout ça ? demanda-t-elle, curieuse de connaître l'homme qui se trouvait devant elle.

Les années passées ensemble n'étaient qu'une infime partie de ce qu'il était aujourd'hui.

– Oui, tout cela me rend heureux, mais j'ai oublié une chose. Je veux pêcher, regarder le foot et connaître tout le monde en ville, mais ce que je ne savais pas *à l'époque*, c'est que je veux le faire avec les personnes que je préfère autour de moi, parce que rien de tout cela ne signifie quoi que ce soit sans les gens que tu aimes. Je veux créer ma propre grande famille un jour, mais en attendant, je prendrai mes parents et ta famille si c'est d'accord.

– Le nôtre est un peu en désordre, dit-elle, réchauffée par sa candeur.

– Seulement si tu laisses faire. Parle à Meredith.

– Peut-être que je le ferai, dit Leigh en se demandant s'il avait raison.

Chapitre 14

Lorsque Colton déposa Leigh, elle descendit de son camion et alla directement vers sa voiture de location pour faire un tour. Elle n'était pas encore en mesure d'affronter sa famille au chalet.

– Ça va aller ? demanda Colton, le coude dépassant par la fenêtre ouverte de la Ford.

– Je vais essayer, dit-elle en ouvrant la porte de sa voiture, se sentant encore incertaine de tout.

– Appelle-moi si tu as besoin de moi, dit-il avec un regard indiquant que lui aussi voyait devant lui quelqu'un qui n'était plus exactement la personne qu'il avait connue.

Elle acquiesça puis ferma la porte de sa Honda, et fit tourner le moteur. Colton prit la route en direction de chez lui. Les vitres baissées, Leigh suivit les allées incurvées, sous la fraîcheur vive de l'ombre des arbres à feuilles caduques, dont les nouvelles pousses étaient d'un vert éclatant. L'idée qu'une vue aérienne de ces routes puisse ressembler à une région sauvage pour un étranger lui donnait un sentiment de protection, comme si elle était dans son propre petit cocon où personne ne pouvait l'atteindre, ni Phillip, ni sa famille, ni Jimbo, ni ses amis qui n'avaient pas l'habitude de s'occuper d'elle.

Tout en conduisant, avec pour seule compagnie le bruit du vent frais du printemps dans les oreilles, elle revenait sans cesse à l'idée que durant toute sa vie d'adulte, elle n'avait même pas de plante d'intérieur dans son appartement parce qu'elle n'était pas assez présente pour l'arroser. Elle avait toujours le nez dans son ordinateur, cherchant, étudiant, dévorant les derniers faits pour se propulser dans sa prochaine réunion comme une fusée. Elle y avait placé toute son estime de soi.

Mais maintenant, en cet instant, elle s'efforça de prêter attention au bruissement des arbres, aux rayons de soleil à travers leurs branches, à la façon dont la voiture collait au chemin de terre et épousait les courbes de la route au fur et à mesure qu'elle les prenait, longeant le bord du lac étincelant. Elle absorba tout, pensant que ces choses étaient chères à Nan, et qu'elle voulait tellement être guidée par elle.

– Tu as choisi le mauvais moment pour être absente, dit-elle à voix haute, en espérant que Nan l'entende. Cela ne te ressemble pas.

Elle avait intentionnellement pointé Nan du doigt, espérant que sa grand-mère s'énerverait suffisamment pour revenir précipitamment dans la voiture et lui dire qu'elle n'avait pas son mot à dire. Les sens de Leigh s'aiguisaient, dans l'espoir de capter un « Je suis toujours là », murmuré par le vent, mais il n'y avait rien. Il aurait été si facile de s'enfoncer dans sa tristesse car le chalet n'était pas du tout le même endroit vibrant sans Nan, que chaque minute que Leigh passait à lutter en ce moment faisait que les souvenirs brillants de sa jeunesse ressemblaient de plus en plus à un rêve. Mais ce n'était pas dans la nature de Leigh de se morfondre, elle l'avait déjà assez fait. Comme l'avait souligné Colton, elle était une femme d'action. Elle voulait travailler, réfléchir, trouver comment changer les choses qui n'allaient pas.

Une notification d'e-mail sonna sur son téléphone et son instinct d'entrepreneuse se mit en marche. Elle ralentit pour s'arrêter, gara deux pneus sur l'herbe douce et sauvage de l'accotement et saisit son téléphone sur le siège du passager. Green Hat Coffee Roasters voulait discuter du projet. Là, sur le bord de la route, elle fit ce qu'elle faisait le mieux et leur fixa un rendez-vous téléphonique. Ses présentations étaient parfaites : deux des quatre clients avaient répondu à ses e-mails de démarchage en moins de vingt-quatre heures. Dans son monde, c'était du jamais vu.

Avec un soupir satisfait et une vague d'espoir, elle décida qu'il était temps de retourner affronter sa sœur.

– Meredith, appela Leigh en ouvrant la porte du chalet.

– Je suis sous le porche à l'arrière, répondit sa sœur.

Soutenue par les paroles de Colton, Leigh prit le chemin de la véranda où Meredith et sa mère étaient assises, et prit place sur le canapé à côté de sa sœur.

– Puis-je te poser une question que je me suis toujours posée ?

Meredith la regarda, referma le magazine d'art qu'elle était en train de lire, gardant la page avec son doigt.

– Bien sûr.

Katherine les regardait, se demandant manifestement de quoi il s'agissait.

– Pourquoi n'es-tu pas venue dans l'allée pour m'accompagner quand je suis partie pour Northwestern ?

Meredith fronça les sourcils et regarda Leigh comme si elle était folle.

– Je me suis toujours demandé ce que j'avais fait pour que tu m'en veuilles autant.

Leigh se sentit libérée en prononçant les mots qu'elle avait retenus pendant tant d'années, comme si elle détachait une volée de colombes et les regardait s'élever dans les airs.

Meredith posa son magazine sur la table basse et appuya ses avant-bras sur ses genoux. Son attention passait de Leigh à sa mère et *vice-versa*, et son regard confus se transforma en un regard lourd, comme si elle aussi s'était accrochée à quelque chose pendant toutes ces années.

– Leigh, quand tu es partie à l'université, maman et papa t'ont organisé une grande fête, tu te souviens, maman ?

Katherine hocha la tête. Elle avait enlevé ses lunettes de lecture maintenant et posé son livre sur les genoux, et semblait intéressée comme si elle aussi s'était demandé la même chose.

– Mais deux jours avant, quand je t'ai dit que j'arrêtais mes cours plus tôt pour devenir serveuse en Floride jusqu'à ce que je puisse devenir barmaid, j'ai eu droit à un sermon sur le fait que je me vendais mal en choisissant le diplôme le plus facile. Au lieu d'une fête, papa et toi m'avez donné un panier-repas pour le voyage et une liasse de billets pour que je puisse rentrer chez moi si jamais j'étais « coincée ».

Leigh se rappelait, avec une clarté parfaite, le mélange unique d'irritation et de blessure dans les yeux de Meredith ce jour-là. Meredith était arrivée en courant, aussi excitée que si elle avait gagné à la loterie, un morceau de papier plié à la main.

– J'ai terminé, avait dit Meredith. Quatre années de lycée en trois ans !

Elle leur avait agité le papier sous le nez.

– Qu'est-ce que c'est ? avait demandé leur père, en essayant de comprendre les informations qui figuraient sur la feuille de papier.

– J'ai validé suffisamment de cours pour pouvoir terminer un an plus tôt avec un diplôme d'enseignement général.

Meredith avait toujours considéré le lycée comme une peine de prison dont elle se libérerait un jour. Et ce jour-là, elle l'avait enfin fait.

– Mais chérie…

Si leur père avait été du genre à secouer la tête et à dire « Que tu sois bénie », cela aurait été le moment idéal.

– … Comment vas-tu entrer à l'université avec ça ?

Il avait agité le papier comme si c'était une sorte de fléau.

– Je n'ai pas besoin d'un diplôme universitaire, avait affirmé Meredith, au grand effroi de son père.

La chose qu'ils avaient essayé d'éviter toute leur vie venait de s'écraser sur lui. Aucun de leurs parents ne savait que faire de quelqu'un qui ne ferait pas d'études universitaires comme eux.

– Tu n'as pas appris de métier, a-t-il dit. Tu n'as pas de chemin tracé devant toi. Qu'est-ce que tu comptes faire de ta vie ?

– Oh, pour l'instant, je vais descendre l'autoroute 30A et faire serveuse sur la plage, avait-elle dit, provocante.

– Mais Meredith, dit maintenant Katherine depuis sa chaise sur le porche, ramenant Leigh au présent, nous avons organisé cette fête pour Leigh parce que son entrée à Northwestern a demandé beaucoup d'efforts pendant de très nombreuses années. Nous avons célébré tout son travail.

– C'est bien le problème, déclara Meredith. J'étais aussi heureuse de commencer comme serveuse sur la côte du Golfe que Leigh d'aller à Northwestern, mais vous avez toujours fait passer le travail avant le bonheur. Certains d'entre nous *travaillent* différemment. J'ai un succès fou dans mon domaine, et qu'est-ce que j'ai bien pu apprendre au lycée pour me préparer à ça ?

Meredith croisait les bras, toujours blessée. Elle se tourna vers Leigh.

– Je n'étais pas en colère contre toi ce jour-là, dit-elle. J'étais en colère parce que personne ne me comprenait ou ne me soutenait.

L'avis de Colton revint dans l'esprit de Leigh : *« Personne ne l'entend, et c'est tout ce qu'elle voulait. »*

– C'est pour cela que tu ne nous as pas invités à l'inauguration de ta galerie ? demanda Katherine. Nous aurions aimé être présents.

– Tu ne m'as jamais soutenue en grandissant, alors il ne m'est pas venu à l'esprit que tu me soutiendrais maintenant.

Le commentaire de Meredith frappa manifestement leur mère de plein fouet ; elle se replia sur elle-même et des larmes gonflèrent au bord de ses yeux. Leigh ne pouvait qu'imaginer le poids qui pesait sur les épaules de sa mère lorsqu'elle réalisait qu'elle et son père s'étaient trompés avec Meredith. Toutes ces années avec des professeurs particuliers auraient pu être des cours d'art… Meredith ne faisait pas que fuir, elle *les* fuyait.

– Je suis désolée de te faire de la peine, maman, dit Meredith.

Katherine la repoussa et regarda le lac, la lèvre tremblotante. À ce moment-là, Leigh se demanda si sa mère se tournait vers les eaux douces pour trouver le calme dans sa propre tempête.

Après des heures de silence entre les trois à la suite des aveux de Meredith, Meredith avait disparu on ne savait où et Katherine s'était couchée, alors Leigh avait consulté sa boîte mail. La vue d'un message en particulier changea complètement son humeur. Samantha Perkins, de The Attic Light, avait répondu à ses questions après son e-mail de relance, et Leigh avait proposé de faire un appel vidéo sur place. Elle appela Jimbo pour l'informer qu'elle aurait besoin d'accéder à l'espace et, bien qu'il n'ait pas répondu à son appel, il lui envoya un texto disant qu'un de ses gars la laisserait entrer à neuf heures précises le lendemain matin.

Elle avait hâte de finaliser le projet. Tout se passait un peu trop facilement… Mais c'était très bien ainsi, car cela lui rappelait qu'elle pouvait mener à bien ce travail. Si elle parvenait à tous les embarquer, elle s'arrangerait pour les rencontrer personnellement dans les semaines à venir. Meredith la laisserait sûrement utiliser le chalet le moment venu. Mais il ne servait à rien de demander tant qu'elle n'avait pas ce projet en poche.

Avec une motivation renouvelée, Leigh ouvrit son ordinateur portable et chercha les offres d'emploi les plus récentes, les faisant défiler vers le bas jusqu'à une nouvelle offre à New York, à environ trois pâtés de maisons de McGregor, dans une entreprise appelée Rycroft Enterprises. Il s'agissait d'une agence de publicité à la recherche d'un responsable de la gestion de projet. Elle lut la suite pour voir les qualifications :

« Connaissance des relations publiques, esprit d'équipe, expérience réussie de la gestion d'une grande équipe… »

Leigh ouvrit un nouveau mail, joignit son CV et ajouta qu'elle dirigeait les acquisitions pour Greystone Properties. Ce n'était pas un mensonge, et elle avait l'impression qu'en le disant à quelqu'un, cela se concrétiserait. Puis elle cliqua sur le bouton « envoyer ». Elle trouva quelques autres pistes prometteuses et postula là aussi. Chaque fois qu'elle envoyait un e-mail, Leigh regagnait en confiance. Même si cela ne réglait pas tous ses problèmes, c'était une lumière au bout d'un long tunnel.

Chapitre 15

– Nous pourrions équiper tout ce mur de bibliothèques, dit Leigh en arpentant les carreaux blancs de l'espace commercial de Greystone le lendemain matin, le téléphone tendu au bout duquel elle avait Samantha Perkins, responsable de l'expansion commerciale de la librairie The Attic Light.

Elle n'avait pas demandé à Jimbo s'ils pouvaient construire des bibliothèques, et il n'était pas vraiment disponible pour lui poser la question, alors elle avait pris la liberté de le suggérer elle-même. Ce serait le moins qu'il puisse faire si elle remplissait les espaces vacants dans ce projet.

– Il s'agit d'une surface commerciale d'environ sept cent cinquante mètres carrés, avec toutes les commodités.

– Est-ce qu'un forfait de rénovation est inclus si nous avons d'autres changements à faire ?

– Tout est négociable.

– J'aimerais prendre l'avion pour venir visiter, dit Samantha.

Leigh sourit pour cacher le fait qu'elle avait envie de courir dans toute la pièce en criant et en applaudissant.

– Très bien. Que diriez-vous de la semaine prochaine ? Disons mardi à neuf heures ?

– Ce serait parfait.

Leigh mit fin à l'appel vidéo et appela Jimbo, lui laissant un autre message pour l'informer de ses progrès. Elle pensa à partager cette nouvelle avec sa mère et peut-être même à mettre Meredith au courant de la situation, mais quelque chose lui disait que c'était sa victoire et seulement la sienne. Elle leur dirait bien assez tôt, mais pour l'instant, elle voulait garder cette petite joie en elle pour éclairer son chemin. Requinquée, elle prit le chemin de la maison, avec l'impression que rien ne pouvait l'ébranler à ce moment-là.

Devant la porte de l'atelier d'art de Nan, Leigh trouva Meredith, pieds nus, un pinceau à la main, fenêtres ouvertes, musique country en marche. Les chevalets avaient été déplacés, les affaires de Nan bousculées. Sa sœur avait débouché les peintures et répandu un éventail de couleurs sur la palette de Nan, traçant une traînée de bleu sur l'une des toiles.

Leigh ouvrit la bouche pour protester, mais s'arrêta, préférant rester dans l'embrasure de la porte pour observer. Son indignation initiale à l'idée que sa sœur ose déranger les peintures de Nan céda la place à la curiosité au fur et à mesure que Meredith peignait.

Sa sœur avait une méthode unique, qui consistait à donner trois coups de pinceau, à reculer pour regarder, puis à en donner trois autres. Ses mouvements étaient presque mathématiques, mais d'une certaine façon, c'était aussi comme une danse entre elle et son art. Cela ressemblait à la façon dont Nan peignait, mais Meredith avait inventé ses propres mouvements. Ses pieds se déplaçaient sans effort, comme si elle était en apesanteur, son pinceau s'emparait de la toile, les traits commençaient à prendre la forme d'une large aile. Leigh remarqua alors le livre sur les papillons, ouvert sur le sol à côté du chevalet.

– C'est époustouflant, dit Leigh par-dessus la musique, en marchant jusqu'au centre de la pièce.

– Merci, répondit sa sœur, en lui jetant un regard timide.

Elle continua son travail, le pinceau en mouvement – peindre, peindre, peindre, puis regarder. Elle se gratta la tête avec le dos de son pinceau, concentrée, manquant de peindre quelques-unes de ses boucles en bleu, alors qu'elle regardait les dessins de papillons de Nan.

– Nan m'a donné ce livre avec ma lettre, et j'essaie de comprendre pourquoi.

Leigh s'approcha de la radio et baissa juste assez le volume pour qu'elles puissent avoir une conversation.

– C'est intéressant qu'elle te l'ait donné, tu ne trouves pas ?

Leigh sentit une douleur gonfler dans sa poitrine tandis qu'elle regardait le livre qu'elle aurait aimé avoir.

Meredith posa le pinceau sur le plateau du chevalet et en trempa un propre dans la peinture grise, ajoutant des ombres à l'aile.

– Je n'arrête pas de penser que les papillons symbolisent le changement, la métamorphose, dit Meredith. Et dans ma lettre, Nan parlait de la lutte du papillon pour trouver ses ailes.

– Mmm, dit Leigh, en essayant encore de donner un sens à tout cela.

– Je sais que mon enfance a été difficile, mais j'ai l'impression d'avoir déjà trouvé mes ailes, tu sais ?

– Mais Nan n'était pas au courant, rétorqua Leigh.

Meredith se pencha sur la toile, fignolant dans les moindres détails le bord de l'aile.

– C'est un mystère, ce qu'elle imaginait pour moi. Elle voulait du changement et elle voulait que je trouve ma voie, mais elle pensait aussi, d'une certaine manière, que le chalet faisait partie de l'équation. Je me suis dit que si je peignais ici, la réponse viendrait à moi.

– Peut-être qu'elle voulait simplement que tu aies un endroit sûr où vivre au cas où tu en aurais besoin.

– Cela ne ressemble pas à Nan. Elle pensait toujours plus grand que cela.

– C'est vrai.

Sa sœur n'avait pas tort.

– Il se peut qu'elle veuille que tu poses tes valises quelque part.

– C'est possible, mais elle a dit qu'elle me regarderait voler depuis le paradis là-haut, et elle savait que je n'aime pas être enfermée. Le mouvement lui-même est ce qui m'inspire, et elle l'avait parfaitement compris.

Meredith prit un autre pinceau, qu'elle trempa dans un jaune vibrant.

Pendant que Meredith continuait à donner vie à son papillon, Leigh faisait semblant de réfléchir à la situation, mais elle avait son propre mystère à résoudre. Pourquoi Nan avait-elle laissé tout ce qu'elle préférait à Meredith et rien du tout à elle ? Bien qu'elle ne se sente pas en droit de le faire, ce geste avait ébranlé sa confiance en elle-même et avait déchiré la minuscule parcelle de proximité familiale qu'elle avait eue. Nan avait été son roc, la seule personne qui semblait ne pas pouvoir lui faire de mal. Et même si Leigh savait que Nan avait ses raisons, elle ne pouvait s'empêcher de se sentir abandonnée par elle.

– Bon, fais-moi savoir si tu trouves, dit-elle en forçant un sourire que Meredith ne vit jamais, car son attention restait fixée sur le tableau.

Ce soir-là, Leigh aperçut sa mère par la fenêtre, toujours dans sa tenue de banquière, assise dans l'un des fauteuils Adirondack près de l'âtre flamboyant, face au lac. Elle s'était précipitée à son travail pour remplacer quelqu'un, l'instinct de s'occuper pour éviter que ses pensées ne reprennent le dessus. Leigh sortit par la porte arrière et alla la voir.

– Comment vas-tu ? demanda Leigh, en remarquant les cernes rouges sous ses yeux.

Elle secoua la tête, l'air incertain, en signe de dénégation.

Leigh s'assit sur la chaise à côté d'elle, toutes les deux face à l'eau. Le bateau flottait à côté du vieux quai, tirant sur les amarres qui l'attachaient comme pour leur rappeler qu'il était négligé.

– Comment s'est passée ta journée de boulot, lui demanda-t-elle, en essayant de s'en tenir à un sujet facile.

Katherine haussa les épaules.

– Chargée ?

Sa mère secoua la tête, essuyant une larme sur sa joue.

L'air du soir commençait à rafraîchir, mais Leigh ne suggéra pas qu'elles retournent à l'intérieur. Le fait que le sac à main de sa mère soit à côté d'elle et que ses clés de voiture soient sur l'accoudoir du fauteuil où elle était assise montrait clairement que, si elle avait voulu rentrer, elle l'aurait fait.

– Comment ai-je pu me tromper à ce point ? dit finalement Katherine.

– Quoi ? À propos de Meredith ?

– Sur tout, dit-elle, les yeux brillants. Ton père et moi n'avons pas compris notre propre fille, et elle a raison : nous ne vous avons pas célébrées en tant que personnes. Nous n'avons loué que vos réalisations, et encore, seulement celles qui répondaient à nos critères étriqués de réussite.

Elle ferma les yeux, puis les rouvrit, essuyant une larme qui s'était échappée le long de sa joue.

– Elle ressemble beaucoup à ta grand-mère, la personne la plus extraordinaire de notre vie, dit Katherine. Et je ne l'ai pas vu. Pas comme j'aurais dû. Je l'ai poussée dans une voie qui n'était pas la sienne.

– Tu as fait ce que tu pensais être juste, tenta Leigh, pour rassurer sa mère.

– J'aurais dû le voir, dit Katherine en secouant la tête, avec de nouveau ce regard distant que Leigh avait vu dans les yeux de sa mère après la mort de leur père.

Elle se repliait sur elle-même, visiblement submergée par son chagrin et les pensées qui l'envahissaient.

Leigh lui tendit la main, mais sa mère le remarqua à peine. C'est à ce moment-là que Leigh sut que, tout comme sa mère l'avait fait pour Nan, puis pour leur père, Katherine devait faire le deuil de la relation qu'elle n'avait jamais eue avec sa fille cadette.

– Ça va aller, maman, dit Meredith en descendant les marches vers elles.

Leigh leva les yeux vers sa sœur.

– Je t'ai entendue par la fenêtre.

Katherine leva la tête pour s'adresser à Meredith qui contourna leurs chaises et s'assit dans une troisième, posant ses mains tachetées de peinture sur les accoudoirs, les yeux rivés sur sa mère.

– J'ai su toute ma vie que tu ne pouvais pas le voir.

Katherine baissa la tête, vaincue, d'autres larmes firent surface.

– Tu n'aurais pas dû, à cause de moi, te sentir moins valable que la personne douée et brillante que tu es comme Dieu t'a créée, déclara-t-elle. Je continue aussi à penser que ta nounou avait vu tout cela, et pourtant elle ne m'a jamais dit d'être moins sévère. Pas une seule fois. Je me demande pourquoi.

– Elle croyait fermement qu'il fallait nous laisser faire chacun notre truc, dit Meredith. Elle te laissait être une mère, je pense. Qui était-elle pour te dire le contraire ?

– Mais je me suis *trompée*, se lamenta Katherine, désemparée.

Meredith pleura, et pour quelqu'un d'autre. Leigh n'avait jamais vu cela se produire auparavant. Alors que sa sœur regardait leur mère, les larmes brillaient dans ses yeux face aux pensées qui traversaient son visage. Il était clair qu'elle ressentait quelque chose pour sa maman.

– Peut-être que nos chemins ne sont pas censés être droits, dit Katherine.

– Peut-être que la vie est censée être désordonnée parce que ce n'est pas à toi de me trouver. C'est à moi de me trouver.

Les mots de Meredith semblèrent ôter une couche au chagrin lourd de Katherine, et elle prit une grande inspiration, qu'elle laissa s'échapper.

– J'aurais pu rendre les choses un peu plus faciles, ne pas te soumettre à tout ce tutorat scolaire alors que tu aurais pu peindre, constata-t-elle.

– Oh, je dois gagner le salaire de deux personnes, alors quelques notions de calcul supplémentaires auront été utiles.

Elle sourit à leur mère, et Katherine pouffa à travers ses larmes, et Leigh se réjouit de la compassion de Meredith. Puis leur mère se rasséréna.

– Je suis vraiment désolée, dit-elle. Je ne laisserai plus jamais cela se reproduire.

Meredith enroula ses bras autour de leur mère, leur petite famille enfin réunie, côte à côte et immobile, et le chalet veillait sur elles.

Alors que le soleil s'enfonçait dans le ciel, Leigh s'assit sur le quai, laissant ses pieds nus traîner dessus comme lorsqu'elle était petite, et la nouvelle vision qu'elle avait de sa famille tourbillonnait dans son esprit. En grandissant, elle pensait que sa mère avait toutes les réponses. Elle avait écouté tout ce que sa mère lui avait dit de faire. Alors aujourd'hui, après avoir vu la vulnérabilité de sa mère et réalisé qu'elle ne faisait que du mieux qu'elle pouvait pour les élever, Leigh remit sa propre vie en question.

Il se trouvait que Leigh était douée à l'école, ce qui lui avait permis d'exaucer facilement les souhaits de ses parents, et elle aimait leur faire plaisir. Mais maintenant, elle n'était plus très sûre d'avoir fait ce qu'il fallait. Elle avait mis toutes ses forces dans son travail, toute sa vie. Même maintenant, elle s'accrochait au peu de succès qu'elle avait remporté à Greystone Properties, s'enfouissant littéralement dans le travail pour tenter de trouver l'accomplissement de sa vie.

Mais si elle cherchait le bonheur au mauvais endroit ?

Leigh plongea ses orteils dans l'eau froide. Les arbres la faisaient taire comme pour calmer son esprit en ébullition. Le lac semblait vaste aujourd'hui, comme l'une des toiles de Meredith, attendant quelque chose d'elle. Elle ressentit soudain l'absence des petits pieds qui auraient pu courir sur le sentier derrière elle, du mari qui aurait pu l'entourer de ses bras au bout de ce quai. Rien de tout cela ne faisait partie de sa réalité. La vérité, c'est qu'elle aimait faire ce qu'elle faisait, et qu'elle éprouvait une véritable joie à réussir au bureau. Mais son destin était peut-être plus grand que cela.

– Tu as été terriblement silencieuse, Nan, murmura-t-elle dans un souffle. Tu veux m'aider ? Pourquoi fais-tu tout ça ?

Le vent faisait voler ses cheveux derrière ses épaules et elle se tendit, espérant entendre sa grand-mère. Mais, comme toujours, elle n'entendit que le silence. Elle appliqua alors les mots de Meredith à sa situation : peut-être la vie était-elle censée être désordonnée parce que ce n'était pas à quelqu'un d'autre de nous trouver. C'est à nous-même de nous trouver. Elle se tournait vers Nan pour qu'elle la guide parce que toute sa vie, des gens l'avaient guidée. Mais peut-être que, tout comme Meredith, il était temps pour Leigh de trouver sa propre voie.

Chapitre 16

Le lendemain matin, Leigh se réveilla en voyant les choses sous une nouvelle perspective. Elle releva les stores de sa chambre et ouvrit les fenêtres. Les températures printanières étaient clémentes aujourd'hui, culminant à 21 degrés, avec du soleil et pas un seul nuage dans le ciel. Une fois prête pour la journée, Leigh enfila une robe légère, en lui superposant un cardigan, et entra dans la cuisine.

– Bonjour, dit Katherine, tout en préparant son déjeuner à emporter à son bureau car elle remplaçait encore une fois une collègue, et faisait des heures sup.

Elle était en peignoir, ses cheveux grisonnants rabattus derrière ses oreilles.

– 'Jour, répondit Leigh joyeusement.

Katherine glissa les deux moitiés d'un sandwich dans du film plastique et le plaça dans sa lunch box, puis prit place à table pour son petit déjeuner.

– Tu es de bonne humeur aujourd'hui.

Leigh sortit une tasse de l'armoire et la remplit de café en ajoutant de la crème et du sucre avant de l'apporter à la table ; la cafetière à moitié pleine chauffait encore sur le brûleur. Elle s'assit en face de sa mère et d'un plat plein de ragoût pour le petit déjeuner, une spatule posée sur le dessus.

– Je vais peut-être aller au marché de la ferme ce matin.

– Ça a l'air sympa.

Katherine se leva et attrapa une assiette sur le comptoir avant de la tendre à Leigh et de faire glisser la casserole de saucisses et d'œufs vers elle.

Leigh prit un morceau de ragoût et le déposa dans l'assiette. Elle en fit une bouchée avec le côté de sa fourchette.

– Sais-tu s'ils vendent encore ces savons faits à la main que j'utilisais quand j'étais au lycée ? Ce serait bien d'en avoir.

– Je pense que oui, répondit Katherine.

– Tu as besoin de quelque chose ? Je peux t'apporter ce que tu veux.

– Merci, mais je n'ai besoin de rien.

Il était évident que leur mère était encore préoccupée par la conversation avec Meredith.

Leigh enfonça sa fourchette dans les œufs et dans la croûte feuilletée au fond de la casserole et ramassa une bouchée.

– Peut-être qu'après ton retour du travail, nous pourrions faire quelque chose toutes les trois aujourd'hui, toi, moi et Meredith.

Elle enfourna la nourriture dans sa bouche, savourant le goût du beurre.

– J'adorerais.

– Moi aussi, dit-elle, et elle le pensait vraiment.

Le marché de la ferme était une masse d'étals et de tentes décorés de couleurs vives. Les vendeurs faisaient la publicité de leurs produits avec des tableaux en A aux lettres colorées et des bannières adorablement décorées. Des rangées de légumes de la ferme et des bocaux remplis de conserves étaient posés sur des tables recouvertes de nappes bleues et blanches ; des boulangers saluaient les clients derrière des boîtes empilées de tartes aux noix de pécan et de cobblers aux pêches.

L'étal de Rosemary Peabody était encore le premier, avec sa table pleine de colliers et de boucles d'oreilles faits main qui étincelaient au soleil. Son mari Thomas était devant sa glacière tout près, distribuant des sucettes glacées à un groupe d'enfants qui s'étaient rassemblés.

L'ambiance de ce quartier était très agréable, avec le bourdonnement des clients du petit matin. Leigh inspira profondément, comme si elle pouvait respirer l'ambiance familiale qui se dégageait de tout cela et la conserver en mémoire pour plus tard. Elle prit un panier, salua Rosemary qui s'occupait de son stand et commença à se frayer un chemin dans la première allée, avec l'idée de serpenter à travers chacune d'elles pour ne rien manquer.

S'arrêtant à une table remplie de cruches de sirop de sureau, elle saisit une bouteille pour en lire l'étiquette pendant que le propriétaire de l'échoppe discutait avec un client. « *You be you!* » était imprimé au-dessus du mode d'emploi. Elle sourit, la reposa et passa à l'étal suivant de bougies en cire d'abeille coulées à la main, et celle à la lavande retint son attention. Elle ferma les yeux et se pencha pour respirer le parfum fleuri.

– Qu'est-ce que tu fais ? résonna doucement dans son oreille, fit se dresser le duvet de son bras droit et la fit sourire.

Elle se retourna pour trouver Colton avec un panier de légumes et un gâteau aux pêches.

– Salut, dit-elle, incapable de cacher son bonheur de le voir. Je réfléchis à acheter cette bougie. Elle sent divinement bon.

Leigh souleva le pot jusqu'à son nez et en prit une bouffée.

– Sympa. Tu devrais l'acheter.

– Je pense que je vais le faire.

Elle fit signe au marchand et paya, puis la déposa dans son panier.

– Je suis contente d'être tombée sur toi.

Elle continua vers l'étal suivant et tripota un ensemble de serviettes et de torchons brodés à la main.

– Tu avais tout à fait raison pour Meredith.

– Tu lui as parlé ? demanda-t-il, avec ses yeux noirs qui pétillaient.

– Mm-hm. Et cela a fait toute la différence. Alors, merci.

– Je n'ai rien fait. Je l'ai juste mentionné.

– Mais si tu n'avais rien dit, je n'aurais pas su comment l'aborder.

Il sourit jusqu'aux yeux.

– Je pense que nous pourrions faire quelque chose toutes les trois ensemble plus tard dans la journée, mais je n'ai pas d'idée précise, dit-elle, espérant l'appâter pour qu'il se joigne à elles.

Elle aurait beaucoup aimé passer la journée avec lui. Mais avant qu'elle n'ait pu l'attraper, il se retourna pour répondre à une voix féminine qui l'appelait.

– Ne perds pas cette pensée, je reviens tout de suite, dit-il en la quittant et en se pressant vers la même fille blonde que Leigh avait vue à la marina Harvey's.

La jeune femme lui dit quelque chose, se pencha et posa sa main sur son biceps. Leigh se détourna pour se concentrer sur un pot de conserve, se sentant intrusive de l'avoir dévisagée. Elle était contente de cette diversion, car cela lui avait permis de se rendre compte qu'elle attendait un peu trop de son lien d'enfance avec Colton. Si elle était honnête avec elle-même, elle ne le connaissait plus. Il avait vécu toute une vie sans elle, tout comme elle avait vécu une vie sans lui. C'était un peu trop facile de se replonger dans les souvenirs.

Essayant de ne pas les regarder, Leigh se dirigea vers l'allée suivante, parcourant lentement les tables. Elle examina une paire de boucles d'oreilles en perles.

– Désolé, dit Colton en s'approchant à nouveau d'elle.

– Je t'en prie, dit-elle avec un sourire poli, gardant son attention sur les bijoux tout en marchant le long de la vaste table.

Puis il s'arrêta, ce qui l'incita à faire de même.

– Tu disais que toi, ta mère et Meredith, vous alliez faire quelque chose ensemble, c'est ça ?

Elle établit finalement un contact visuel avec lui.

– Oui.

– Pourquoi ne viendriez-vous pas toutes les trois pêcher *avec moi* sur mon bateau aujourd'hui ? Vous pourriez peut-être me jeter par-dessus bord pour vous venger ou quelque chose comme ça.

Leigh rit, sa plaisanterie était comme de la musique pour son âme.

– J'avais prévu de pêcher le dîner et de faire des grillades ce soir.

Elle envisagea l'idée qu'avoir Colton avec sa famille pourrait apaiser un peu les tensions.

– Tu pourrais aussi inviter tes parents, suggéra-t-elle, voulant mettre le plus de monde possible entre Colton et elle pour ne pas être rattrapée par ses anciens sentiments pour lui.

Ce n'était bon pour aucun d'entre eux.

Colton écarquilla les yeux.

– Nous ferions mieux de nous y mettre au plus vite si nous voulons attraper assez de poissons pour six, la taquina-t-il.

– Quand est-ce que ta mère rentre à la maison ?

– Elle a répondu : avant midi.

– Laisse-moi envoyer un message à maman et à Meredith tout de suite.

– Excellent.

Son téléphone sonna, attirant son attention.

– C'est mon designer, dit-il. Nous avons un petit problème avec le fabricant et je dois obtenir ceci.

Il la laissa taper vite sur son téléphone, alors que quelqu'un d'autre l'entraînait avec un bonjour chaleureux. Il haussa les sourcils en guise de salut, son téléphone à l'oreille. Avec la perspective de passer une journée sans penser au sort du chalet ou à sa recherche d'emploi, la matinée s'annonçait excellente.

Cet après-midi-là, alors que Leigh venait d'enfiler son jean pour se préparer à la promenade en bateau avec Colton, son téléphone reçut un e-mail. Elle le consulta, surprise de voir qu'elle avait déjà reçu une réponse de Rycroft Enterprises, la société pour laquelle elle avait postulé. Elle l'ouvrit et lut le message qui lui demandait d'indiquer l'heure à laquelle elle pourrait venir passer un entretien.

Son pouls s'accéléra lorsqu'elle lut qu'ils s'intéressaient à elle. Mais ensuite, alors qu'elle tenait son téléphone, immobile au milieu de sa chambre, elle réfléchit à toutes les choses auxquelles elle pensait ces derniers temps. Devrait-elle répondre ? Ce travail était-il vraiment ce qu'elle voulait ?

En fin de compte, elle devait gagner sa vie. Si elle obtenait ce job, sa vie pourrait continuer comme elle l'avait toujours fait. *Rien* ne changerait, si ce n'était qu'elle n'aurait plus à s'occuper de Phillip et de Rebecca. Avec deux autres clients à contacter pour Greystone, et les deux autres qui feraient des visites en personne la semaine suivante, elle devrait réfléchir à la date à laquelle elle pourrait retourner à New York pour un entretien. Elle commença à taper un e-mail, réfléchissant aux options qui s'offraient à elle.

Juste à ce moment-là, le bruit d'un moteur de bateau s'infiltra à travers la fenêtre de sa chambre et l'aboiement d'Elvis attira son attention. Elle rit toute seule en voyant le chien aboyer sans relâche sur Meredith alors qu'elle s'approchait du bateau, tandis que Colton essayait de le calmer. Leigh éteignit son téléphone. Elle ferait mieux d'aller au bateau pour aider à calmer Elvis afin que sa mère et sa sœur puissent monter à bord.

Enfilant son sweat à capuche et ses tongs, elle quitta le chalet et descendit à petits pas la colline d'herbes jusqu'au quai. Elvis abandonna son attitude protectrice, sauta du bateau et courut vers elle.

– Hé, mon grand, dit-elle en se penchant pour lui faire un câlin rapide tout en regardant Colton. Tu es prêt à faire un tour avec moi ?

Colton lui adressa un sourire avant de sauter du bateau pour les aider à monter.

Le chien haletait, les yeux écarquillés et heureux, et remuait furieusement sa queue tandis qu'il suivait Leigh jusqu'au bateau. Colton tendit la main à Leigh, sa prise ferme, mais douce, et le sourire qui s'attardait sur ses lèvres la firent tressaillir. Pendant que Leigh distrayait Elvis, Colton aida Katherine et Meredith à s'installer. Katherine s'assit sur le banc équipé d'un coussin à l'arrière du bateau, coiffée de son grand chapeau de soleil et de ses lunettes noires, sa chemise en coton ondulant dans la douce brise qui soufflait du lac. Meredith s'assit à côté d'elle, ses cheveux bouclés noués en un chignon à l'arrière de sa tête. Elvis faisait les cent pas entre elles, comme s'il surveillait leurs moindres mouvements, tandis que Colton détachait le bateau et le poussait hors du quai, s'éloignant jusqu'à ce qu'il puisse mettre les gaz sur le lac.

Normalement, ils allaient toujours à gauche du quai vers la maison de ses parents, mais cette fois-ci, Colton les emmena à droite, en amont de la rivière.

– L'autre jour, j'ai trouvé une excellente crique avec des tonnes de poissons par ici. Espérons que nous aurons la même chance aujourd'hui, annonça-t-il.

Il portait une casquette de baseball élimée et un jean, l'air délicieusement décontracté.

Leigh retint ses longs cheveux blonds avec sa main, le bateau accéléra vers sa destination, fendant l'eau et laissant une traînée d'écume dans son sillage.

Le bateau se mit à bouger doucement en luttant contre le courant agité causé par le passage d'un navire. Le moteur bourdonnait dans les oreilles de Leigh. Elvis était placé entre les pieds de Colton, mais Leigh ne s'était pas arc-boutée, si bien que lorsqu'ils heurtèrent les premières vagues de la houle, Colton sursauta et l'entoura de ses bras pour la stabiliser. Cela ne dura qu'une seconde, une réaction instinctive, et ses mains étaient de nouveau sur le volant, mais Leigh en oublia de respirer. Alors qu'elle découvrait le lac, son esprit était occupé. Elle ne pouvait pas nier le fait que Colton et elle retombaient sans effort dans leurs vieux travers, ces mêmes moments de flirt et d'affection leur tombant dessus aussi facilement que l'air qu'ils respiraient. Mais contrairement à ce qui s'était passé dans sa jeunesse, ils étaient des adultes maintenant, et les brèves aventures n'étaient plus ce qu'elle voulait.

Le bateau ralentit pour s'arrêter, et Elvis, qui était assis entre les pieds de Colton dans le coin du bateau, se leva et jeta un coup d'œil par-dessus bord, comme s'il évaluait ce qui l'entourait. Colton jeta l'ancre et installa un seau d'appâts à l'arrière avant de sortir quatre cannes à pêche de leurs supports au centre du bateau.

– Il y a un tas de crapets et de bars blancs qui nagent par ici, dit-il en chargeant l'un des hameçons d'un vairon. J'en ai attrapé quatre la semaine dernière, alors croisons les doigts.

Il tendit la canne à pêche à Leigh et lui demanda :

– Tu te souviens comment le lancer ?

Elle tâtonna avec la bobine.

– Cela fait longtemps…

Colton l'entoura et actionna le levier, libérant la bobine, ses mains recouvrant les siennes. Puis il fit basculer la canne en arrière et la lança, et la bobine dévida son fil, l'hameçon et l'appât s'enfoncèrent dans l'eau jusqu'à ce que le bouchon revienne à la surface.

– Comme ça, lui dit-il à l'oreille.

Le cœur de Leigh battait comme une caisse claire. Avant qu'elle n'ait pu reprendre ses esprits, Colton aidait Katherine à lancer sa ligne le long du bateau.

Meredith attrapa sa canne elle-même, travailla avec le moulinet et prit le tour de main, lançant la sienne en douceur.

Lorsque tout le monde eut mis son appât à l'eau, Colton chargea sa canne à pêche et la lança de l'autre côté du bateau. Elvis s'assit à côté de la jambe de Leigh pendant qu'elle gardait un œil sur le bouchon, attendant qu'un poisson tire sur sa ligne.

– Tu t'es fait un ami pour la vie, on dirait, dit Katherine en montrant le chien.

Leigh sourit et passa brièvement sa canne dans son autre main pour donner une caresse à Elvis. Elle commençait à aimer ce chien.

– Il est si gentil, dit-elle.

Meredith se retourna et fronça le nez en direction d'Elvis, lui faisant un signe de la main qui le fit aboyer frénétiquement.

Leigh rejeta la tête en arrière et rit.

– Pourquoi es-tu si méchant avec elle ? demanda-t-elle à Elvis, qui tourna la tête sur le côté comme s'il essayait de comprendre.

Il semblait comprendre, car il regarda Meredith avec méfiance, ce qui fit rire Leigh encore plus fort. Mais son attention fut rapidement détournée par sa canne à pêche qui se penchait vers l'eau.

– J'ai quelque chose ! s'écria-t-elle. Colton, aide-moi ! Je ne peux pas la retenir.

Colton posa rapidement sa canne à pêche dans l'un des supports situés sur le côté du bateau et se précipita sur elle, ses bras l'entourant une fois de plus alors qu'il l'aidait à remonter le poisson au bout de sa ligne. Son parfum épicé l'assaillit lorsqu'il resserra son emprise sur elle, ses doigts pressaient les siens pour remonter le poisson.

– Zut, Leigh a ferré un poisson qui nous nourrira tous, plaisanta Meredith. Nous pouvons tous rentrer chez nous maintenant.

Son excitation grandissant, Leigh a tiré de toutes ses forces pour maintenir la canne à pêche stable pendant que Colton remontait la prise. Lorsque le poisson est finalement sorti de l'eau, il s'agissait d'un bar rayé massif qui semblait peser environ quinze livres.

Colton l'a décroché du crochet et l'a brandi.

– Presque, Meredith. À lui seul, il pourrait nourrir trois ou quatre d'entre nous, dit-il en le déposant dans le vivier du bateau.

– Beau travail.

Il chargea son hameçon avec un autre vairon et elle relança son fil.

Le ciel d'un bleu éclatant et le clapotis de l'eau sur le bateau étaient si relaxants qu'elle remarqua que ses épaules se détendaient et le relâchement de la tension qui courait habituellement sur ses sourcils. À des kilomètres de l'agitation de la ville, des klaxons et de l'odeur des gaz d'échappement, elle comprit ce que Colton voulait dire des années auparavant lorsqu'il lui avait dit qu'il préférait pêcher plutôt que de supporter tout cela.

Le bruit d'une sonnerie de téléphone portable les prit tous au dépourvu.

– C'est le mien, dit Colton en se dirigeant vers la roue et en attrapant son téléphone.

– Oh, il faut que je prenne ce coup de fil. Donne-moi juste une seconde. Si tu en attrapes un autre gros, crie.

Puis il porta le téléphone à son oreille et se dirigea vers la proue du bateau.

– Dis-lui que je serai là à la première heure dès qu'il reviendra. Il n'est pas question que je le laisse faire ça...

Colton faisait les cent pas à l'avant du bateau.

– Je me fiche de ce qu'il dit. Je veux être là... D'accord. On se parle plus tard.

Il raccrocha le téléphone et le reposa sur le tableau de bord, près de la roue.

– Désolé.

– Tout va bien ? l'interrogea Meredith.

– Oui, tout va bien.

Mais il prit une inspiration qui poussa Leigh à se demander s'il disait vrai ou non. Quoi qu'il en soit, il ne voulait pas s'étendre sur le sujet.

Ils avaient attrapé cinq poissons, deux bars rayés et trois crapets, et Colton les avait rapportés chez lui pour les nettoyer pour le dîner, alors Leigh s'était retirée sous le porche du chalet avec Katherine, profitant du bon air printanier. Les cigales chantaient dans les arbres, le son ressemblait à un hymne lointain de l'été imminent, tandis que l'eau ondulait sur le rivage sablonneux.

Meredith sortit avec trois limonades, en tendit une à Katherine et à Leigh avant de se laisser tomber sur le canapé extérieur.

– J'ai réfléchi à ce que je voulais faire du chalet.

– Oh ? dit Katherine en se penchant en avant sur sa chaise et en tenant sa limonade à deux mains.

– Je pense que je pourrais le rénover et le transformer en Airbnb.

Leigh attendait le rire, l'indication que sa sœur ne faisait que plaisanter. Meredith savait qu'il ne fallait pas mentionner ce genre de chose. Mais lorsqu'elle les fixa, le visage sérieux, un frisson glacial parcourut les veines de Leigh.

– Tu veux le louer à des gens ?

Meredith s'assit en tailleur sur le canapé comme une enfant et but une gorgée de sa limonade.

– Oui, je pensais aux raisons qu'avait Nan de me l'avoir donné. Et je me suis rendu compte que j'avais besoin de voyager pour trouver l'inspiration. Je pourrais donc en faire une retraite d'artiste, la mettre sur le site Airbnb et la louer à d'autres personnes qui ont besoin d'un nouvel espace pour créer.

Elle désigna la cour d'un signe de la main.

– J'aplatirais tout cela, j'enlèverais le feu et je coulerais peut-être du ciment pour que nous puissions installer nos chevalets plus facilement à l'extérieur. Peut-être même que le ciment afficherait une citation sympa sur l'art. Et à l'intérieur, continua-t-elle, j'aimerais rénover complètement l'endroit : hauts plafonds, fenêtres plus grandes, plaques de plâtre sur les murs en bois pour qu'il y ait de la lumière à l'intérieur. Je casserais des cloisons et lui donnerais un plan ouvert à l'étage.

À chaque mot prononcé par Meredith, Leigh se sentait de plus en plus malade.

– Tu veux te débarrasser de tout ce que Nan a fait, dit-elle. Les parterres de fleurs et le petit potager à l'extérieur, près du feu, c'est elle qui les a plantés ; le chalet a été entièrement conçu par elle…

Leigh s'interrompit, luttant contre la boule dans sa gorge. C'était *leur* maison. Elle n'était à personne d'autre.

– Mais elle n'est plus là, dit Meredith, en se hérissant comme si elle était conditionnée pour la confrontation lorsqu'il s'agissait de s'exprimer. Elle *me* l'a donné. Ne devrais-je pas l'utiliser à mes propres fins maintenant ? N'est-ce pas ce qu'elle voudrait ?

– Pourquoi n'en ferais-tu pas ta *propre* retraite d'artiste ? suggéra leur mère, qui ne cachait pas très bien la peur dans ses yeux alors qu'elle contournait l'idée sur la pointe des pieds.

– Je sais que vous ne comprenez pas, mais rester ici pendant un certain temps me rendrait folle. Cela m'enlèverait toute vie. J'ai besoin de nouvelles perspectives, de mouvement, de l'énergie, de nouveaux endroits et de gens.

– Alors laisse-nous le chalet, dit Leigh.

Même si ce n'était pas ce que Nan avait souhaité, c'était bien mieux que cette alternative.

– Si Nan avait voulu cela, elle *t'*aurait laissé le soin de le faire, rebondit Meredith. Mais elle ne l'a pas fait.

Les mots de Meredith touchèrent leur cible, enfonçant le couteau dans la plaie qui torturait le plus Leigh.

– Nous pourrons séjourner dans l'Airbnb gratuitement, quand nous le voudrons, proposa Meredith, mais ce n'était pas suffisant.

Pourquoi Leigh voudrait-elle rester dans un endroit que Meredith allait rendre complètement méconnaissable ?

– Tu n'as pas compris l'essentiel.

Meredith posa sa limonade sur la table et se retourna pour faire face à sa sœur.

– Qui est ?

– Nous étions nuls en tant que famille, admettons-le, dit Leigh. Nous n'avons jamais appris à nous entendre ou à nous comprendre. Mais cet endroit était le seul lieu où nos problèmes disparaissaient pour un petit moment. Tu pouvais partir et faire ce que tu voulais pendant que je restais en arrière et que je remettais les pendules à l'heure. En fait, nous avons tous dîné à la même table le soir sans nous disputer. C'était le seul endroit qui pouvait faire ça pour nous. Nous venons juste de le retrouver. Si tu le changes, cela disparaîtra et nous nous disperserons comme avant, mais sans aucun endroit où nous pourrions retourner en tant que famille. Même si nous n'avons pas réussi à être une famille par le passé, c'est maintenant, Meredith. Maman et moi sommes tout ce que tu as et tu es tout ce que nous avons.

– Nous pourrions nous retrouver chez maman, hasarda Meredith.

– C'est un appartement d'une chambre, Meredith, rétorqua Leigh.

Katherine regarda ses pieds comme si elle avait échoué, mais elle n'aurait rien pu faire pour les sauver de cette situation.

Meredith fixait sans rien dire le verre de limonade dégoulinant qui avait maintenant créé un minuscule anneau sur la table basse extérieure.

– Je dois être d'accord, l'interrompit finalement Katherine. Ce n'est pas seulement la maison de ton grand-père ou de ta grand-mère. C'est aussi notre maison. C'est un endroit où nous voulons revenir.

– Tu n'es pas venue ici depuis huit ans, dit Meredith qui leva les bras en l'air, et soupira de frustration.

Katherine regarda Meredith dans les yeux.

– C'est parce que c'est un endroit tellement émouvant que j'y reviens. J'ai une tonne de souvenirs ici, nous en avons tous. La famille *est* importante, Meredith. Tellement importante que je laisse ma mère me zapper et te donner le chalet parce que ses intentions sont ce qu'il y a de plus important ici.

– Sommes-nous vraiment une famille ? demanda Meredith.

C'était un coup bas, et Katherine réagit immédiatement en se repliant sur elle-même. Elle regarda le lac, les lèvres tremblantes, avant de maîtriser son émotion et de regarder à nouveau sa fille.

– Je pense que tu es la seule à ne pas croire que nous sommes une famille… Même Elvis est d'accord.

Meredith et Leigh tournèrent leur attention vers lui, toutes deux prises complètement au dépourvu par sa perspicacité.

– C'était un chien errant, n'est-ce pas ? Et il aboie après toi chaque fois qu'il te voit. Je pense que c'est parce qu'il apprécie la famille et qu'il le sent.

– Qu'il sent quoi ? demanda Meredith, visiblement agacée de la voir céder à cette absurdité.

– Elvis n'avait pas de famille et je pense qu'il sent que tu ne laisseras entrer aucune d'entre nous, dit Katherine. Il peut sentir ton hostilité.

– C'est ridicule, dit Meredith en laissant échapper un rire incrédule.

– Vraiment ? demanda Katherine. Cela me semble logique.

– Moi aussi, dit Leigh, en sautant du côté de sa mère. C'est bizarre qu'il aboie après toi. Il n'aboie pas autant contre maman que contre toi. Les chiens sont très intuitifs.

Meredith secoua la tête.

– Il faudrait que j'écoute des conseils sur ce qu'il faut faire du chalet de la part de deux personnes qui croient qu'un canidé est au courant de notre dynamique familiale.

Elle roula des yeux.

– Une chose est sûre, Leigh lui coupa la parole, c'est que si tu loues ce chalet, nous ne serons peut-être jamais une famille. Nous venions juste de commencer à l'être.

Katherine se leva, apporta sa limonade au bord du porche et regarda dehors. Leigh lui emboîta le pas et jeta un coup d'œil sur l'endroit.

Ils avaient fait des promenades en bateau en famille, Meredith et Leigh s'accrochant pour survivre pendant qu'elles faisaient du tubing derrière. Et le quai sur lequel elles courraient après le trajet en voiture, se déshabillaient et sautaient dans l'eau, signalant ainsi le début de l'été.

– Nous savons tous que ce ne sera plus la même chose si cela disparaît. Rien ne sera plus comme avant, dit Katherine.

– En fin de compte, c'est moi qui décide. Nan m'a donné le chalet, et je veux l'utiliser pour quelque chose qui me représente et qui touche aussi les autres. Comment cela peut-il être une mauvaise chose ? Et j'ai déjà commencé à appeler des entrepreneurs.

Sans un mot de plus, le mur qu'elles avaient eu tant de mal à abattre cette semaine se remit en place. Meredith se leva et rentra.

À ce moment-là, Leigh sut que sa mère avait mis le doigt sur quelque chose : rien ne serait plus jamais pareil.

Chapitre 17

Le sort du chalet était entre les mains de Meredith, et aucun indice ne permettait de savoir quel serait l'état des lieux dans les semaines et les mois à venir. Leigh sentait qu'elle devait obtenir les baux de Greystone Properties au plus vite. Elle devait terminer ce travail pour pouvoir se concentrer entièrement sur le changement d'avis de sa sœur. Leigh envoya un e-mail à Top Mountain Supply Co. pour vérifier s'ils avaient des questions à lui poser. Puis elle consulta son agenda pour répondre à la proposition de passer un entretien avec Rycroft Enterprises, leur donnant quelques dates et heures auxquelles elle pourrait venir.

Mais comme elle n'avait plus aucune tâche à accomplir, elle ne pensait plus qu'à la perte du chalet. Elle s'allongea sur le lit, la tête nichée dans l'oreiller, et soupira.

– Qu'est-ce qui se passe, Nan ? murmura-t-elle au plafond.

Puis son téléphone s'alluma à l'arrivée d'un message de Colton : *Tu veux qu'on aille faire un tour ?*

Elle le regarda fixement, en réfléchissant. Elle voulait se concentrer sur sa famille et essayer de réparer le peu de relations qu'elles avaient. Elle devait aussi aller voir sa mère et s'assurer qu'elle allait bien – elle n'en avait pas l'air depuis que Meredith avait lâché sa bombe à propos du chalet. Mais il y avait aussi une partie d'elle qui voulait juste s'éloigner de ses problèmes. Tout serait encore là quand elle reviendrait, après tout.

Elle envoya un message : *Une balade, ça a l'air génial.*

Colton répondit : *Bien, parce que je suis déjà dans ton allée.*

Avec un sourire, elle se releva, passa ses doigts dans ses cheveux et se dirigea vers l'extérieur, soulagée par cette distraction immédiate.

Mais quand elle sortit, ce qui l'attendait n'était pas la Ford habituelle de Colton.

– Qu'est-ce que c'est ? demanda-t-elle à Colton par la fenêtre ouverte de la Silverado noire brillante qui tournait au ralenti dans l'allée.

– C'est mon autre camion. Tu ne crois pas que je vais à mes rendez-vous dans le camion de la ferme ?

Elle plissa les yeux en le regardant.

– Alors, tu dis que c'est un rendez-vous ?

Puis elle regretta immédiatement, réalisant qu'il avait voulu dire ses rendez-vous en général.

– Non, à moins que tu n'aies l'intention de sortir avec deux gars à la fois.

Il se pencha en arrière et Elvis releva la tête, lui donnant un coup pour s'amuser.

Elle monta dans le camion, dont le doux ronronnement était bien différent de celui du vieux véhicule de ferme. Il s'arrêta et la Silverado glissa sur le gravier comme sur une plaque de glace.

– Ma mère et mon père sont de retour chez moi pour cuisiner pour ce soir, lui apprit-il. Maman a préparé au moins trois plats. Elle est tellement heureuse de pouvoir enfin passer du temps avec nous tous.

Leigh sourit, charmée.

– J'avais besoin de ton énergie, dit-elle. Tu es arrivé *juste au moment* où j'avais besoin de toi. Comment l'as-tu su ?

Il haussa les sourcils, l'air content de lui.

– C'est mon superpouvoir.

Elle n'allait pas contester le fait que c'était probablement le cas.

– Pourquoi, qu'est-ce qui ne va pas ? demanda-t-il en s'engageant sur la route qui se trouvait devant eux.

Leigh gémit et massa le pincement du muscle qui s'était formé dans son épaule depuis l'annonce de Meredith.

– Ma sœur.

– Qu'est-ce qui se passe maintenant ? Je pensais que les choses allaient mieux.

– Nan *lui* a donné le chalet. Elle le lui a simplement *donné* sans consulter aucune d'entre nous. Et maintenant, Meredith veut le transformer complètement et le louer à des vacanciers.

Elvis posa sa tête sur ses genoux comme pour la consoler, alors elle lui caressa la tête.

– A-t-elle dit pourquoi elle voulait faire ça ?

Il tourna et prit la direction de la ferme de coton.

– Elle pense que cela aidera d'autres artistes. Mais qu'en est-il de *nous* ? Nous sommes sa famille ; nous sommes tout ce qu'elle a.

Il pinça les lèvres, elle se souvenait qu'il le faisait chaque fois qu'il réfléchissait.

– Je ne suis pas sûr que le louer soit la meilleure idée. Nous n'avons pas beaucoup de touristes sur cette partie du lac. C'est en quelque sorte ce qui la rend si géniale.

– *Dis-le-lui.*

– Oui peut-être.

Il se gara dans la ferme, les vastes champs s'étendaient devant eux jusqu'au rivage.

– Je suis sérieux. C'est la dernière chose que je voudrais.

– Peut-être qu'elle t'écoutera, dit Leigh. Elle n'écoute ni maman ni moi.

– D'accord, je la prendrai à part pendant le dîner.

Puis la voiture s'arrêta au milieu du chemin de terre.

– Que faisons-nous ?

– Je t'ai promis de t'emmener, dit-il en sautant du véhicule.

Elvis le suivit en sautant sur le chemin de terre. Colton fit le tour et ouvrit sa porte, lui prenant la main pour l'aider à sortir.

– Comment ferons-nous pour nous promener à pied ?

Il désigna un énorme tracteur avec une grande charrue à l'arrière qui s'étendait sur la moitié du champ.

– On va prendre le tracteur. Je dois désherber les champs pour qu'ils ne soient pas envahis par la végétation.

Il jeta un coup d'œil sur ses tongs.

– Je te porte ?

– Tu veux me faire traverser le terrain sur ton dos ?

– À moins que tu ne préfères que ce soit Elvis qui te porte.

Elvis s'arrêta de renifler le sol et jeta un coup d'œil vers eux.

Colton se pencha et lui fit signe de venir vers lui.

– Il faut protéger tes petits orteils.

– Tu veux vraiment me faire faire un tour dans ce truc ?

Elle secoua la tête.

– Tes parents ne sont pas à la maison ? N'ont-ils pas besoin d'aide pour les casseroles ?

– Certainement pas.

Il lui fit signe de monter sur son dos. Comme elle ne bougeait pas, il se redressa.

– Nous avons le dîner ce soir, dit-il en tapotant sa montre. Je dois le faire aujourd'hui. J'ai deux réunions du personnel demain, et ce champ ne se cultivera pas tout seul.

Contre son gré, elle sauta sur le dos de Colton qui agrippa ses cuisses. Ses pieds se balançaient de part et d'autre de lui. Elvis suivit Colton qui traversait les rangées de graines de coton plantées et se dirigeait vers le tracteur. Les mains de Leigh entouraient ses larges épaules, la barbe de son menton effleurait sa peau tandis qu'il se frayait un chemin à travers les immenses champs. Jamais elle n'aurait pensé faire cela une semaine avant.

Lorsqu'ils atteignirent l'énorme tracteur, il la laissa descendre et grimpa à l'échelle pour ouvrir la porte. Elvis, apparemment un vieux pro, sauta dans la cabine pendant que Colton faisait signe à Leigh de grimper et de monter. Elle s'exécuta et se glissa sur le vinyle frais du siège.

Colton démarra le moteur, l'énorme machine fit une embardée, puis, comme si elle était décidément satisfaite, elle commença à rouler tranquillement pendant que Colton tournait le volant pour l'aligner sur les champs.

Elle avait l'impression de voler, de s'élever dans les airs au-dessus de la ferme, une vue panoramique de tout le terrain de jeu de son enfance devant elle jusqu'au lac.

– C'est magnifique, dit-elle par-dessus le doux grognement des lames derrière eux, qui labouraient consciencieusement le sol.

– C'est pour ça que je pensais que ça te plairait. Il n'y a que des terres vierges à perte de vue. C'est ce que j'aime dans le fait de vivre ici.

– J'avais oublié, admit-elle. Je suis restée si longtemps à l'écart que le souvenir de cette vie était devenu presque comme un vieux rêve. Je te remercie de me le rappeler.

Il lui sourit.

– C'est pour cela que je suis ici.

Ils roulèrent en silence pendant un certain temps, faisant des allers-retours dans les champs de coton où il n'y avait rien d'autre que de l'eau, des rangées de terre et un ciel bleu à perte de vue.

– Je suis content que tu sois là, dit Colton en se dirigeant vers le lac. Je m'étais trompé sur ton compte. Je ne pensais pas que tu reviendrais un jour.

– Pourquoi ? demanda Leigh en observant la découpe de sa mâchoire et la façon dont les petites lignes qui se formaient autour de ses yeux lorsqu'il souriait s'éclaircissaient quand il avait l'air sérieux.

– Je pensais qu'une fois que tu aurais goûté à la vie urbaine, tu ne voudrais plus jamais revenir.

– C'est vrai que j'adore New York, admit-elle. Mais j'aimerais trouver un moyen de fusionner mes deux vies.

– Pas simple. Je ne suis pas sûr que tu puisses amener la grande ville ici.

Il n'avait pas tort. C'était comme si elle était divisée en deux parties distinctes, et essayer de les assembler n'était pas une tâche facile.

Lorsque Colton et Leigh entrèrent dans la maison, Ruby avait les mains sous le jet d'eau de l'évier, et les odeurs savoureuses de sauge et de beurre remplissaient l'air. Sa mère attrapa un torchon et sécha ses mains, avant de faire le tour de l'îlot massif pour les accueillir.

Paul leva la main du canapé, il regardait le match de base-ball Braves contre Cardinals sur le grand écran au-dessus de la cheminée en pierre.

– Bonjour tout le monde !

– Vous voulez du thé sucré ? demanda Ruby. Je viens d'en préparer une théière.

Leigh n'avait pas encore répondu que Ruby était déjà dans les placards de Colton, en train de sortir deux tasses.

Colton suivit sa mère jusqu'à l'autre côté de l'îlot, et l'embrassa sur la joue avant de récupérer un plat de poisson préparé dans le réfrigérateur.

– Jetons un coup d'œil à ce nouveau gril, dit Paul à son fils en se levant. Prends le beurre, le sel et le poivre, veux-tu ?

Ruby secoua la tête tandis que Colton et son père sortaient.

– Colton est si gentil, dit-elle, comme s'il avait encore douze ans. Il écoute son père, même si Colton sait très bien qu'il peut cuisiner mieux que n'importe lequel d'entre nous.

Elle fit glisser une tasse de thé vers Leigh.

Leigh prit un tabouret de bar et s'installa en face de Ruby.

– Je ne savais pas qu'il savait cuisiner. Où a-t-il appris ?

– Ah, cela a commencé par des cours de cuisine qu'il a suivis lorsqu'il sortait avec une jeune femme, il y a quelques années.

Leigh n'aurait pas dû être aussi choquée qu'elle l'était à la mention d'une autre femme. Colton était incroyablement séduisant, célibataire, et il s'était bien débrouillé tout seul. C'était l'homme idéal, il était donc logique qu'il ait une vie amoureuse saine. Elle ignora le malaise que cette idée lui avait causé en pensant à la sienne.

– Il n'avait jamais vraiment pensé qu'il aimerait cuisiner, poursuivit Ruby en essuyant le comptoir avec un torchon. Mais ça lui allait bien. Il est tellement créatif, tu sais ?

– Je n'avais pas réalisé à quel point il était devenu créatif en grandissant, admit Leigh. Il ne l'avait jamais laissé transparaître.

Leigh se demandait maintenant si c'était pour cela qu'il avait toujours bien compris Meredith, une autre ligne invisible désormais tracée entre Colton et elle.

Ruby plia le chiffon et le posa à côté de l'évier.

– Je pense qu'il n'y a pensé que plus tard dans sa vie.

Tout le monde avait l'air d'avancer, d'avoir ces révélations sur eux-mêmes, alors qu'elle était coincée au même endroit qu'avant, incapable d'avancer.

– Qu'est-ce qu'il y a, ma chérie ? demanda Ruby.

Ses pensées se reflétaient-elles sur son visage ?

– Oh, ce n'est rien. J'étais en train de réfléchir.

– Je dis toujours que les pensées ne sont que notre voix qui a envie de s'exprimer.

Évitant de s'étendre sur ses problèmes personnels, Leigh parla à Ruby du chalet et de la façon dont sa mère et elle géraient les plans de Meredith pour le transformer, ainsi que la détresse de sa mère à propos de tout ce changement.

– En donnant le chalet à Meredith, Nan nous a exclues, maman et moi. Je sais qu'elle a dû y penser quand elle a décidé de laisser le chalet à Meredith.

– Ma pauvre petite, compatit Ruby. Et je n'ose pas imaginer ce que ta maman doit endurer. Elle a déjà perdu tellement, avec ton père et sa mère… Et maintenant, avoir ce genre de problèmes.

Elle posa ses paumes sur son visage et secoua la tête.

– Je me sens mal pour elle.

Ruby prit alors les mains de Leigh dans les siennes.

– La vie est une chose étrange. D'une manière ou d'une autre, lorsque tu seras capable de regarder en arrière, tu pourras peut-être en voir la raison.

– Je n'arrive pas à imaginer comprendre un jour la raison de tout cela, dit Leigh.

La voix de Colton interrompit leur conversation.

– Le poisson est cuit, annonça-t-il, un plateau de fruits de mer grillés à la main, avec une sauce au beurre et aux épices.

Insistant pour apporter son plat à Katherine, afin de lui laisser plus de temps dans le chalet, Ruby fit irruption dans la cuisine de Nan, derrière Leigh, avec un air excité. Paul coinça la porte un peu plus loin avec son pied avant que Colton ne tende le bras, et ne la tienne ouverte pour que son père entre avec trois des plats cuisinés par Ruby et un plat de poisson grillé couvert de papier aluminium, qui vacillaient en une pile instable dans ses bras. Il les posa avec précaution l'un après l'autre sur le comptoir, puis se redressa, dominant l'assemblée de sa haute stature.

– J'ai une bouteille de Chardonnay ouverte, proposa Katherine, ce qui entraîna Ruby dans une ronde frénétique pour l'aider, attrapant des verres à pied et commençant à les remplir.

– Qui en veut un ? demanda à la cantonade la mère de Colton, très à l'aise, en tendant le premier verre.

Leigh le prit avec reconnaissance, et l'excitation de la soirée l'envahit avant même que l'alcool n'ait atteint son système sanguin. Les deux familles se réunissaient assez souvent lorsque Leigh était jeune, et elles reprenaient facilement le rythme, comme si le temps ne s'était pas écoulé. Mais c'était ainsi que les gens étaient à Old Hickory Lake : ils étaient tous de la même famille, peu importait le temps qu'ils avaient passé ensemble.

Meredith passa son bras sous celui de Colton.

– Tu veux voir ce que je suis en train de peindre ? demanda-t-elle en leur apportant à chacun un verre de vin versé par Ruby et en l'entraînant hors de la cuisine vers l'atelier de Nan.

Leigh fouilla dans le tiroir de la huche où Nan rangeait ses nappes et récupéra celle à carreaux bleus et blancs, ainsi qu'une paire de ciseaux, qu'elle emporta sous le porche. Elle étala la nappe le long de la table à manger qui se trouvait au bout, prit trois bougies qui se trouvaient dans des seaux en argent, qu'elle plaça au centre de la table. Puis, les ciseaux à la main, elle alla couper quelques bouquets de magnolias dans les arbres qui bordaient le patio, pour les disposer autour des bougies, comme le faisait Nan. Leur doux parfum s'attardait toujours délicieusement dans l'air avec la chaleur des flammes.

Alors qu'elle terminait, son téléphone bipa dans sa poche. Posant la dernière branche, elle le saisit et jeta un coup d'œil à l'e-mail : Top Mountain Supply Co. Elle sortit par la porte moustiquaire et alla jusqu'au hamac, s'y affala et ouvrit le message.

Ils étaient intéressés. Et ils voulaient en reparler la semaine suivante.

Elle leur répondit en les informant qu'elle rencontrait également d'autres personnes la semaine suivante, mais qu'elle pourrait certainement trouver un moment pour répondre à leurs questions, juste pour leur faire sentir qu'il pourrait y avoir de la concurrence ; une tactique qu'elle utilisait tous les jours chez McGregor.

– Allô, dit Meredith en agitant sa main devant le visage de sa sœur. Tu veux rejoindre le monde des vivants et lâcher un peu ton téléphone ?

– Désolée, dit-elle en levant les yeux vers Meredith et Colton, cachant son agacement par égard pour leurs invités qui s'étaient maintenant installés sous le porche. J'avais un truc à faire rapidement pour le travail. La table est mise et prête pour le service.

Elle rangea son téléphone dans sa poche.

– Maman, apporte tous les plats maintenant, la héla Meredith.

– À table !

Leigh se leva, Meredith ouvrit la marche. Quand Leigh rejoignit Colton, elle l'interrogea en silence, lui demandant du bout des lèvres s'il avait parlé à Meredith de son histoire de location, mais il ne répondit pas. Colton était une petite lueur d'espoir dans tout ça. Il pourrait peut-être faire comprendre la situation à Meredith…

Les assiettes vides étaient toujours sur la table et les bougies vacillaient au clair de lune. Leigh, Meredith et Colton s'assirent sur le quai comme lorsqu'ils étaient enfants, pendant que leurs parents discutaient sous le porche. Leigh s'appuya sur ses coudes et contempla les étoiles dans le ciel noir d'encre, ainsi que la lune qui formait un croissant lumineux au-dessus de leur trio. Ils avaient bu quelques verres de vin et l'alcool jetait une onde calme sur eux.

– Je me souviens encore du premier été où vous n'êtes pas venues, dit Colton. C'est à ce moment-là que j'ai compris que j'avais perdu mes meilleures amies.

Le cœur de Leigh se serra en entendant sa confession.

– Pendant un moment, j'ai été en colère parce que je voulais que les choses soient comme avant, mais ensuite j'ai réalisé que vous aviez toutes les deux des choses à faire dans la vie. Je me suis senti un peu mieux en sachant que vous étiez occupées à construire la vie que vous aviez toujours voulue.

– Je suis désolée de ne pas être revenue, dit Meredith.

Colton hocha la tête, acceptant ses excuses.

– Promettez-moi de ne pas repartir sans revenir.

– Je te le promets, affirma Meredith en affichant un large sourire détendu. Nous nous rattraperons, dit-elle, les yeux flous à cause du vin.

– Je veux une fête Henderson et ma famille au moins deux fois par an au chalet, exigea-t-il.

– D'accord, dit Meredith sans hésiter. Et comment vas-tu faire s'il y a des locataires à l'intérieur ? demanda-t-il gentiment.

Meredith plissa les yeux comme si elle essayait de retrouver sa sobriété. Puis elle jeta un regard noir à Leigh.

– Elle t'a dit.

– Mm-hm, répondit Colton.

Meredith lança un nouveau regard assassin à Leigh.

– C'est tout à fait son genre de courir se plaindre auprès de toi quand les choses ne se passent pas comme elle le souhaite.

– Ce n'est pas vrai, déclara Leigh. J'ai simplement mentionné notre désaccord. Mais tu as raison. Je n'aurais pas dû mêler Colton à tout ça. Je suis désolée.

– Je sais comment tu manigances, s'emporta Meredith en ignorant ses excuses. Nan m'a laissé le chalet, et c'est à *moi* de décider ce que j'en fais.

– Puis-je dire quelque chose ? demanda Colton.

Meredith laissa échapper un lourd soupir puis céda, acceptant de l'écouter, tout en balançant ses pieds nus au-dessus de l'eau, les bras croisés.

– Qu'est-ce que ta grand-mère voudrait que tu en fasses si elle était encore là ? demanda-t-il.

Meredith aspira une bouffée d'air comme pour y chercher une réponse, mais elle n'y trouva rien. Alors, elle leva les pieds et se retourna sur le quai pour se mettre debout.

– Si Nan avait eu une opinion particulière sur ce qu'il fallait en faire, ne l'aurait-elle pas dit dans la lettre qu'elle m'a laissée ?

Colton s'éloigna de Leigh et se leva pour faire face à Meredith, en secouant la tête calmement.

– Peut-être pas. Aurait-elle pu penser que tu le saurais ?

Visiblement troublée, Meredith se détourna et remonta en vitesse le quai vers le chalet, et la porte moustiquaire se referma avec fracas derrière elle.

Colton se rassit.

– Donne-lui du temps. Elle prendra la bonne décision pour vous trois.

Le problème, c'est que Meredith avait eu toute une vie, et qu'elle avait à peine repris ses esprits ces derniers jours. Qu'est-ce qu'un peu plus de temps changerait à l'affaire ?

– Tu as l'air crispé, dit-il en ramenant Leigh à son beau visage.

Elle haussa les épaules, essayant de donner l'impression que tout cela n'était pas trop lourd pour elle. L'idée d'effacer toute dernière parcelle de Nan dans le chalet lui déchirait le cœur.

– Tu veux qu'on s'évade ?

Il la prit par les mains et la tira vers le haut.

– Pour aller où ? demanda-t-elle tandis qu'il lui tenait la main, la guidant le long du quai puis à travers la cour.

– Tu verras.

Ils passèrent devant leurs parents et leur firent un signe de la main.

– Comme au bon vieux temps, taquina Katherine à leur passage.

Lorsqu'ils arrivèrent à la cuisine, Colton attrapa une bouteille de vin par le goulot et la couverture étalée sur le bras du canapé de Nan, emportant les deux avec eux. Il ouvrit la porte de la Silverado et Leigh monta à bord.

Et ils étaient partis.

Sous les étoiles, les grillons stridulaient à travers les fenêtres ouvertes de la voiture. L'air frais du printemps lui donnait des frissons alors qu'ils s'éloignaient du chalet, en direction de la ville. Leigh tira la couverture de Nan entre eux et l'enroula autour de ses épaules.

– Tu ne veux pas me dire où nous allons ? demanda-t-elle.

– C'est un endroit où j'ai toujours voulu t'emmener, mais je ne l'ai jamais fait, répondit-il.

La lumière de la lune jetait un rai blanc sur ses pommettes ciselées, le reste de son visage était dans l'ombre.

– J'ai passé tous les étés ici, dit-elle. Comment se fait-il que tu ne m'y aies jamais emmenée ?

– Peut-être que je te le dirai plus tard, dit-il en lui lançant un regard affectueux qui fit naître des papillons dans son ventre.

Les mains puissantes de Colton tenaient le volant sans le serrer, ses muscles dessinés apparaissaient sous les manches de son tee-shirt, et ses jambes remplissaient maintenant son jean. Il était devenu un homme depuis le temps qu'ils étaient séparés et, soudain, les années d'absence semblaient être une tragédie.

Il s'arrêta le long d'un chemin de terre, attrapa le vin et se précipita pour ouvrir la porte de Leigh.

Leigh remonta la couverture et la maintint d'une main pendant que de l'autre elle prenait celle de Colton. Ils s'arrêtèrent dans un parc avec une aire de jeux et un manège qu'elle se souvenait d'avoir fréquenté quelques fois avec Nan. Il la conduisit en haut d'une colline. Elle avait du mal à se hisser au sommet dans l'herbe avec ses tongs, et Colton devait la tenir fermement par la main pour qu'elle garde son équilibre sur la pente. Sa respiration s'accélérait en même temps que son pouls tandis qu'ils effectuaient la longue marche jusqu'au sommet. À mi-chemin, elle enleva la couverture, la plia et la drapa sur son bras avant d'attraper le bras de Colton pour garder l'équilibre.

– Retourne-toi, dit-il quand ils eurent atteint le sommet.

Quand elle se retourna, elle sursauta.

– Tu peux voir jusqu'au bout du monde d'ici, dit-il.

Le lac s'étendait devant elle aussi loin qu'elle pouvait voir, les arbres rencontraient le ciel presque en arc de cercle, un bol d'encre noire et d'étoiles brillantes les surplombait. Au loin, elle pouvait même apercevoir les lumières éclatantes de Nashville.

– C'est incroyable.

Colton lui avait pris la couverture et l'avait étalée sur l'herbe. Puis il avait débouché le vin. Elle s'assit sur la couverture alors qu'il lui tendait la bouteille.

Leigh la porta à ses lèvres et en but une gorgée aux accents sucrés et fleuris, puis la lui rendit.

– C'est fou ici, n'est-ce pas ? demanda-t-il, avant de prendre lui-même une gorgée à la bouteille.

– Je ne peux pas croire que tu ne m'as jamais montré ça.

Elle regarda à nouveau le lac. Tous deux tombèrent dans le silence, la vue prit le pas sur le moment qu'ils passaient ensemble. Elle s'allongea sur la couverture et regarda les étoiles. Colton la suivit, posant sa tête près de la sienne. Leigh se tourna pour le regarder. Le vin lui donna du courage.

Il fit de même, la dévorant du regard comme s'il avait cent choses à dire, mais il resta silencieux. Il s'appuya sur son coude et soutint sa tête avec sa main.

Puis il se rapprocha d'elle, sa main trouva sa taille, et il appuya sa tête sur son autre main.

– Tu m'as demandé pourquoi je ne t'ai jamais amenée ici, dit-il, le visage si proche qu'elle pouvait presque goûter la morsure du vin sur ses lèvres. Parce que sans rien d'autre pour me distraire... je n'aurais pas pu m'empêcher de t'embrasser.

Leigh plongea ses yeux dans les siens. Son esprit était rempli d'incertitudes. Si elle l'embrassait maintenant, elle changerait tout. Pouvait-elle envisager de rester ici pour lui ? L'indécision l'envahit et repoussa toutes les autres pensées.

Elle tendit la main et suivit du doigt la typographie de son tee-shirt. L'image sur son tee-shirt était un symbole du chemin parcouru par eux deux et de la façon dont il avait changé. Puis elle s'éloigna de lui et roula sur le dos. Il ne protesta pas, et elle se demanda si les mêmes questions lui venaient à l'esprit. Alors qu'elle était allongée avec lui, elle n'était sûre que d'une chose : pour le meilleur ou pour le pire, rien ne serait plus jamais comme avant entre eux.

Chapitre 18

Lorsque Leigh se leva après une magnifique nuit de sommeil, elle vérifia son téléphone pour trouver un e-mail de Top Mountain Supply Co. Ils voulaient venir voir la propriété. C'étaient les quatrièmes. Comme Jimbo était de retour ce matin, elle se prépara pour la journée, prit son petit déjeuner et sauta dans la voiture, direction le bureau de Greystone Properties. Quand elle arriva, elle frappa joyeusement à la petite porte de la caravane.

– Oui, répondit la voix étouffée de Jimbo qui provenait de l'intérieur.

Lorsque Leigh entra, Jimbo était au téléphone. Elle sourit, malgré son manque d'attitude professionnelle absolument horrible.

Il la fixait par-dessus une paire de lunettes.

– Vous n'avez pas à vous battre avec moi pour ça, aboya-t-il dans son téléphone. Les recettes à elles seules feront grimper la valeur de votre propriété.

Il roula des yeux, écouta et finit par raccrocher le téléphone.

– Oui ? dit-il en soupirant de frustration.

– Tous les détaillants ont accepté de nous rencontrer, déclara-t-elle. J'ai programmé les rendez-vous pour la semaine prochaine.

Il s'éclaira un peu quand elle prononça ces mots – autant que Jimbo puisse s'éclairer.

– C'est une excellente nouvelle. Je dois faire en sorte que ces bâtiments soient occupés le plus tôt possible. Je dois me battre avec un résident, et peut-être que l'ouverture de ces commerces le fera taire. Il faut qu'il sache que je peux y arriver, avec ou sans bagarre.

– Je ne veux pas m'immiscer dans votre problème, mais qui se bat contre vous ? s'enquit-elle, se demandant si elle pouvait utiliser ses talents de négociatrice pour le faire changer d'avis.

– C'est juste un fermier qui s'appelle Colton Harris. Une épine dans le pied pour moi.

Elle pouvait littéralement sentir le sang quitter son visage, couler le long de son corps et jusque dans ses pieds.

– Colton Harris ?

– Oui.

Il retira ses lunettes et les jeta sur le calendrier de bureau taché.

– Il est contre moi depuis le début.

– Pourquoi ?

– Il prétend que les commerces de détail vont faire baisser la valeur des propriétés.

Jimbo souffla un grand coup et secoua la tête. Le dégoût se lisait sur son visage.

Elle voyait bien comment Jimbo pouvait froisser Colton, et elle ne pouvait qu'imaginer ce que Colton devait penser d'un homme comme Jimbo à la tête d'une entreprise de vente au détail dans la région, mais le développement serait solide. Elle s'en assurait. La propriété était située loin des zones résidentielles et les entreprises qu'elle courtisait seraient un atout pour les habitants.

– Je le connais, dit-elle. Laissez-moi lui parler.

Jimbo laissa échapper un rire sceptique.

– Bonne chance.

– Pendant que je vous tiens, dit-elle en mettant de côté le problème avec Colton, il y a aussi la question du coût de l'installation des quatre entreprises ici.

– Qu'est-ce que vous voulez dire ?

Il la fixait du regard.

– Eh bien, il faut régler les détails de leur voyage, l'organisation et la prise en charge de leurs vols et de leur hébergement une fois qu'ils auront atterri à Nashville. Et nous voudrons probablement leur envoyer à chacun une carte cadeau électronique à utiliser pour leurs divertissements pendant qu'ils sont ici, ainsi qu'une voiture de location pour venir les chercher à l'aéroport.

– Je n'ai pas ce genre de budget, aboya-t-il. Je croyais que tu faisais ça bénévolement.

– Oui, c'est le cas. Vous ne payez pas mes services, mais vous devez quand même assumer le coût de leur trajet jusqu'ici.

Jimbo se frotta la barbe.

– Je suis dans le rouge. Je n'ai pas assez d'argent pour payer ça.

Même si elle n'aimait pas l'idée d'utiliser une partie de ses économies pour tout payer, maintenir son image en étant fidèle à sa parole auprès des entreprises concernées et donner à Greystone une bonne réputation dans l'industrie en vaudrait la peine pour sa carrière. D'autant plus qu'elle l'avait déjà inscrit sur son CV et que l'entretien avec Rycroft se profilait à l'horizon.

– J'avancerai les frais, mais une fois que nous aurons conclu l'affaire, je vous enverrai une facture.

En regardant le visage hargneux de Jimbo, elle ne put empêcher l'incertitude de bouillonner en elle. Elle devait faire en sorte que ça marche.

Lorsqu'elle rentra de Greystone, elle envoya un texto à Colton pour lui dire qu'elle avait besoin de lui parler. En attendant une réponse, elle erra dans le chalet, cherchant à voir si quelqu'un était à la maison, et trouva finalement Meredith à l'extérieur, en train de prendre le soleil sur le quai. Avec un soupir, elle se retira dans la cuisine.

À la table, Leigh passa une heure à organiser les visites des détaillants potentiels sur la propriété. Elle appela les quatre contacts, s'assura que leurs coordonnées étaient correctes et les prépara à leur visite. À chaque réservation en ligne, son compte en banque en prenait un coup, et elle priait pour que ce soit la bonne décision. En travaillant avec les budgets colossaux de McGregor, elle n'avait jamais ressenti la vulnérabilité qui l'envahissait en ce moment. Elle n'avait pas la grosse machine de McGregor et sa réputation derrière elle. Tout reposait sur ses épaules et la pression pour que tout se passe bien montait.

Un coup frappé à la porte d'entrée la fit se lever. Elle l'ouvrit et tomba sur un bras qui tenait un bouquet de roses rouges. Le propriétaire du bras jeta un coup d'œil sur le côté de la porte avec un sourire ridicule.

– Je n'ai pas pu m'en empêcher, dit Colton en les lui tendant. Je les ai vues sur un stand et j'ai pensé que toi et ta famille les aimeriez.

Elle sentit un frisson électrique la traverser lorsqu'elle prit les roses et qu'elle sentit leur parfum.

– Elles sont magnifiques.

Leigh ferma la porte derrière lui.

– Je suis content que tu les aimes.

Il s'assit à la table de la cuisine et posa les mains sur les genoux, lui donnant toute son attention pendant qu'elle sortait un vase de l'armoire et le remplissait d'eau, en arrangeant les fleurs.

– Alors, que voulais-tu me dire ?

Leigh posa le vase sur la table et s'assit en face de lui.

– Je voulais te parler de Jimbo.

Colton braqua soudain ses yeux sur les siens, comme des lasers, et son souffle sembla s'attarder sur ses lèvres.

– Et ? demanda-t-il prudemment.

– Écoute, ce n'est pas le plus aimable, je comprends.

Colton la fixait sans ciller, la mâchoire à présent serrée.

– Mais ce que je sais faire, c'est décrocher des clients, alors j'ai travaillé avec lui…

Le visage de Colton devint aussi blanc qu'un fantôme.

– Écoute, je sais déjà ce que tu vas dire, mais cela ne va pas forcément attirer plus de touristes dans ta région. C'est *une bonne chose.* Amener des commerces au bord du lac, c'est du génie, en fait. Si c'est bien fait, cela créera des revenus pour le comté et – je crois que j'ai même entendu Jimbo te le dire – cela augmentera la valeur de ta propriété.

Colton resta bouche bée.

– Tu étais là quand il était au téléphone avec moi ? demanda-t-il, incrédule. Tu sais ce qu'il veut faire et tu *travailles* vraiment avec lui…

Ses mots se réduisirent à un murmure, sa surprise totale se dessina sur son visage.

– Oui, dit-elle, et le mot mourut sur ses lèvres alors qu'elle l'observait.

Il ressemblait à un volcan sur le point d'entrer en éruption.

– C'est ce que je fais de mieux, dit-elle dans une faible tentative de le convaincre, alors que son attitude devenait de plus en plus menaçante.

– Comment as-tu pu passer tout ce temps avec moi et ne pas me le dire ?

Il recula sur sa chaise, la dévisageant comme s'il la jaugeait.

– Tu espérais me convaincre, c'est ça ? C'est la vraie raison pour laquelle tu es venue me voir ?

Elle ne l'avait jamais vu énervé comme ça auparavant. Il était visiblement furieux.

– En fait, oui, j'aimerais te convaincre, mais ce n'est pas la raison…

Il repoussa sa chaise loin de la table ; la chaise protesta dans un gémissement de colère.

– Tu es devenue exactement celle que je pensais en l'aidant, cracha-t-il en se levant et en se dirigeant vers la porte.

Il tourna la poignée et l'ouvrit.

– Attends, dit-elle en se levant d'un bond et en saisissant son bras pour l'arrêter. Qu'est-ce que tu veux dire ?

Il garda les yeux fixés sur la porte.

– Tu ne te soucies de rien d'autre que de la puissance que tu obtiens en faisant ton travail. Tu ne te soucies même pas de ceux que tu blesses…

Il s'interrompit, refusant de la regarder, n'ayant manifestement pas l'intention de rester plus longtemps.

– Ce n'est pas vrai, dit-elle désespérée.

Il ouvrit la porte et sortit sans répondre.

– Tu as dit toi-même que parfois les moments de notre vie les plus difficiles mènent à quelque chose de mieux. C'est une *bonne chose* ! répéta-t-elle dans l'embrasure de la porte.

Les larmes lui montèrent aux yeux en voyant Colton s'éloigner d'elle. Tout lui semblait si faux, comme si elle perdait la seule chose qu'elle avait cherchée toute sa vie.

– Parle-moi ! l'appela-t-elle.

– Il n'y a rien de bon dans tout cela, déclara-t-il.

– Et toi plus qu'aucun autre, *tu* devrais le savoir.

Il se retourna, et le soulagement qu'elle ressentit en croisant son regard s'évanouit à la vue de son visage furieux.

Elle s'avança sous le porche.

– Quand tu réfléchis à ce que je veux dans ma vie, *tu sais que ce n'est pas une bonne chose.* Et tu l'as fait quand même, dit-il entre ses dents.

– Tu ne peux pas m'écouter ? J'ai d'excellents clients qui m'attendent ! Tout ira bien ! Est-ce que c'est si grave qu'il y ait une pauvre boutique sur le lac ?

Une vague d'insécurité l'envahit de la même façon que lorsque Phillip l'avait licenciée, et encore une fois lorsque sa meilleure amie Julie s'était retournée contre elle. Manquait-elle quelque chose que tout le monde voyait ?

– Je ne peux pas te regarder en face maintenant.

Il monta dans son camion, tirant bruyamment la porte derrière lui, laissant Leigh abasourdie et complètement confuse.

– Il est parti comme ça ? demanda Katherine, de retour du travail, en enlevant ses escarpins près de la porte après que Leigh lui avait raconté la conversation malheureuse qu'elle avait eue avec Colton.

– Oui, répondit-elle en se plaçant à côté d'elle près de la table.

Elle laissa ses yeux tomber sur les roses, ce moment de douceur semblait maintenant un rêve lointain.

– Il m'en voulait beaucoup d'avoir aidé Jimbo. C'est un projet immobilier bien fait. Je ne vois pas où est le problème.

Sa mère posa ses mains sur le bas de son dos et s'étira.

– Il aime que les choses restent les mêmes.

Un nuage de frustration apparut dans la tête de Leigh.

– Je comprends qu'il aime que les choses restent simples et intactes, mais c'est en bas du lac, dans une zone qui serait capable de supporter le trafic supplémentaire des bateaux. Il n'en sera pas du tout affecté.

– Apparemment, il n'est pas de cet avis.

– Qui n'est pas de quel avis ? demanda Meredith en entrant dans la cuisine.

Leigh la mit au courant de ce qui s'était passé.

– Et il a dit que j'étais exactement celle qu'il pensait que j'étais, raconta-t-elle à sa sœur. Qu'est-ce que *cela* signifie ?

– Facile, dit Meredith. Il veut dire que tu fais passer ta vie professionnelle avant lui, parce que c'est ce que tu as toujours fait.

L'estomac de Leigh fit un bond à cette idée.

Meredith fouilla dans le garde-manger, attrapa un paquet de chips de taille familiale et farfouilla dedans.

– Tu savais qu'il ne voulait pas de croissance commerciale dans cette région et tu l'as fait quand même.

– Ce n'est pas vrai. Je ne connaissais pas du tout son avis sur la question jusqu'à ce qu'il me le dise, mais à ce moment-là, j'avais déjà commencé à démarcher des clients.

Katherine se laissa tomber sur une chaise de la table, en se massant les pieds.

– Tu devrais peut-être lui dire cela.

– Il dit qu'il ne peut même pas me regarder. Comment suis-je censée lui expliquer les choses s'il ne veut pas m'écouter ?

– Va devant sa maison et crie-le à travers une fenêtre s'il le faut, dit Meredith. Allez, sois imaginative et fais-lui savoir que tu te préoccupes de ce qu'il pense.

– Et si je ne suis pas d'accord avec ce qu'il pense ? rétorqua Leigh.

– Alors tu n'as plus qu'à espérer qu'il finira par s'en remettre, répondit Katherine. Mais tu ne peux pas laisser tomber.

– Vu la tête qu'il faisait à l'instant, je ne pense pas qu'il s'en remettra…

Son cœur plongea dans son estomac. Avait-elle tout gâché ?

– Je vais préparer du cidre épicé, dit Katherine, le visage pensif, en offrant une couverture à Leigh pour combattre l'air frais du soir qui faisait passer un frisson sous le porche.

– Tu en veux ?

Leigh comprit parfaitement le geste, et elle sentit ses joues rougir sous l'effet du malaise qu'elle n'avait fait qu'ajouter à la détresse de sa mère et que Katherine essayait maintenant de dissimuler avec du cidre. Elle souleva son ordinateur portable et drapa la couverture sur ses jambes, craignant que si elle ne laissait pas sa mère se trouver une occupation, elle ne se replie dans ses pensées et ne s'inquiète elle aussi.

– Oui très volontiers.

Katherine retourna dans la cuisine, laissant Leigh à ses e-mails.

Elle ouvrit le nouveau message de Rycroft Enterprises, qui demandait un premier entretien téléphonique. Ils avaient beaucoup apprécié son expérience avec Greystone et voulaient en discuter la semaine suivante pour connaître les détails du projet et les détaillants qu'elle avait décrochés.

Elle aurait dû être ravie, mais elle ne pensait qu'au fait que Colton n'avait pas répondu à ses appels. Elle l'avait appelé deux fois, lui avait laissé un message sur son répondeur, et lui avait envoyé un texto.

– Donne-moi un bout de la couverture, dit Meredith en entrant et en s'asseyant sur le canapé avec deux chopes de cidre.

Sans doute sa façon d'essayer de se faire pardonner son idée d'Airbnb qui avait explosé plus tôt. Elle tendit l'une des tasses à Leigh avant de tirer la couverture sur ses propres jambes.

Leigh se réarrangea pour se glisser sous le nouveau morceau de couverture et ferma son ordinateur portable, qu'elle posa sur la table basse.

– On dirait que tu as perdu ton meilleur ami, la tança Meredith.

– *C'est un peu ce que j'ai fait*, dit Leigh.

Le poids de la colère de Colton pesait toujours sur sa poitrine, écrasant ses autres problèmes. Elle but lentement le cidre, mais le goût épicé et doux de la cannelle et des clous de girofle ne fit rien pour la consoler.

– Qu'est-ce qui se passe, Leigh ?

Il se passait tellement de choses que Leigh n'était pas sûre de savoir à quoi sa sœur faisait allusion.

– Qu'est-ce que tu veux dire ?

– Tu as changé. Tu n'es plus aussi sûre de toi qu'avant. Tu t'es en quelque sorte repliée sur toi-même.

Meredith semblait vraiment curieuse de Leigh. Elle la regardait, la tête penchée sur le côté, le visage inquiet.

– J'ai perdu mon travail, lâcha Leigh, avant d'avoir pu réfléchir à la question de savoir si elle voulait que Meredith le sache ou non.

– Oh, c'est tout ? Eh bien, prends-en un autre.

Meredith but une gorgée dans sa tasse comme si c'était la chose la plus facile au monde de changer de travail.

– Ce n'est pas que j'ai perdu mon travail, expliqua Leigh. Je pensais que j'étais géniale et j'ai été remplacée par quelqu'un qu'ils jugeaient meilleur. Je n'avais jamais été deuxième auparavant.

Meredith pinça les lèvres comme si elle examinait cette idée.

– Je crois que nous sommes là pour avoir un impact sur les autres et que lorsque ce n'est plus le cas, nous devrions partir. C'est la façon dont l'univers te fait passer à quelque chose de mieux. Il suffit d'écouter pour savoir ce que tu dois faire ensuite. Donc, s'ils prennent une direction différente, c'est ton signal pour continuer dans *ta* direction. Quelqu'un d'autre a besoin de toi.

– Tu n'as pas tort, dit Leigh en tenant la tasse à deux mains pour se réchauffer alors que le vent soufflait sur le lac.

– Je pensais que j'allais dans la bonne direction avec la propriété de Greystone. Mais Colton est vraiment contrarié, ce qui me donne l'impression de ne pas être sur le bon chemin alors que je pensais l'être. Je me remets en question. Je n'ai pas l'habitude de faire ça.

– Je n'ai pas dit que ton chemin serait facile, dit Meredith.

– Je suis bien placée pour savoir que cela peut être pénible, rit Leigh.

– Mais tout ce que tu peux faire, c'est suivre ton instinct car ton chemin est en toi, pas en quelqu'un d'autre.

– Alors, tu es en train de dire que je pourrais avoir à choisir entre Colton et ma carrière ?

Katherine entra et s'installa dans le fauteuil en face d'elles avec sa tasse fumante.

– Toute ta vie, tu as travaillé pour réussir ta carrière, poursuivit Meredith. Ce que tu dois te demander maintenant, c'est : qui es-tu et que veux-tu dans la vie ?

Leigh réfléchit à la question.

– Si jamais j'allais de l'avant avec Colton, devrais-je avoir à choisir ?

Meredith se pencha en avant pour se mettre sous les yeux de Leigh.

– Abandonner ton travail pour quelqu'un te comblerait-il ?

Cette question était encore plus difficile. Leigh remonta encore la couverture et réfléchit longuement à la question. Elle risquait de devenir folle si elle ne pouvait pas faire ce pour quoi elle avait passé sa vie à travailler, mais une partie d'elle voulait se réveiller chaque matin aux côtés de la personne qu'elle aimait, prendre un café sur une terrasse quelque part et parler de rien de particulier.

– Je pense que je deviendrais folle sans l'excitation de ma carrière, déclara-t-elle. J'ai l'impression qu'il faut que je fasse comprendre à Colton que tout ira bien.

– Je pense que tu viens de répondre à la question, dit Meredith.

Elle ne devait pas avoir à choisir le travail plutôt que Colton. Cela n'avait aucun sens.

– Écoute, toute ma vie, j'ai voulu que ma famille soit heureuse de mes choix de vie, parce que c'est ce que je suis, déclara Meredith. Si vous n'étiez pas heureuses de ce que j'étais, vous ne pouviez pas vraiment *m'aimer*. Alors, même si je voulais que ma famille m'aime, j'ai dû partir. C'est un peu la même chose que ce que tu vis en ce moment.

– Mais tu nous as aidées à comprendre, dit Katherine en se rengorgeant. Et si tu nous laisses faire, nous serions ravies d'être à nouveau ta famille.

Meredith la dévisagea, visiblement absorbée par ses pensées. Son regard se posa sur la couverture, ses yeux restèrent immobiles, comme si elle lisait un texte imaginaire, l'esprit manifestement en train de tourbillonner.

– La différence entre ta situation et celle-ci est la communication, déclara Leigh. Tu ne nous l'as jamais expliqué en des termes que nous pouvions comprendre. Mais maintenant, tu l'as fait, et nous comprenons tout à fait.

Elle lia son bras à celui de Meredith.

– Nous aurons des divergences, c'est sûr. Certaines seront très importantes, comme ce qu'il faut faire de ce chalet. Mais en fin de compte, nous sommes des sœurs.

Katherine posa sa tasse sur la table et prit les mains de ses deux filles.

– Il n'y a pas de manuel d'instruction sur la façon d'être parent et je n'ai pas toujours fait ce qu'il fallait. J'apprends encore aujourd'hui. Mais une chose que je sais après avoir passé cette semaine avec vous, les filles, c'est que l'amour doit primer sur tout. Nous devons suivre notre cœur et accepter les choses que nous ne pouvons pas changer.

Meredith posa son cidre à côté de celui de leur mère et la serra dans ses bras. Leigh la suivit en l'entourant aussi de ses bras. À ce moment-là, les larmes de leur mère étaient différentes, comme si elles étaient des larmes de soulagement.

L'amour doit primer sur tout. Les mots de Katherine tournaient dans la tête de Leigh. Elle devait trouver Colton et faire en sorte qu'il lui parle. Et elle devait l'écouter. C'était ça, l'amour.

Chapitre 19

Elvis hurla de l'autre côté de la porte d'entrée de la maison de Colton lorsque Leigh frappa pour la deuxième fois. La lampe du porche était allumée depuis un bon moment, elle le voyait aux insectes qui tournaient autour, et elle pouvait voir par la fenêtre qu'il y avait une lumière allumée dans le salon, donc il devait être chez lui, non ? Elle frappa de nouveau, puis sonna, ce qui plongea Elvis dans une nouvelle crise.

– Colton, c'est Leigh. S'il te plaît, ouvre-moi, appela-t-elle à travers la porte, en espérant qu'il puisse l'entendre. S'il te plaît. Je veux te parler.

Comme il ne répondait pas, elle passa par-derrière pour trouver ses deux véhicules dans le garage ouvert.

– Colton ? cria-t-elle encore, mais elle fut accueillie par un silence.

Déterminée, elle retourna à la porte d'entrée et sonna à nouveau. Elvis courut de droite à gauche à l'intérieur en aboyant. Pourquoi Colton ne répondait-il pas ? S'il l'évitait, c'était ridicule. Ils pouvaient tout de même avoir une conversation comme deux adultes.

Elle redescendit les marches et jeta un coup d'œil à la maison. La lumière de l'étage était également allumée et elle aurait juré avoir vu son ombre. Comme la porte ne s'ouvrait toujours pas, elle courut jusqu'à elle et la frappa du poing.

– Colton ! appela-t-elle. Tu es incroyablement immature !

Rien.

Leigh croisa les bras et arpenta le long porche d'entrée en poussant un gros soupir. Elle ne dormirait pas ce soir, sachant qu'il était si fâché contre elle. Cela la rongeait de l'intérieur. Leigh réfléchit à ce qu'elle ressentait vraiment ici et, son émotion prenant le dessus, elle décida qu'il était comme sa famille. Elle devait lui dire une chose qu'elle avait toujours voulu lui dire. Elle retourna à la porte et sonna trois fois de suite.

– Colton ! Je ne te l'ai jamais dit quand on était enfants, mais je t'aime ! Tu es important pour moi, et *il faut* que je te parle de ça !

Il y eut un déclic. Puis la porte d'entrée s'ouvrit et un Colton trempé et dégoulinant se tenait dans une serviette, tout en abdominaux et en pectoraux contractés, lui coupant le souffle.

– J'étais sous la douche.

– Oh, dit-elle en reculant. Désolée.

Elvis sortit sous le porche et la salua tandis que Colton ouvrait la porte plus grand, lui faisant signe d'entrer. Elle enjamba la petite flaque que son corps dégoulinant faisait sur le parquet et essaya de ne pas regarder les empreintes de pas mouillées qui traversaient la pièce et montaient les escaliers, de peur de l'imaginer debout dans la douche à l'endroit d'où venaient ces empreintes. Elle devait se concentrer sur la question qui l'occupait.

– C'était un peu dramatique, tu ne trouves pas ? dit-il, sa tendresse pour elle l'emportant un instant sur sa colère.

– Parfois, le drame est nécessaire pour faire passer son message, répondit-elle.

Il lui proposa de s'asseoir au bar de la cuisine puis, toujours en serviette sous son torse nu, il lui versa un verre de vin et le posa devant elle. *Mamma mia.*

– Je vais m'habiller et ensuite tu pourras me déclarer ton amour en personne, lança-t-il par-dessus son épaule en se dirigeant vers les escaliers, le visage impassible.

Elle déglutit, essayant de maintenir sa respiration régulière jusqu'à ce qu'il soit hors de vue, puis dégusta son vin. Les notes fraîches d'agrumes la frappèrent comme une éclaboussure dans la piscine par une chaude journée d'été. Elle émit le vœu que l'alcool calme ses doigts tremblants.

En attendant Colton, elle se demandait comment aborder la question. Elle n'avait pas eu l'intention de dire ce qu'elle avait dit sur le pas de la porte, c'était juste sorti dans son désespoir pour qu'il l'écoute. Mais c'était vrai. Elle ne pouvait pas le nier.

Elvis s'assit à côté de son tabouret de bar en poussant un gémissement.

Quelques minutes plus tard, Colton descendit les escaliers rapidement, vêtu d'un jean et d'un tee-shirt, ses cheveux mouillés maintenant coiffés. Elvis se hissa pour saluer son maître tandis que Leigh tripotait le pied de son verre de vin à moitié vide.

– Qu'est-ce que tu voulais me dire ? demanda-t-il en s'asseyant à côté d'elle avec une expression réservée.

Elle se redressa un peu plus.

– Je suis ici pour te convaincre que les magasins de Jimbo sont un développement important pour ce quartier. Mais d'abord, je veux t'écouter. Que se passe-t-il pour que tu sois si en colère ?

Son expression se durcit.

– Pardonne-moi, Leigh, mais que sais-tu de cette région ? Tu n'es pas venue ici depuis près de dix ans.

– Je connais le marché et je connais les chiffres, déclara-t-elle. Ce sera positif. L'espace est incroyable et j'ai de fantastiques entreprises nationales qui sont intéressées.

Il a aspiré une bouffée d'air avant de serrer les mâchoires.

– Tu as attribué tous les magasins ?

– Presque. Je les rencontre tous la semaine prochaine.

– Jimbo te paie pour faire ça ?

Colton secoua la tête, s'écartant du bar avant qu'elle ne puisse répondre.

– Je ne peux pas le croire.

– Il ne me paie pas. Je le fais gratuitement.

Colton se retourna brusquement, ce qui fit bondir Elvis.

– Gratuitement ? Tu détruis notre paysage *gratuitement* ? Leigh, tu te rends compte de ce que tu fais ?

– Oui, dit-elle d'un ton détaché. Je n'abîme pas du tout le paysage. J'augmente les revenus du comté de Sumner et j'offre des emplois aux habitants de la région. Pourquoi est-ce une mauvaise chose ?

Il la prit légèrement par le poignet et l'entraîna vers le porche arrière. Le lac qui miroitait sous le clair de lune contre l'horizon ressemblait à une carte postale.

– Tu veux détruire *tout ça* ? fit-il avec un signe de la main survolant les champs. Ton travail est si important que tu y renoncerais ?

– Je pense qu'on peut avoir les deux, argumenta-t-elle.

– Et c'est exactement pour ça que je suis parti hier soir.

Il lui tourna le dos et tendit ses bras le long de la rambarde en verre, le regard posé sur l'eau, mais ses pensées clairement ailleurs.

– Je ne comprends pas, dit-elle en arrivant derrière lui. Il n'y a que quelques magasins.

Il se retourna.

– Jimbo n'a trouvé personne pour louer ses locaux parce que, collectivement, tous les commerçants de la région à qui il a posé la question l'ont refusé. Ils l'ont boycotté et personne n'a osé signer.

– Pourquoi ? demanda-t-elle, complètement déconcertée.

– Parce que s'il réussit, sa prochaine construction sera *ici*.

Colton leva un doigt en l'air, en direction du lac qui se trouvait devant eux.

– Quoi ?

– Je ne suis propriétaire que jusqu'au bout des champs. Jimbo a réussi à faire modifier le zonage du terrain de l'autre côté pour qu'il soit utilisé à des fins mixtes, résidentielles *et* commerciales. Il prévoit une construction massive qui raserait cette vieille maison et construirait une structure géante et son parking entre le lac et moi.

Le sang de Leigh se figea.

– Oh, mon Dieu. Je ne savais pas…

– Eh bien, il vaut peut-être mieux ne pas se mêler de ce dont tu ne sais rien, dit-il. Laisse le développement de la région aux personnes qui vivent ici.

– Je pourrais essayer de le faire changer d'avis, hasarda-t-elle en se raccrochant à tout ce qu'elle pouvait faire pour régler ce problème.

Un rire bruyant jaillit des lèvres de Colton et la fit sursauter.

– Tu crois que Jimbo va faire autre chose que ce qu'*il* veut ?

Il rit à nouveau, d'un rire sarcastique et frustré. Puis il dégrisa.

– Si tu n'étais pas tout le temps préoccupée par le travail et que tu passais un peu de ta vie avec les gens autour de toi, tu aurais peut-être évité cela.

– Ce n'est pas juste, dit-elle en secouant la tête, les larmes débordant de ses yeux sans prévenir.

– Ce n'est pas juste ? Comment cela ?

– J'ai perdu mon travail, admit-elle. J'ai vu une opportunité avec Greystone Properties et je l'ai saisie, en espérant étoffer mon CV. Oui, c'est du travail, mais je dois pouvoir *gagner ma vie*, Colton.

Elle croisa les bras en signe d'angoisse et de frustration.

– Je n'aurais jamais pu deviner ce qu'il avait prévu.

– Mais tu vois, la différence entre toi et moi, c'est que lorsque tu as perdu ton travail, en trouver un autre était la première chose à laquelle tu pensais. Tu n'as plus pensé à ce que ta mère avait à te dire, tu n'as plus pensé à revoir ta sœur après des années d'absence, tu n'as plus pensé à revenir au chalet…

Il s'interrompit, et elle réfléchit.

Elle se souvenait de ses paroles lorsqu'ils étaient enfants : *Je veux pêcher à côté de mon bateau et regarder le football sous mon porche le soir. Je veux aller en ville et connaître tout le monde.* Telles étaient ses priorités. Et elle ne pouvait contester aucune d'entre elles.

– Je suis désolée, dit-elle en regardant la vue imprenable, avec l'impression d'avoir littéralement tout raté. C'est vrai.

J'adore ce que je fais. Et c'est incroyablement triste que je doive choisir entre te rendre heureux et avoir une carrière, alors que je devrais pouvoir faire les deux.

– Apparemment ce n'est pas possible d'avoir les deux, alors je suppose que nous sommes dans une impasse.

– Je suppose que oui, dit-elle, la voix brisée, sentant qu'entre sa carrière et Colton, l'un ou l'autre était trop important pour être perdu.

Encore troublée après avoir parlé à Colton, Leigh marcha le long de la rive du lac jusqu'au chalet. Ses pieds nus s'enfonçaient dans le sable froid au fur et à mesure qu'elle avançait.

Les choses ne vont pas bien, Nan, se dit-elle en essayant d'invoquer la personne dont elle avait le plus besoin en ce moment. *Maman et moi essayons d'être gentilles avec Meredith même si nous ne sommes pas du tout d'accord pour qu'elle change le chalet, je suis presque sûre que toute la ville va me détester pour avoir aidé Jimbo, et j'ai gâché le bonheur de Colton. Je ne sais pas quoi faire.*

Elle releva le visage pour laisser la brise nocturne souffler dans ses cheveux. Les mouvements d'air poussaient doucement contre elle, comme s'ils essayaient de consoler son esprit orageux.

Qu'est-ce que Nan voudrait qu'elle fasse ?

– Regarde.

La voix de sa mère venait de derrière elle.

– Un papillon.

Leigh se retourna pour trouver sa mère qui lui tendait la main, un papillon vert vif posé dessus.

– Il s'agit en fait d'un papillon de nuit *Luna*. Ils sortent la nuit, dit Leigh. Je me souviens que Nan m'en avait parlé.

Elle jeta un coup d'œil à la belle créature.

– Elle me disait qu'ils représentaient la détermination.

Le papillon de nuit se détacha du doigt de Katherine et voltigea dans les airs, restant un instant au-dessus d'eux avant de disparaître dans les bois. Est-ce que Nan lui avait envoyé un message au moment où elle en avait le plus besoin ?

– Je n'arrête pas de voir des papillons, dit-elle à sa mère.

Katherine regarda le ciel comme si d'autres papillons allaient arriver.

– Il paraît que c'est un signe qu'un de tes proches est tout près.

Un picotement de bonheur parcourut la peau de Leigh.

– Je parlais à Nan dans ma tête et je me demandais si c'était elle.

– Mmm, dit Katherine en souriant, inspirant une bouffée d'air au parfum de terre.

– J'ai vraiment tout gâché, reprit Leigh.

Elle parla à sa mère du projet de construction de Jimbo près de chez Colton.

Katherine replaça une mèche de ses cheveux gris derrière son oreille.

– Tu ne pouvais pas savoir.

– Mais si j'avais pu faire les choses différemment ? Colton pense que je fais passer mon travail avant tout le reste.

– Nous sommes ce que nous sommes, Leigh.

Leigh s'arrêta de marcher et regarda sa mère en face.

– C'est vrai, mais je pense aussi que même si je ne peux pas changer ce qui s'est passé, je dois peut-être revoir mes priorités. Je me suis demandé ce que Nan voudrait que je fasse…

Le courant balaya le bout de leurs orteils alors qu'elles se trouvaient toutes les deux devant l'eau.

– Ce qui a toujours été incroyablement fort chez toi, c'est ton dynamisme. Et ce que tu es la seule à pouvoir déterminer, c'est le résultat final que tu veux obtenir. *C'est ça* qui te guidera dans la façon de vivre ta vie. Même Nan ne pourrait pas le faire à ta place. Tu dois le décider toi-même. Elle regarda le chalet où l'on apercevait la silhouette de Meredith, dans le studio de Nan.

– C'est quelque chose que Meredith a compris avant nous tous.

Leigh réfléchit à cette idée, en commençant par ses sentiments à l'égard de sa sœur.

– À quoi penses-tu ? demanda Katherine.

– À Meredith, répondit Leigh. Qu'est-ce que je souhaite comme résultat final avec elle ?

– Et ?

– Je veux mieux la connaître. Je veux que Meredith sente qu'elle peut m'appeler et me dire quand les choses vont bien. Et quand ça ne va pas…

Katherine sourit, l'air distrait.

– À quoi penses-tu ? demanda Leigh.

– Il y a une chose que je ne t'ai pas dite, mais je ne pense pas que je puisse encore le faire.

– Maman, il faut que tu arrêtes avec tes messages énigmatiques ou ça va me rendre folle. Mettons les choses au clair. Qu'est-ce qu'il y a ?

Katherine secoua la tête.

– Nan m'a demandé de ne rien dire.

Leigh souffla de l'air à travers ses lèvres, insatisfaite.

– C'est ridicule. J'ai assez de choses à gérer. S'il te plaît, ne fais pas ça. Dis-moi ce que c'est.

Katherine marcha un peu plus avant dans l'eau, le regard au loin sur les collines de l'autre côté du lac, manifestement en train de délibérer avec elle-même. Finalement, elle se retourna.

– Il y a une autre lettre de Nan, dit-elle. Pour toi.

Leigh dut fermer sa bouche qui manquait de se décrocher. Elle s'éclaboussa dans l'eau glacée et demanda :

– Laisse-moi la lire.

Katherine secoua la tête.

– Je ne peux pas encore.

– Pourquoi pas ?

– J'ai failli te dire que j'avais la lettre tout à l'heure, mais j'ai reculé…

– Maman, de quoi s'agit-il ?

Katherine se retourna, la lune brillait dans son dos.

– Nan a dit que je ne pouvais pas te la donner tant que Meredith et toi ne vous serez pas mises d'accord sur ce que vous allez faire du chalet.

– Quoi ?

Le mot sortit dans un murmure tandis que la réalité s'imposait.

– Elle savait donc que nous ne serions pas d'accord pour le chalet.

Son esprit se mit à bourdonner autour de cette nouvelle information.

– Tu veux dire que je dois trouver un moyen de convaincre Meredith de se rallier à mon avis sur le chalet, et que ma seule motivation est de recevoir une autre lettre de Nan ? Elle ne sera jamais d'accord.

– Pour obtenir la lettre de Nan, tu dois trouver un moyen de t'entendre avec elle. Nan a insisté, et je l'aime trop pour ne pas suivre ses désirs.

Leigh fixa le clapotis de l'eau, n'ayant absolument aucune idée de la façon dont cela pourrait se produire.

Chapitre 20

Leigh se laissait bercer par le hamac le lendemain, sous une couette chaude et le bruissement des arbres, avec la rosée du matin brillante sur le rivage, en repensant à sa conversation avec sa mère. Quel était son objectif final ? Elle disait spontanément que c'était une carrière, mais elle ne voulait pas d'une carrière au détriment de ses proches. Elle n'était même plus sûre qu'une carrière soit l'élément le plus important. Elle avait blessé Colton, et si c'était à refaire, elle aurait facilement abandonné son travail à Greystone pour sauver cette vue de sa maison et le rendre heureux. Mais elle savait aussi qu'à terme, elle dépérirait sans carrière.

Elle devait aussi se préoccuper de Meredith et de sa mère. Elles devraient être les premières personnes qu'elle appellerait lorsqu'elle voulait partager sa vie. Toutes les trois avaient passé leur vie séparées, éparpillées à travers le pays alors qu'elles auraient dû être ensemble. Elle avait perdu du temps, mais il n'était pas trop tard pour prendre un nouveau départ.

Qu'est-ce qui était au centre de sa vie maintenant ? Si elle devait laisser tomber tout le reste, qu'est-ce qu'elle voulait vraiment le plus ? Si elle était honnête avec elle-même, ce n'était pas son travail. Elle voulait des gens autour d'elle qui se soucient d'elle. Elle voulait une famille. Même le chalet ou ce que Nan avait dit dans sa note mystérieuse ne soutenaient pas la comparaison.

Elle se leva du hamac, enroula la couverture autour de ses épaules et rentra.

– Meredith ? chuchota-t-elle en grimpant dans le lit de la chambre de sa sœur, comme elle le faisait quand elle était petite. Dis.

Meredith prit une longue inspiration et se retourna, reprenant faiblement conscience.

– Hein ? croassa-t-elle.

– Je voulais te dire quelque chose, dit Leigh à voix basse, en lui secouant le bras.

Meredith ouvrit un œil.

– Quelle heure est-il ?

Elle bâilla.

– Il est un peu plus de sept heures.

– Qu'est-ce qui te prend de ne pas dormir ?

Meredith tira la couverture et roula sur le côté, loin de Leigh.

Leigh se pencha sur sa sœur et lui dit à l'oreille :

– J'aurais dû être là pour fêter l'ouverture de ta galerie. Et j'aurais dû recevoir le premier dîner que tu as servi au restaurant où tu as pris ton premier job.

Meredith se frotta les yeux en se retournant.

– Quoi ?

– En grandissant, je n'avais aucune idée de ce qui se passait. J'en suis désolée.

– Tu n'arriveras pas à obtenir que je te donne le chalet si c'est ce que tu veux, dit Meredith en se retournant. Surtout à sept heures du matin.

– Je n'essaie pas de te prendre le chalet. Il est à toi. J'essaie de te dire que je suis désolée. Je le pense vraiment.

Meredith se redressa.

– Qu'est-ce que c'est que cette histoire ?

Elle bâilla à nouveau puis étira ses bras au-dessus de sa tête.

– Hier soir, maman m'a demandé ce que je voulais tout à la fin. Quand ma vie arrivera à son dernier chapitre, qu'est-ce que j'y veux ? Je veux une sœur.

Meredith la fixa, clignant des yeux et essayant visiblement de se concentrer.

– Mais pas n'importe quelle sœur. Je veux une sœur artiste qui préfère faire des promenades en bateau plutôt que de s'asseoir sous un porche. Je veux une sœur qui boit des bières en canette et qui dort dans les bois juste parce qu'elle aime ça.

Meredith la regarda comme si elle était un être nouveau et rare qui venait d'atterrir sur son lit.

– Pourquoi voudrais-tu ce genre de sœur ? demanda-t-elle.

– Parce qu'elle peut me montrer les parties du monde, et de moi-même, que je ne verrais jamais autrement.

Meredith plissa ses yeux bleus.

– Tu n'as pas peur qu'on ne s'entretue si on passe trop de temps ensemble ?

– Pas du tout.

– Tu es sûre ?

– Je n'ai jamais été aussi sûre de moi de toute ma vie.

Meredith la regardait d'un air sceptique.

– Alors, tu me laisserais te montrer comment dormir dans une tente dans les bois ?

Leigh se mordilla la lèvre en réfléchissant.

Meredith rit.

– C'est *toi* qui l'as mentionné.

– Je le ferais pour toi, dit finalement Leigh.

– OK. Demain soir alors.

Meredith sortit du lit en rampant, mettant manifestement Leigh au pied du mur.

– Attends un peu, dit Leigh en se précipitant à sa suite. Il fait encore froid la nuit. Attendons l'été.

– D'accord, très bien. Nous attendrons jusqu'à l'été. Pourquoi ne pas commencer cette nouvelle vie ensemble par une tasse de café ?

Meredith attrapa le bras de Leigh et passa le sien dessous.

– Je vais te former jusqu'au jour du camping.

Elles entrèrent ensemble dans la cuisine où Katherine préparait ses affaires pour le travail. Elle leva les yeux de sa lunch box, dévorée de curiosité lorsque Meredith lâcha le bras de Leigh et se dirigea vers la cafetière.

– Bonjour, dit Katherine en les regardant toutes les deux.

– 'Jour, répondit Meredith.

– Si je vais camper, dit Leigh à Meredith qui lui tournait le dos, en poursuivant la conversation, alors tu dois faire quelque chose dans mon monde.

– Vous allez faire du camping ? demanda Katherine, en refermant la lunch box et en la posant à côté de son sac à main près de la porte.

– Oui, répondit Meredith par-dessus son épaule. Nous sommes en train de créer des liens.

Katherine les regardait, incrédule, et un sourire se dessina sur ses lèvres.

– Alors, tu es d'accord pour faire une activité que j'aurai décidée ? redemanda Leigh.

– Comme quoi ?

Meredith cherchait les tasses dans les armoires de la cuisine, en descendit deux, les posa sur le comptoir et les remplit de café.

– Comme faire du shopping.

Les yeux de Meredith s'écarquillèrent en simulant l'horreur, ce qui amusa beaucoup Katherine alors qu'elle s'asseyait pour mettre ses chaussures.

– Manucure-pédicure, poursuivit Leigh en s'asseyant à côté de sa mère.

Sa sœur lui offrit une grimace complexée.

– Et maquillage. Avec différentes nuances d'ombres à paupières.

Meredith fit tinter une tasse de café devant sa sœur.

– Tu es juste méchante maintenant.

Leigh rit, et c'était si bon. Mieux que tout ce qu'elle avait ressenti depuis longtemps.

Essayer d'avoir Jimbo au téléphone ne fut pas une mince affaire. Leigh avait appelé deux fois et rien. Il était presque cinq heures ce vendredi, et il était probablement sur le point de rentrer chez lui pour la nuit, alors elle se dit qu'elle allait essayer de le devancer. Elle arrêta la voiture de location devant la caravane et en sortit juste au moment où il fermait à clé.

– Hé, dit-elle en traversant l'allée de gravier poussiéreuse. J'ai essayé de vous joindre.

– Désolé, dit-il, sans en paraître affecté. Journée bien remplie.

– Il faut que je vous parle.

Elle fit un pas pour se mettre sur son chemin. Les lèvres du bonhomme se tournèrent vers le bas et il l'observa sous sa vieille casquette.

– Je voudrais que vous ne construisiez pas sur le terrain situé en face de la propriété de Colton Harris.

Il fit un pas de côté pour la contourner, mais elle sauta sur son chemin.

– Je ne plaisante pas.

– Je savais que vous ne parviendriez pas à le convaincre, mais je suis surpris qu'il ait réussi à acquérir votre sympathie. Cette propriété n'est pas la sienne.

– Je sais, dit-elle en le contournant une fois de plus alors qu'il continuait à marcher. Mais il y a d'autres facteurs en jeu qui vont soit détruire, soit renforcer le nom de Greystone Properties. Vous devez tenir compte des personnes autour de vous. C'est un bon projet.

– Continuez à faire ce que vous faites et vous me laissez m'occuper de l'expansion, d'accord ?

Elle s'avança devant lui, appuyée contre la porte de son camion, sur son chemin. Il était temps de jouer les durs.

– Si vous construisez sur ce terrain, tous les détaillants que j'ai alignés se retireront.

– Et comment allez-vous faire ? Je peux facilement prendre la relève.

– Pas si je vous retire tout l'argent que je mets dedans, mon argent. Vous n'avez plus d'argent… je lis les articles. J'avais invité ces gens à dîner. Vous allez tous les faire venir en avion, louer leurs voitures, défrayer leurs repas ?

– Une fois que j'aurai des locataires dans mon lotissement, j'aurai les revenus dont j'ai besoin pour démarrer. Et je vendrai ma maison s'il le faut, répliqua-t-il. C'est en train de se produire, grâce à vous, et je saute sur l'occasion.

– Vous serez confronté au même problème avec les boycotts locaux sur le nouvel emplacement, dit-elle, le cœur battant à l'idée qu'il ne reculerait pas.

– Ce n'est pas vous qui m'avez appris à voir plus grand que ça ? Je n'ai pas besoin de ces entreprises locales. Je vais me lancer à l'échelle nationale. Surtout une fois que j'aurai quatre acteurs majeurs sur le premier emplacement.

Les épaules de Leigh s'affaissèrent en signe de défaite.

– Écoutez, vous ne pouvez pas construire là. Cela ruinerait le paysage et, malgré ce que vous en pensez, cela *ferait chuter la* valeur des propriétés environnantes. Vous devez penser aux autres.

– Je dois penser à me nourrir. Personne d'autre que moi ne va le faire à ma place. Et ce n'est pas un fermier tout seul qui va se mettre en travers de mon chemin. Maintenant, si vous voulez bien bouger, j'étais parti pour aller dîner.

Il la frôla, la fit s'écarter de son chemin, monta dans son camion et partit, laissant Leigh seule dans l'allée de gravier.

Lorsque Leigh rentra chez elle, elle s'assit à la table de la cuisine et regarda les roses que Colton leur avait offertes, souhaitant pouvoir remonter le temps et changer ce qu'elle avait fait pour Greystone Properties. Elle sortit son téléphone et composa le numéro de Colton, sans avoir la moindre idée de ce qu'elle voulait lui dire. La tonalité du téléphone retentit dans son oreille, puis tomba finalement sur la messagerie vocale. Découragée, elle raccrocha sans laisser de message. C'était sans doute mieux qu'elle ne l'ait pas joint.

– Tu as une mine affreuse, dit Meredith en entrant et en s'asseyant sur une chaise, la main dans un sac de chips. Qu'est-ce qui ne va pas ?

Leigh raconta à Meredith ce qu'elle avait dit à Jimbo et comment il avait réagi… tout.

Meredith prit une grande inspiration et l'expulsa par la bouche comme un bateau à moteur.

– C'est la raison pour laquelle je peins pour gagner ma vie. Il n'y a pas de mal, il n'y a pas de faute.

Elle proposa le paquet de chips ouvert à Leigh, mais celle-ci le refusa, l'estomac noué.

– Qu'en pense Colton ?

– Je n'ai pas pu lui raconter notre dernière conversation avec Jimbo, mais il est bouleversé, comme tu peux l'imaginer.

Leigh mit sa tête entre ses mains.

– Je ne sais pas quoi faire.

Elle leva les yeux vers sa sœur, complètement découragée.

– Inutile d'essayer d'en parler à Jimbo. C'est un vrai crétin.

Leigh plongea la main dans le sachet et prit une chips, avalant distraitement sa bouchée. Le goût du sel amidonné ne fit rien pour détourner ses pensées.

– Et j'ai peut-être aussi dit à Colton que je l'aimais, hier.

Meredith se frappa le front.

– Tu dois être la personne la plus déroutante de la planète. Tu ruines la vie de cet homme en installant un centre commercial dans son jardin et puis, dans la même conversation, tu lui dis que tu l'aimes ? Personne n'aurait pu inventer tout ça. Quoi, tu pensais que ça atténuerait le choc ou quelque chose comme ça ?

– C'est sorti tout seul.

Leigh jouait avec l'une des roses, un pétale se détacha dans sa main. Elle en caressa la surface douce entre ses doigts.

– Je ne sais pas pourquoi je le lui ai dit. J'ai un entretien d'embauche à New York la semaine prochaine.

Elle se sentait déjà déchirée rien qu'en prononçant ces mots à voix haute.

– Il n'y avait absolument aucune raison pour que je le dise.

– Il est logique que tu retournes à New York, dit Meredith. Il le sait, j'en suis sûre. Vous avez une longue histoire ensemble, c'est tout.

L'indécision tournoyait en elle comme un ouragan.

– Dois-je y retourner ?

– Bien sûr que tu dois y retourner.

– Pourquoi ? demanda Leigh, surprise par la conviction de sa sœur.

– Que ferais-tu d'autre ? Tu t'ennuierais ferme ici sans rien pour t'occuper. Je serai soit à San Diego, soit en voyage. Maman sera de retour dans son appartement et travaillera. Et il n'y aura rien ici au chalet qui sera vide. Il sera loué. Il est donc logique que tu retournes à New York. C'est ce que tu es.

– Vraiment ? Parce que je ne sais plus.

– Je pense que tu es en train de faire une sorte de dépression.

Meredith posa sa main sur le front de Leigh.

– Tu te sens malade ?

– Arrête, dit Leigh en écartant sa main. Je ne plaisante pas.

– Moi non plus.

Meredith roula le sac de chips et le mit de côté.

Elle se pencha vers l'avant, approchant très près son visage de Leigh.

– Avant que nous n'arrivions ici, tu étais à fond, j'en suis sûre. Je suis aussi presque sûre que ton travail était tout pour toi.

– Ça l'était.

– Et puis tu l'as perdu. Tu ne sais pas qui tu es sans ton travail, alors tu t'accroches à l'ancienne vie que tu avais ici pour essayer de comprendre. Mais tu es Leigh Henderson, un agent commercial extraordinaire. Tu étais le premier choix dans les candidatures, je me souviens d'avoir entendu maman dire que ton patron t'avait dit ça. Tu es géniale dans ce domaine. Tu l'as juste oublié pendant une seconde.

– Tu as peut-être raison…, hésita Leigh, toujours pas convaincue.

Elle posa le pétale et fixa le bouquet de fleurs. Peut-être que toutes ces histoires de famille n'étaient que des vœux pieux. La réalité, c'était qu'elle avait un loyer à payer et un travail à trouver. Mais quelque chose ne collait toujours pas. C'était comme si elle essayait une chemise qu'elle mourait d'envie d'acheter et que le vêtement était juste un peu trop petit. Elle tirait sur ses expériences de vie comme sur du tissu, essayant de les étirer pour qu'elles épousent ce qu'elle était, et elles ne lui allaient tout simplement plus.

Leigh avait besoin de rester là pendant un certain temps et de tout comprendre parce qu'elle sentait vraiment qu'elle était à un tournant, à un moment de sa vie où une mauvaise décision pourrait changer son avenir de façon irrémédiable. Le chalet était la partie neutre dans tout cela, le seul endroit qui ne posait pas question, l'endroit où elle se sentait complètement à l'aise.

– Tu vas vraiment rénover cet endroit et le louer ? demanda-t-elle à Meredith.

Meredith soupira bruyamment et appuya son menton sur ses mains, comme si elle n'avait pas l'énergie nécessaire pour garder la tête haute après cette question.

– Tu te conduis comme si le changement était une mauvaise chose.

– Parfois, c'est le cas.

Sa sœur se redressa.

– Le monde est fait de changements. Rien ne reste inchangé. Nos vies sont en mouvement, fluides comme le lac à l'extérieur. Garder le chalet comme un sanctuaire de Nan ne la ramènera pas. Je veux plutôt insuffler une nouvelle vie à sa maison. Elle a besoin d'une nouvelle énergie qui la traverse pour que le sentiment que nous ressentons en entrant soit celui de la *vie* et non de la mort.

– Mais quid de la célébration de Nan ? Ne devrions-nous pas lui rendre hommage ? suggéra Leigh.

– C'est ce que nous ferons, en lui donnant une nouvelle vie.

Leigh laissa tomber. Elles semblaient toutes les deux camper sur des positions complètement différentes, et elle n'était pas sûre de pouvoir un jour faire changer sa sœur d'avis. Elle repensa à la lettre que sa mère avait reçue de Nan. D'après ce qu'elle voyait, elle ne serait peut-être jamais ouverte.

Chapitre 21

Leigh n'avait pas bien dormi du tout, elle s'était retournée dans tous les sens et son esprit ne s'était pas détendu.

Avec ses petits yeux à cause du manque de sommeil, elle avait besoin de l'air frais du printemps pour s'aérer l'esprit et se réveiller, alors elle prit les clés de sa voiture de location, prête à baisser les vitres et à faire une promenade matinale à travers la campagne.

– Où vas-tu de si bon matin ? lui demanda Meredith en faisant une queue de cheval avec ses boucles au moment où elle entrait dans la cuisine avec sa mère.

– Je vais juste faire un tour en voiture, répondit Leigh. Vous voulez venir ?

– Il est trop tôt pour moi, dit Katherine en bâillant. Je vais aller sous le porche arrière et prendre mon café. Puis, quand je serai assez réveillée, je préparerai ma fameuse tarte au crumble de myrtilles et à la crème pour plus tard.

Leigh et Meredith se jetèrent un coup d'œil stupéfait. La tarte au crumble de myrtilles et à la crème de leur mère était la seule force unificatrice de leur foyer pendant leurs années d'adolescence. Katherine essayait-elle de leur faire voir les choses de la même façon ?

Cela sembla fonctionner, parce que Meredith dit :

– Je viens avec toi... C'est mieux que de rester à la maison.

– J'espérais que vous m'aideriez toutes les deux à faire la cuisine, dit Katherine, tandis que Meredith préparait une tasse de café pour la route et enfilait ses tongs.

– Nous le ferons, promit Leigh.

En quelques minutes, Leigh et Meredith étaient dans la voiture et prenaient la route. Alors que les collines ondoyantes s'étendaient devant elles dans une étendue d'un vert éclatant, surmontées du soleil dans un ciel bleu clair radieux, Leigh laissa le vent entrer et l'apaiser. Meredith n'avait pas demandé à mettre la radio, ce qu'elle avait pourtant toujours fait par le passé, et toutes deux étaient restées silencieuses pendant le trajet jusqu'à présent. Leigh était heureuse de ce silence. Cela lui permettait de faire le vide dans sa tête. Meredith avait passé son bras par la fenêtre, sa main oscillait au gré du vent. Leigh se faufila dans les chemins sinueux longeant les collines, entrait et sortait de la forêt, perdue dans le labyrinthe des petites routes de campagne, jusqu'à ce qu'elles s'arrêtent dans un cul-de-sac. Ce n'est qu'à ce moment-là qu'elle se rendit compte que son chemin débouchait sur le côté du vieux bungalow situé au bord du lac, en face de la maison de Colton. Le bâtiment semblait inoccupé, alors Meredith et elle sortirent et s'approchèrent, jetant un coup d'œil à l'intérieur par les fenêtres. Les planchers en bois poussiéreux étaient nus.

– 32 Emerald Lane, dit Leigh à haute voix, en lisant le numéro de la maison.

– C'est magnifique à l'intérieur, dit Meredith, en plaçant ses mains contre le verre ondulé.

– Un peu délabré, mais incroyablement bien construit.

La maison avait des encadrements de portes arrondis et de larges moulures, ainsi que de hauts plafonds pour l'époque.

– Regarde ce petit lustre, dit Leigh en tapotant sur la fenêtre pour lui montrer l'étonnant lustre ancien, ruisselant de cristaux.

– Incroyable, répondit Meredith, avant de se retourner et de passer sa main le long du large poteau du porche.

La maison avait un énorme porche d'entrée, et Leigh pouvait presque imaginer des paires de chaises à bascule et des pots de fleurs éclatants flanquant la porte d'entrée. Elle passa sur le côté de la maison, en plaçant sa main sur son front pour protéger ses yeux du soleil afin de voir l'imposante résidence de Colton, avec sa grande terrasse et ses lucarnes encadrées de bois. Meredith la suivit.

Un lourd sentiment d'effroi s'abattit sur Leigh, et elle fit demi-tour vers le bungalow.

– Je n'arrive pas à croire que Jimbo va démolir tout ça pour construire un autre centre commercial.

Meredith leva la tête pour voir la maison.

– Cet endroit pourrait être tellement magnifique si quelqu'un intervenait pour le remettre en état.

Elles marchèrent toutes les deux jusqu'à la plage de sable, tandis que la marée lente et régulière pataugeait sur le rivage.

– Je ne savais même pas qu'il y avait une maison comme ça ici, remarqua Meredith.

– Moi non plus, mais nous ne sommes jamais descendues jusqu'à ce bout de la ferme de coton de Jax Wrigley.

– C'est vrai.

Un grand sourire se dessina alors sur le visage de Meredith.

– Sauf une fois où je me cachais de l'officier Minton.

– Tu as dû te cacher de la police ?

– Oui, dit Meredith en riant. Il me poursuivait parce que j'avais mangé une pastèque dans le champ de je ne sais plus qui à l'autre bout de la ville. Il nous a poursuivis, Theo, Sheila et moi, jusqu'à la ferme de Wrigley où nous nous sommes cachés derrière l'unique parcelle de maïs qu'il avait cultivée cette année-là.

– Je me demande que sont devenus Theo et Sheila maintenant ? s'interrogea Leigh.

– Aucune idée. Colton pourrait le savoir.

– J'ai vraiment tout gâché avec lui, répéta Leigh. J'ai essayé de lui parler, mais je ne peux pas lui reprocher d'être contrarié. J'aimerais pouvoir arranger les choses.

– Je parie que ce terrain représente une grosse somme d'argent, dit Meredith en regardant autour d'elle.

Elle rongea ses ongles en réfléchissant et regarda en arrière, vers la maison.

Écrasée par le poids de la situation, Leigh avait du mal à reprendre son souffle.

– Nous devrions probablement retourner aider maman à préparer la tarte, dit-elle.

– Oui.

Elles marchèrent ensemble jusqu'à la voiture, et Leigh jeta un dernier coup d'œil par-dessus son épaule à l'adorable petite maison avant de s'en aller.

Lorsque Leigh et Meredith arrivèrent au chalet, Leigh s'arrêta à la vue de sa mère portant le tablier en jean de Nan. Elle n'avait pas réalisé jusqu'à cet instant à quel point sa mère commençait à ressembler à Nan. Soudain, l'idée que sa mère ne reprenne pas le flambeau et ne continue pas à la place de Nan lui sembla une perte irrémédiable.

Meredith partit chercher quelque chose dans sa chambre et Leigh resta, et se lava les mains.

– Juste à temps, s'exclama Katherine.

Leigh observa le mouvement des doigts de sa mère qui pressait la pâte à tarte dans son moule, et la piquait pour qu'elle reste plate à la cuisson. Ses gestes étaient presque identiques à ceux de Nan, ce qui ramenait instantanément Leigh à cette époque lointaine.

Katherine glissa la pâte à tarte dans le four.

– Meredith et toi pouvez m'aider à faire la garniture, dit-elle. Peux-tu faire fondre du beurre pour moi ?

– Oui, dit Leigh en allant chercher une motte de beurre dans le réfrigérateur.

Elles avaient préparé cette tarte tellement de fois qu'elles pouvaient toutes la réaliser les yeux fermés, mais cette fois-ci, c'était différent. C'était peut-être la dernière fois qu'elles cuisinaient quelque chose dans les lieux.

Le clic de l'appareil photo du téléphone attira l'attention de Leigh. Meredith avait pris une photo d'elles deux. Elle inclina son téléphone vers sa mère et en prit une autre.

– Ce seront de superbes photos à agrandir et à encadrer après la rénovation, dit-elle en regardant son écran et en élargissant le cliché avec ses deux doigts.

– J'ai vu maman dans ce tablier et j'ai su qu'il fallait que je la prenne en photo. Tu ressembles à Nan, maman.

Katherine se retourna et sourit, l'air mal à l'aise.

– Quand tu auras fini, lave-toi les mains pour pouvoir nous aider.

Elle sortit un grand saladier de l'armoire et le remplit de sucre, de farine et de crème fraîche, en remuant les ingrédients avec une cuillère en bois, le saladier pressé contre sa poitrine, comme le faisait Nan. Meredith prit quelques photos supplémentaires, en souriant à l'écran de son téléphone.

Une fois le beurre fondu, Leigh l'ajouta dans le récipient. Elle posa les ingrédients sur le comptoir et les mélangea pour le crumble pendant que Katherine incorporait des myrtilles fraîches du marché dans la préparation. Plus Leigh travaillait le mélange, plus elle se sentait calme.

Lorsque la minuterie se déclencha, Meredith s'était lavé les mains et était prête à sortir la pâte à tarte du four. L'odeur de beurre chaud emplissait l'air. Meredith posa le fond de tarte sur le dessous-de-plat et Katherine y versa le mélange de myrtilles, envoyant une bouffée de vanille sous le nez de Leigh lorsqu'elle le recouvrit du mélange de beurre, de cassonade, de farine et d'avoine.

– Ça sent divinement bon, dit Katherine.

Leigh se pencha au-dessus et respira le parfum sucré.

– Oui, carrément. Mettons-le au four, proposa Katherine.

Elle s'essuya les mains sur le torchon, et Leigh ne put s'empêcher de penser à toutes les vacances et à tous les étés qu'elles ne passeraient plus ici une fois que Meredith aurait rénové. Juste au moment où Leigh commençait à penser qu'elle ne pourrait pas s'en passer.

L'eau s'échouait sur le sable, les oiseaux gazouillaient dans les arbres. Pendant que Katherine prenait une part de tarte chez Luella Wilson, Leigh s'assit.

Elle resta dehors sur le canapé, se demandant si elle aurait l'occasion de découvrir le contenu de la lettre de Nan. Elle pensait à Nan depuis qu'elle avait vu sa mère préparer cette tarte. Elle s'était rendu compte qu'il y avait un peu de Nan en chacune d'elles. La lettre de Leigh était si brève qu'elle s'était sentie lésée jusqu'à ce qu'elle entende parler de la deuxième lettre, mais maintenant qu'elle n'avait aucune idée de la façon de parvenir à un accord avec Meredith, il semblait qu'elle ne saurait jamais ce que Nan avait à dire.

– Qu'est-ce que tu fais ? demanda Meredith, en tenant deux assiettes du service ancien de Nan avec des tranches brûlantes de tarte au crumble de myrtilles à la crème sur le dessus et une fourchette en argent sur le côté.

Elle en tendit une à Leigh.

– Je réfléchis, dit Leigh en prenant la tarte.

– À quoi ?

Meredith s'assit à côté de Leigh et enfonça sa fourchette dans sa part de tarte.

– Nan m'a laissé une deuxième lettre que je ne peux pas ouvrir tant que toi et moi ne nous serons pas mises d'accord sur ce que nous allons faire du chalet.

– Oui… Maman me l'a dit, commenta sa sœur, avant de prendre une autre bouchée.

– Cela signifie que Nan ne veut pas seulement que nous soyons d'accord, mais qu'elle pense que nous y arriverons.

– Si elle avait voulu que nous soyons d'accord, Nan ne me l'aurait-elle pas dit dans *ma* lettre ?

– Meredith, elle savait que nous en parlerions.

– Ensuite, elle aurait pu écrire : « Meredith, demande à ta sœur ce qu'il faut faire du chalet », mais elle ne l'a pas fait. Et maintenant, parce que je veux en faire quelque chose que tu n'aimes pas, je dois en entendre parler chaque seconde jusqu'à ce que tu me fatigues et m'obliges à en faire autre chose. Eh bien, je ne vais pas perdre du temps à tourner en rond comme ça. Je t'arrête tout de suite.

– Mais tu ne te demandes pas ce qu'il y a dans la lettre de Nan ? dit Leigh en posant sa tarte encore entière sur la table. C'est vrai,je n'ai pas le droit de décider de la lire ou pas.

– Oui, c'est vrai, dit Meredith en prenant une bouchée de sa tarte.

– Qu'en penses-tu ?

– Parce que tout ce que tu as à faire, c'est d'être d'accord avec moi et d'accepter que nous fassions de ce lieu un Airbnb, et ensuite tu pourras lire ta lettre.

Leigh fixa sa sœur, se demandant si elle n'avait pas raison. Est-ce que c'était vraiment elle qui décidait si elle devait lire la lettre ou non ? Tout ce qu'elle avait à faire, c'était d'accepter que des étrangers séjournent dans le chalet…

– Mais ce n'est pas de cela que je suis venue parler. Je suis venue pour te dire que je prends l'avion demain pour rentrer chez moi.

Leigh sortit de sa contemplation.

– Quoi ?

– Oui, je suis ici depuis bien plus longtemps que je ne l'avais prévu et j'ai été totalement absente de la galerie pendant tout ce temps. Joss, la fille qui me remplace, ne travaille là-bas que depuis trois semaines, alors elle continue à mettre des choses de côté pour que je m'en occupe à mon retour. Tout s'accumule. J'ai aussi le voyage à Paris prévu dans quelques semaines que je n'ai pas fini de préparer.

Un sourire envahit le visage de Leigh, malgré elle.

– C'est quoi ce regard ? demanda Meredith.

– Tu parles comme moi.

Elle fronça le nez en regardant sa sœur.

– Peut-être que se laisser guider n'est pas si mal après tout.

– Peut-être, dit Meredith en lui concédant un sourire.

– Tu dois partir ?

– Oui, c'est fou. Nous venons à peine d'ouvrir, et j'ai encore tellement de choses à régler.

– D'accord, céda Leigh.

Elle avait l'impression de n'avoir fait qu'effleurer la surface avec sa sœur. Elle décida de mettre de côté le problème du chalet et de se concentrer sur sa famille. C'est ce qu'elle avait défini comme étant la chose la plus importante.

– Alors, pourquoi ne pas camper dehors ce soir, toi, moi et maman ? N'attendons pas l'été.

– Tu es sérieuse ? demanda Meredith en riant.

– Oui. Je vais courir au bureau du greffier pour vérifier le cadastre du terrain près de la maison de Colton, mais ensuite, allons camper. Ce sera notre dernière nuit ensemble.

– D'accord, dit Meredith en faisant glisser sa fourchette le long de son assiette en équilibre.

Elle s'agenouilla et reprit une bouchée de tarte.

– Pourquoi ne viendrais-je pas avec toi au bureau du greffier ?

Ce geste était un petit rameau d'olivier dans leur relation, et le fait qu'elle ait demandé à l'accompagner signifiait plus que tout au monde pour Leigh. Elle sourit à sa sœur.

– Ce serait bien.

Chapitre 22

Leigh et Meredith sortirent du bureau du greffier du comté, descendirent la rue principale bordée d'arbres et se dirigèrent vers la voiture de location de Leigh, qui était garée devant une église blanche dont le clocher s'élevait au-dessus de la ville de Gallatin. Elle poussa un soupir de soulagement pour le moment. La partie du littoral située derrière la ferme de Colton, dont le zonage avait été modifié, était toujours à vendre.

– Il ne nous reste plus qu'à déterminer si quelqu'un voudrait l'acheter *et* conserver la structure principale et l'esthétique de la petite maison de campagne, ainsi que le paysage, déclara Meredith. C'est ton domaine d'expertise, n'est-ce pas ?

– Pas vraiment, mais presque. Réfléchissons.

En montant dans sa voiture, Leigh se creusait la tête pour trouver des idées.

– Je suppose que c'est comme trouver les clients pour Greystone. Il faudrait juste que je les convainque qu'ils veulent une vieille maison à restaurer, et pour utiliser mes compétences, il faudrait que ce soit une boutique.

Meredith se dirigea vers son côté de la voiture et toutes les deux embarquèrent.

– Quel genre de boutique ferait cela ?

Leigh démarra le moteur.

– Le seul problème, c'est qu'aucun de ces établissements n'est assez attractif pour que les gens montent à bord de leur bateau et accostent ici pour une boutique, et s'il s'agit d'un salon de coiffure, il est tellement éloigné des sentiers battus qu'en voiture, personne ne pourrait le trouver.

Elle se mordilla la lèvre en réfléchissant.

– Peut-être des décorateurs d'intérieur ?

– Dans notre région ? C'est terriblement rural…

Meredith baissa la vitre et tourna son visage vers le soleil.

– Nous avons besoin d'un agent immobilier, dit Leigh en réfléchissant à haute voix alors qu'elle prenait le virage de la rue principale, et trouver le bon agent *et* vendre de gré à gré va prendre du temps. Il est un peu plus facile de négocier de conserver l'architecture avec une entreprise. Un propriétaire privé peut la démolir et construire un château s'il le souhaite.

– Je ne sais pas si nous pourrons la sauver, répondit Meredith.

– Ce qui est une tragédie.

– Oui, certainement.

Leigh ferma son ordinateur portable et passa sa main le long de la couverture matelassée de son lit. Elle avait cherché pendant au moins une heure et n'avait aucune piste pour trouver quelqu'un qui pourrait utiliser le chalet derrière celui de Colton. Elle cherchait une petite entreprise pour s'adapter à la structure qui offrait un espace intimiste, mais les petites entreprises n'étaient pas aussi aptes à se développer en louant de nouveaux biens immobiliers. Elle avait rayé tout ce qui figurait sur sa liste d'occupants possibles, à l'exception des vétérinaires, bien qu'elle en ait appelé trois et qu'elle n'en ait trouvé aucun qui cherche à changer de local.

Elle voulait appeler Colton. Il avait repris une ferme délabrée et utilisé ses talents pour y bâtir un empire. Elle ferma les yeux en pensant à la belle maison qu'il avait construite et à tout ce qu'il avait fait professionnellement. C'était incroyable. Il avait travaillé si dur et elle était venue tout gâcher. Elle ne pouvait pas retourner à New York dans ces conditions. Elle voulait lui assurer qu'elle essayait d'améliorer la situation, mais son silence suffit à la faire réfléchir.

– Devine quoi, dit Meredith, debout à côté de leur maman dans l'embrasure de la chambre de Leigh.

– Quoi ?

– J'ai tout préparé pour notre camping.

– C'est vrai ? demanda Leigh, en posant son ordinateur portable sur la commode et en s'approchant d'elles.

– J'aurais pu t'aider.

– C'est bon, dit Katherine alors qu'elles se dirigeaient vers le porche arrière. Tu avais l'air occupé et j'ai pu lui donner un coup de main.

Meredith ouvrit la porte.

– L'installer m'a rappelé les soirées cinéma que nous avions l'habitude de faire quand nous étions toutes petites. Tu t'en souviens ?

– C'est vrai, répondit Leigh avec tendresse, en se rappelant ces nuits de week-ends où elles empilaient tous les coussins sur le sol du salon et regardaient des films pour enfants jusqu'à ne plus pouvoir garder les yeux ouverts.

Elle suivit Meredith et sa mère à l'arrière, où elles avaient dressé une énorme tente dans l'herbe, près du feu qui crépitait. En s'approchant, elle put voir que deux épais matelas pneumatiques habillés d'oreillers et de couvertures remplissaient l'intérieur de la tente, et qu'un petit plateau sur pieds contenait une pizza toute faite et des canettes de bière.

– Ne panique pas, dit Meredith. Je t'ai apporté ça.

Elle fouilla dans la tente et en sortit un verre à vin rose étincelant couvert de strass.

– Où as-tu trouvé ça ? demanda Leigh en riant.

– Dans le fond de l'armoire de Nan ! répondit Katherine en souriant plus largement qu'elle ne l'avait fait depuis longtemps.

Meredith ferma les yeux avec amusement et le tendit à Leigh. Puis elle attrapa une bière et la décapsula, et le *pssshitt* de la canette jaillit entre elles. Elle la versa dans le verre rose de Leigh tandis que le feu dansait à côté d'elles.

– Vous avez faim ? demanda Katherine en se penchant pour couper la pizza.

– En fait, oui.

Leigh prit place dans la chaise Adirondack à côté de la tente, tandis que Katherine coupait les parts de pizza et que Meredith s'occupait des deux autres bières.

Alors qu'elles étaient toutes les trois assises autour du feu, la chaleur rebondissait dans l'air frais, la lumière orange projetait des ombres sur le patio sous leurs pieds.

– J'ai cette tente depuis cinq ans, dit Meredith en levant le pouce avant de s'ouvrir une bière. C'est la première fois que quelqu'un d'autre y séjourne.

– Il était temps, alors, la taquina Katherine. Et aurais-tu jamais pu deviner que tes premiers compagnons de chambrée seraient ta mère et ta sœur ?

Meredith rit.

– Jamais de la vie.

Leigh leva sa bière en l'air.

– À la famille.

– À la famille, répéta Katherine, et toutes les trois firent tinter leurs bières.

Puis, le sourire de Katherine s'effaça.

– Tu sais, je me sens encore coupable de la façon dont ton père et moi vous avons élevées toutes les deux. Nous avons fait de notre mieux…

Leigh s'approcha et attrapa la main de sa mère en un geste protecteur, attendant qu'elle se lève et commence à ranger quelque chose, mais elle ne le fit pas cette fois-ci.

– Je sais que tu as fait de ton mieux, dit Leigh.

– Tout va bien maintenant, approuva Meredith.

– Mais peu importe ce que nous avons fait de bien ou de mal, continua Katherine, vous avez fini par devenir deux femmes extraordinaires. Votre grand-mère serait si heureuse si elle pouvait voir cela. Elle adorait sa famille.

Meredith regarda le chalet derrière elle.

– Vous ne pensez peut-être pas que j'ai été durement touchée lorsque nous l'avons perdue, mais c'est le cas. Je ne l'ai pas montré, mais j'étais moi aussi dévastée.

Elle se retourna vers elles.

– Elle me manque tous les jours. Mais cela ne me pèse pas parce que je vois la situation différemment. Elle est tout le temps autour de nous. Elle est ici, assise avec nous en ce moment même.

– Tu penses que c'est le cas ? demanda Katherine, les larmes commençant à briller dans ses yeux.

– Je la sens quand je peins, avoua Meredith.

– Comment la ressens-tu ? demanda Leigh, qui était frappée par cette nouvelle information comme si elle prenait une tonne de briques sur la tête.

Elle voulait sentir Nan depuis qu'elle était revenue.

– Le bonheur qui m'envahissait lorsqu'elle riait très fort : ce même sentiment m'entoure lorsque mon pinceau touche la toile.

Leigh essaya de se concentrer sur les sentiments qu'elle avait éprouvés depuis son arrivée, se demandant si elle n'avait pas raté des signes. Elle pensa à la table et aux chaises de la cuisine, aux lettres cachées pour elles et à la sensation de son couvre-lit sous ses doigts.

– Je suppose que sa présence se trouve dans ses objets pour moi parce que je n'ai pas de lien avec elle à travers un pinceau. *Mon* lien se trouve dans les souvenirs.

Meredith acquiesça et but une gorgée de sa bière, le regard lointain et pensif.

– Je donnerais n'importe quoi pour l'entendre rire, dit Katherine.

Meredith revint à elle, distraite de la conversation, et désigna un autre papillon de nuit *Luna* qui s'était installé sur le bras de la chaise vide. Il battit de ses larges ailes comme s'il leur faisait un spectacle.

– Regarde. Est-ce que c'est un papillon ?

Katherine essuya une larme qui s'échappait sur sa joue.

– Maintenant, nous les avons tous vus, dit-elle.

Meredith ne quittait pas des yeux le papillon de nuit vert vif.

– Vu quoi ?

– Les papillons. Peut-être que Nan *est là* après tout.

Le papillon de nuit battit une dernière fois de ses ailes vertes et s'éleva dans les airs. À la lueur du feu, Leigh sentit qu'elles étaient toutes les trois en train de se transformer sous les étoiles qui commençaient à poindre dans le ciel. Elles n'étaient plus des bateaux de passage dans la nuit. Elles devenaient une famille.

– Quelqu'un a eu des nouvelles de Colton ? demanda Meredith une fois que Katherine eut été mise au courant de la problématique autour de ses terres.

Elles étaient toutes les trois blotties à l'intérieur de la tente chaude, le plateau de pizza vide reposant maintenant sur le plateau à l'extérieur, à côté des braises vacillantes de l'âtre.

– J'ai essayé de le contacter plusieurs fois, mais il ne prend pas mes appels et ne répond pas à mes textos, dit Leigh qui s'allongea sur le matelas, s'y enfonçant comme s'il s'agissait d'une sorte d'oreiller paradisiaque.

Elle remonta la couverture sur elle, se prélassant dans la chaleur de son petit cocon.

– J'aimerais qu'il sache à quel point je suis désolée.

– Tu pourrais peut-être essayer de passer, suggéra Katherine.

– Je me suis déjà excusée. Je ne sais pas ce que je pourrais dire pour arranger les choses, répondit Leigh.

Katherine avait le regard lointain alors qu'elle s'allongeait sur le matelas à côté des filles.

– Je déteste l'imaginer en train de ruminer tout seul dans cette grande ferme. Ça ne me semble pas normal qu'il soit seul.

Meredith replia ses bras sous les couvertures.

– C'est bizarre qu'il vive tout seul là-bas. C'est une bien grande maison pour une seule personne. Elle est énorme, maman. Tu l'as vue ?

Katherine secoua la tête.

Leigh roula sur le côté.

– Je sais. C'est bizarre qu'il ne se soit jamais installé avec quelqu'un. Je l'avais toujours imaginé comme un père de famille.

– Il me disait qu'il allait *t'*épouser, dit Meredith.

Une vague de regret envahit Leigh, sa peau devint glacée.

Katherine se redressa sur son coude pour s'adresser à Meredith.

– Il t'a dit ça ?

Meredith hocha la tête.

– Oui. On en riait parce qu'on était si jeunes, mais je voyais bien qu'il le pensait.

– Une maison comme celle-là n'est pas faite pour une seule personne. C'est pourquoi j'ai vendu la maison de Spring Hill. Elle était trop grande pour moi seule. Le vide me pesait.

Leigh avait soudain envie de remonter le temps et de rendre visite à d'autres personnes, de séjourner dans son ancienne chambre et de passer de longues journées sous le porche d'entrée, à parler de tout et de rien.

Meredith était restée silencieuse, allongée sur le côté, écoutant la conversation. Lorsque Leigh et sa mère se furent installées dans un silence confortable, Meredith prit la parole :

– En grandissant, je n'ai jamais eu besoin de personne. Et je suis différente de vous deux. Mais je vous *veux* toutes les deux dans ma vie. Je ne veux plus passer autant de temps sans que nous nous retrouvions toutes ensemble.

Pour la première fois de leur vie d'adulte, Meredith les prit dans ses bras et les serra fort.

Chapitre 23

Le lendemain matin, le léger gazouillis des oiseaux sortit Leigh de son sommeil. Elle enjamba soigneusement sa mère et sa sœur et se glissa hors de la tente, étirant ses membres dans l'air vivifiant. Le soleil se levait à peine, jetant une lueur rose et orange sur le lac. Pieds nus, elle descendit le sentier sur la pointe des pieds et monta les marches jusqu'au porche, entra dans le chalet, frappée immédiatement par la chaleur qui la fit frissonner après avoir été à l'extérieur.

Elle alluma la lampe sur le comptoir de la cuisine et saisit son téléphone pour vérifier l'heure. Une notification de texte attendait sur son écran. Un éclair d'excitation la traversa, à l'idée que ce soit Colton. Elle l'ouvrit, mais fut confrontée à quelque chose de complètement différent.

Bonjour Madame Henderson. Je suis Pamela Lyons. James Peterson m'a donné votre numéro, j'espère que ça ne vous dérange pas. J'aimerais beaucoup vous parler d'une éventuelle opportunité d'emploi. Vous pouvez me joindre à ce numéro.

Qu'est-ce que Jimbo faisait en donnant son numéro ? Et avait-elle seulement envie de rencontrer quelqu'un qui était impliqué avec *lui* ? Elle effaça la notification et se frotta les yeux en bâillant. Elle y reviendrait plus tard.

Leigh posa le téléphone et passa devant la table où se trouvaient les roses rouges qui commençaient maintenant à se faner, pour se diriger vers le salon. Elle alluma une autre lampe et se laissa tomber sur le canapé.

Une lumière bleue matinale filtrait à travers les fenêtres, et l'air froid s'attardait au-dessus du sol comme un brouillard printanier qui se dissiperait au fur et à mesure que la journée avancerait. Leigh attrapa la couverture sur le bras du canapé et s'enroula dedans, remontant ses jambes sous elle.

Le grincement de la porte moustiquaire attira son attention sur le porche.

– Salut, dit Meredith, la voix groggy, les cheveux frisés par le sommeil.

– Besoin. Café. Tu en veux ?

Elle passa devant Leigh et entra dans la cuisine, ses pieds nus à peine audibles sur le sol.

– À quelle heure est ton vol ? demanda Leigh à voix basse, sa voix traversant facilement le silence jusqu'à la pièce voisine.

– À onze heures, répondit Meredith au-dessus du tintement de la tasse qu'elle sortait du meuble.

– Tu veux une tasse ?

– Oui, merci, répondit Leigh.

La cafetière protesta par un grésillement, et après une accalmie de silence, Meredith entra dans la pièce avec deux tasses.

– Je vais voir si je peux reporter mon vol, déclara Meredith.

Elle s'assit à côté de sa sœur, lui tendant l'un des cafés, et tira le bord de la couverture sur ses pieds.

– Vraiment ? s'étonna Leigh. Pourquoi ?

– J'ai réfléchi.

Elle se tortilla pour se mettre à l'aise, puis s'immobilisa en regardant Leigh.

– Hier soir, c'était la première fois de toute ma vie que je vous comprenais, maman et toi. J'ai *vraiment* compris où vous vouliez en venir. Mon voyage à Paris semble terriblement insignifiant comparé à ça. Je veux rester.

Une vague de bonheur envahit Leigh.

– C'est la plus belle chose que j'aie entendue depuis longtemps.

– Tu es d'accord pour me supporter encore quelques jours ?

– *C'est moi* qui devrais poser cette question. J'ai été un peu difficile.

Meredith sourit.

– Je sais. Je veux dire que *quelqu'un* doit t'aider à trouver ta direction et à te mettre sur la bonne voie, la taquina-t-elle, renversant les rôles qu'elles tenaient dans leur jeunesse.

Leigh passa son bras autour de sa sœur et, là, dans le salon silencieux, elle ressentit un véritable élan d'espoir pour elles deux.

Assise sous le porche, dans le filet de lumière qui traversait les arbres, Leigh sélectionna le numéro de Colton sur son téléphone, le doigt en l'air. Puis elle appuya sur le bouton d'appel. Elle attribuait le besoin de le joindre et l'espoir optimiste qu'elle avait d'être capable de se faire comprendre à sa réconciliation inspirante avec Meredith, mais si elle était honnête avec elle-même, c'était simplement parce qu'il lui manquait. Elle composa son numéro et porta le téléphone à son oreille, écoutant la sonnerie.

Boîte vocale.

Elle raccrocha, une douleur dans la poitrine.

– Salut, belle enfant, dit Katherine en sortant sous le porche et en s'asseyant à côté de Leigh.

Katherine plissa les yeux.

– Tu ne fais pas que profiter de la vue, n'est-ce pas ?

Leigh détacha ses yeux de son téléphone et se concentra sur sa mère.

– Hm ?

– Quelque chose te pèse. Qu'est-ce que c'est ?

Leigh laissa échapper un lourd soupir et remonta la couverture jusqu'à sa taille.

– Colton. Je n'arrive pas à le joindre. Je ne peux pas supporter qu'il se sente comme ça à cause de moi. Ça me démolit.

– Penses-tu que tu pourrais aller chez lui et essayer de lui parler à nouveau ?

– Je ne sais pas… S'il pense que je peux faire quelque chose pour arranger les choses, je le ferai. J'ai essayé de trouver d'autres détaillants qui pourraient occuper l'espace sans trop le modifier, mais je n'ai rien trouvé.

Un message sonna sur son téléphone et la fit bondir. Les sourcils de Katherine se levèrent par anticipation.

– Peut-être que c'est lui maintenant, il lit dans tes pensées.

– Non, dit Leigh déçue, en balayant le texte du regard.

C'est encore Pamela Lyons. Désolée de vous relancer, mais j'ai oublié de vous dire que je ne serai à Nashville que deux jours de plus, alors ce serait plus pratique pour ne pas perdre de temps de se voir pendant que je suis ici. Je suis libre cet après-midi. Dans l'attente de vos nouvelles, je vous prie d'agréer, Madame, l'expression de mes salutations distinguées.

– Qu'est-ce que c'est ? demanda Katherine.

– Cette femme a obtenu mon numéro par Jimbo et veut me rencontrer. Elle parle d'une opportunité d'emploi.

– Eh bien, c'est encourageant, dit Katherine d'un ton radieux.

– Tu crois ? Dois-je vraiment suivre une piste mise en place par Jimbo ? Il a ruiné tout ce qu'il a touché jusqu'à présent.

– C'est vrai, mais ça vaut la peine de l'écouter pour savoir de quoi il s'agit. Tu peux toujours refuser ensuite.

Leigh jeta un coup d'œil sur les vieux épicéas, hésitante.

– Très bien. Je lui enverrai un message.

– On ne sait jamais. Cela pourrait être quelque chose d'incroyable.

– Avec la participation de Jimbo, j'en doute très sérieusement, dit-elle en riant.

Elle ouvrit le message et y répondit.

– Est-il possible d'acheter plus de votre bois de chauffage ? demanda Leigh à Léon. Nous n'avons plus beaucoup de réserves.

Elle posa une bouteille de thé sucré sur le comptoir pour obtenir les deux bûches gratuites.

Léon prépara le thé.

– Tu peux en prendre autant que tu veux.

Elle regarda le petit panier de bois.

– Avez-vous d'autres bûches ? Je ne veux pas vider votre panier.

– J'en ai une pile d'un mètre cinquante à l'arrière. C'est en coupant du bois que je me détends après une longue journée de travail, et je n'ai rien d'autre à faire que de l'apporter ici.

Elle sourit.

– Et un achat pour deux bûches, c'est votre façon de vous assurer de gagner un peu plus d'argent.

Il acquiesça, son visage fin se plissant en un sourire en coin.

– Les gens pensent qu'ils font une bonne affaire, mais en réalité, je me débarrasse de mon bois *et* je fais une vente.

Il se tapota la tempe.

– C'est du génie.

Il lui tendit le thé, arracha le ticket de caisse de la machine et le fit glisser sur le comptoir.

– Vous ne pourriez pas vendre aussi du bois de chauffage ? demanda-t-elle.

– Non.

Elle rit.

– Pourquoi pas ?

– Parce que Rudy vend du bois de chauffage à la pépinière pour cinq dollars le paquet, alors pourquoi quelqu'un m'en achèterait-il ? Mais tu viens de dépenser…

Il regarda le reçu sur le comptoir.

– … deux dollars vingt-neuf sur ce thé pour deux bûches.

Alors qu'elle commençait à se détendre dans la conversation, amusée par Léon, la sonnette de la porte retentit et Colton entra avec Smash.

– Bonjour, Leigh, dit Smash en s'approchant d'elle tandis que Colton les dépassait pour se rendre à l'arrière du magasin. Ça fait longtemps qu'on ne s'est pas vus.

– Salut, Smash, répondit-elle, en essayant de ne pas laisser son attention se perdre dans les allées et venues de Colton. Comment vas-tu ?

– Je n'ai pas à me plaindre. J'ai un enfant de deux ans à la maison, alors nous sommes bien occupés. Il s'appelle Hunter. Et Sheila va accoucher dans un mois de notre deuxième enfant.

Un sourire de bonheur illumina tout son visage. Elle n'aurait jamais imaginé que ces deux-là finiraient ensemble ; Smash était cool et athlétique, tandis que Sheila était espiègle et pleine d'énergie.

– Tu as épousé Sheila Leevey ?

– Bien sûr, dit-il fièrement.

Au moment où Leigh notait mentalement de donner à Meredith des nouvelles de Sheila, Colton passa devant elle et jeta quelques appâts en plastique enveloppés de cellophane sur le comptoir.

– Tu veux les régler pour nous et je t'attends dans le camion ? demanda-t-il à Smash, en se dirigeant vers la porte sans dire un mot à Leigh.

– Attends une minute, dit Léon en l'arrêtant.

Avec une inspiration irritée, Colton se retourna lentement pour regarder Léon.

– Leigh va chercher du bois de chauffage, et à en juger par son apparence, elle est en train de se faire des amis. Elle ne va pas vouloir le porter jusqu'à sa voiture. Vous restez tous sur place et je vais l'amener devant pour qu'on puisse l'aider.

– Léon, nous sommes plutôt occupés, dit Colton en fixant le mur au lieu de croiser le regard de Leigh, et en secouant la tête.

C'était ridicule. Il pourrait au moins reconnaître sa présence.

– Tu ne seras pas occupé tant que je n'aurai pas encaissé ton appât, et je ne le ferai pas jusqu'à ce que tu m'aides à mettre ce bois dans sa voiture.

– C'est bon, Colton, dit Smash, en jetant un billet de dix dollars sur le comptoir pour l'appât, puis il ramassa les paquets et les glissa dans sa poche.

Léon fit l'addition et mit la monnaie des dix dollars dans son pot à pourboires.

– Je reviens tout de suite.

Après le départ de Léon, Leigh se pencha vers la droite pour se placer dans le champ de vision de Colton.

– Tu veux dire bonjour ?

– Salut, dit-il, comme si cela le peinait.

– Tu veux te conduire comme un adulte ?

– Je vais te dire ce que je veux faire. Je veux obtenir ce que je suis venu chercher et partir sans que personne gâche quoi que ce soit de plus que ce qu'elle a déjà fait.

– Tu as tout gâché ? demanda Smash avec une étincelle dans les yeux, son regard allant d'elle à Colton.

– Elle est tout simplement déconnectée de la vie *réelle*, déclara Colton.

– Ce n'est pas vrai..., commença-t-elle, mais Léon remonta l'allée et déposa une brassée de bûches dans les mains de Smash, puis repartit en chercher d'autres.

– Tu veux me montrer où les mettre, mademoiselle Leigh ? demanda Smash, en se dirigeant vers l'avant du magasin.

Colton poussa la porte pour eux. Leigh suivit Smash et passa devant Colton, s'imprégnant de son parfum épicé.

– Ça n'a pas à se passer comme ça, dit-elle en s'arrêtant devant lui. On ne peut pas juste se parler ?

Léon revint avec un surplus de bois et le déposa dans les bras de Colton. Sans rien dire, Colton lui fit signe de sortir et la suivit jusqu'à la voiture de location près de laquelle se trouvait Smash. Elle ouvrit le coffre et les deux hommes y déversèrent le bois. Colton se détourna et se dirigea vers le camion de Smash.

– Tu n'as pas répondu à ma question, l'interpella Leigh. Pouvons-nous en discuter comme deux personnes raisonnables ?

– Je ne pense pas, dit-il en grimpant côté passager dans le camion de Smash et en se penchant pour s'adresser à elle par la fenêtre ouverte.

– Il faudrait pour cela *deux* personnes raisonnables.

Smash ferma le coffre de sa voiture.

– À plus tard, Leigh.

– Au revoir, dit-elle en se retournant vers Colton, dont la mâchoire se dessinait clairement sur son profil, le regard droit devant lui chargé de pensées.

Smash monta dans son camion et démarra le moteur. Puis ils s'éloignèrent. Ce faisant, elle aurait juré avoir vu Colton la regarder enfin une fois dans le rétroviseur latéral, mais ce n'était peut-être qu'un vœu pieux.

Leigh arrangea la chaise Adirondack, en tournant le dos au lac pour prendre son appel vidéo avec Pamela Lyons. Le soleil était au rendez-vous et quelques bateaux passaient, poussant l'eau sur le rivage en vagues clapotantes, mais l'air était encore assez frais pour qu'elle ait besoin de la chaleur du feu pour se réchauffer. Leigh redressa sa chemise en coton et frotta ses lèvres l'une sur l'autre pour s'assurer que son rouge à lèvres était uniforme, se sentant tout à fait elle-même alors qu'elle se préparait pour l'appel. Bien que son environnement soit différent de ce à quoi elle était habituée, le rituel de préparation et l'état d'esprit professionnel lui venaient facilement.

Son téléphone sonna et elle répondit à l'appel. L'écran montrait une femme brune d'à peu près son âge, assise seule à une table dans ce qui semblait être un café.

Elle sourit.

– Leigh ?

– Oui. Comment allez-vous ?

– Bien merci, dit la femme. Pamela. Enchantée de vous rencontrer.

L'image bougea lorsqu'elle déplaça sa chaise.

– Alors, vous connaissez Jimbo ? demanda Leigh, en mettant ses mains sur ses genoux et en allant droit au but.

– Enfin, pas tout à fait. Je suis tombée sur une de ses connaissances, qui nous a présentés.

Leigh se sentait déjà soulagée, et maintenant nettement plus intéressée.

– Je suis chef de projet pour l'entreprise de construction de ma famille et nous construisons des commerces. Au cours d'une conversation, Jimbo a mentionné ce que vous aviez fait pour lui, et il m'a fallu insister, mais j'ai fini par obtenir qu'il me donne votre numéro.

– Oh ?

– Je me demandais si vous pouviez faire la même chose pour un projet que nous avons en Caroline du Sud.

Avec son entretien de retour à New York et son voyage qui touchait à sa fin, Leigh ne savait pas trop comment elle pouvait aider cette femme. Elle ouvrait la bouche pour refuser quand Pamela ajouta :

– J'ai besoin de quelqu'un pour étudier le marché et nous trouver des locataires, puis j'ai besoin d'une superstar pour le leur vendre, parce que nous n'arrivons tout simplement pas à faire décoller le projet.

Leigh réfléchit à l'idée.

– Je ne suis pas sûre de pouvoir voyager…

Elle s'interrompit, n'ayant pas vraiment réfléchi à la possibilité de travailler ailleurs qu'à New York.

– Vous pourriez travailler à distance. Nous avons un peu de budget pour vous offrir un petit salaire le temps du projet, et si vous réussissez à vendre cet emplacement, nous pourrions envisager de faire appel à vos services pour d'autres projets.

Sur l'écran, Pamela buvait son café, tandis que Leigh réfléchissait.

– J'espérais trouver vos tarifs en ligne. J'ai essayé de localiser votre site internet, mais rien n'est ressorti lorsque j'ai fait une recherche. En avez-vous un ?

– Il est actuellement en construction, dit Leigh, qui réfléchissait rapidement et ne savait pas du tout d'où venait cette réponse. Il sera bientôt prêt.

Elle espéra soudain que Meredith pourrait utiliser ses talents artistiques pour la conception de sites internet…

– Parfait.

Pamela croisa ses mains comme si elle priait et appuya son menton dessus, un sourire aux lèvres.

– Alors, qu'en pensez-vous ?

– Je vais y réfléchir, répondit Leigh, en se demandant si ce type de projet valait la peine qu'elle y consacre du temps.

– Eh bien, je peux vous envoyer les détails concernant la propriété par e-mail et nous serions heureux que vous veniez la voir de vos propres yeux, si vous pensez que ce serait utile. Tenez-moi au courant.

– Oui, merci, dit Leigh, l'esprit en ébullition.

– J'espère avoir bientôt de vos nouvelles.

Soudain, Leigh avait devant elle une option de carrière complètement différente. Mais pourrait-elle en faire quelque chose ?

– Meredith, j'ai besoin de ton aide, dit Leigh en se précipitant dans l'atelier de Nan et en tirant le bras de Meredith vers la porte.

Sa sœur posa son pinceau et abandonna le tableau de papillons qu'elle était en train de terminer.

– J'ai besoin de ton avis et de celui de maman sur quelque chose.

Leigh conduisit Meredith dans la cuisine où elle avait convoqué sa mère, toutes les trois réunies assises autour de la table, et elle les mit au courant de son appel avec Pamela et de son idée.

– Je pourrais certainement t'aider à créer un site internet, dit Meredith. Je viens d'en faire un pour mon studio. C'est très facile à faire.

Leigh poussa un soupir de soulagement.

– C'est vraiment super, Meredith. Je ne sais même pas à quoi je pensais en disant que j'avais un site internet.

– C'est peut-être ton cœur qui a parlé, dit Katherine. As-tu déjà envisagé de faire ce que tu fais en freelance ?

Leigh porta ses mains à son visage en signe d'incompréhension.

– Je ne peux pas m'en sortir toute seule, dit-elle. Cela n'a aucun sens. Et j'ai cet entretien d'embauche à New York qui arrive bientôt.

– Ou alors, c'est très logique, déclara Meredith. Si je peux le faire, tu peux le faire.

Leigh passa en revue mentalement la liste, tout en envisageant l'idée. Elle avait beaucoup d'économies une fois que Jimbo l'aurait remboursée, et elle pourrait se maintenir à flot le temps de se constituer une liste de clients.

– J'aurais besoin d'argent pour les publicités, les assurances, un plan de retraite…, dit-elle à voix haute, alors que l'énormité de tout cela commençait à s'infiltrer dans son esprit.

Meredith posa sa main sur le bras de Leigh, la tirant de sa contemplation.

– C'est beaucoup moins de travail que tu ne le penses. Je vais t'aider.

– Nous allons toutes les deux t'aider, renchérit Katherine.

– Je ne sais pas…

Leigh secoua la tête, le cœur battant la chamade, l'idée de travailler seule étant si soudaine. Pourtant, elle ne pouvait s'empêcher de se demander si son cœur n'était pas emballé au lieu d'être inquiet. Peut-être que c'est ce qu'elle s'était préparée à faire toute sa vie.

Chapitre 24

Leigh se balançait d'avant en arrière sur le hamac, le lendemain de son appel avec Pamela, incapable d'arrêter les idées qui avaient recommencé à vagabonder dans son esprit aux petites heures du matin. Plus elle y pensait, plus elle aimait l'idée de travailler à son compte et de créer une société de gestion de clientèle d'entreprise. Si elle pouvait travailler à distance pour Pamela, elle pourrait le faire pour d'autres entreprises. Et elle aurait besoin d'un bureau pour gérer tout ça. Peut-être un joli petit chalet au bord du lac où elle pourrait trouver l'inspiration tout en qualifiant ses listes de clients… Mais avait-elle assez d'économies pour y parvenir ?

Ne pouvant plus s'abstenir de parler à Colton, Leigh lui laissa un message alors qu'elle était allongée sur le hamac, le soleil scintillant sur le lac.

– Il est tôt, alors je suis presque sûre que tu es à la maison, dit-elle dans le téléphone. J'étais sérieuse quand je t'ai dit que je t'aimais. Et ça me tue de ne pas te parler. J'ai une idée folle et je veux te la soumettre. S'il te plaît, Colton. Appelle-moi !

Elle mit fin à l'appel et regarda le ciel. Alors qu'elle était allongée, elle n'arrivait pas à chasser ce petit chalet de son esprit. Elle tourna la tête vers le soleil qui pénétrait à travers les arbres. Une ombre fragile mouvante attira son attention. Elle se redressa en sursaut et fixa le papillon bleu vif à sa droite. Il tournait autour de la vitre en battant des ailes. Des ailes magnifiques, dans la lumière qui les traversait, comme une sorte de créature angélique échappée du paradis.

Sans prévenir, des larmes remplirent les yeux de Leigh et elle eut la chair de poule.

– Je te vois, dit-elle en chuchotant.

Le papillon s'attarda un instant de plus, puis il s'envola. En le regardant s'envoler, elle ne put s'empêcher de se demander si la raison pour laquelle elle n'arrivait pas à sortir le chalet de sa tête était qu'il était censé occuper dans son esprit. Elle repensa à Meredith qui lui avait dit que les papillons symbolisent le changement.

Il était peut-être temps de changer de vie.

Elle rejeta les couvertures de ses jambes et sauta du hamac, courant vers le haut de la colline pour trouver Meredith.

– Je n'arrive pas à croire que tu fasses ça, dit Meredith avec enthousiasme, alors qu'elles sortaient toutes les deux du bureau de l'agent immobilier.

– Cela utilisera littéralement toutes mes économies, mais ce serait la maison parfaite où je pourrais vivre et gérer mon entreprise. Je devais au moins faire une offre.

Meredith faisait les cent pas à côté d'elle.

– Tu veux quitter New York et vivre à Old Hickory Lake ?

Leigh inspira une bouffée d'air frais et pur, l'esprit complètement chamboulé. Comme une bobine de film, les souvenirs de sa jeunesse défilèrent devant elle : les hoquets de la poitrine de Nan lorsqu'elle portait la main à son cœur en riant, avant d'enfoncer ses poings dans un panier de légumes frais du marché ; la façon dont les arbres se balançaient lors d'un orage d'été ; la douce caresse du lac sur sa peau lorsqu'elle flottait toute la journée sur une bouée…

– Tout à fait.

Le regard de sa sœur restait dans le flou, mais à en croire le froncement de ses sourcils, elle digérait cette nouvelle information. Puis un sourire se dessina sur le visage de Meredith et, avec un mouvement des épaules, elle demanda :

– Vas-tu le dire à Colton ?

La simple mention du nom de Colton provoqua une vague d'impatience dans la poitrine de Leigh. Elle souhaitait courir vers lui, l'entourer de ses bras et entendre ses chuchotements ravis à son oreille.

– Je pourrais attendre de voir si mon offre est acceptée. Ensuite, j'essaierai de lui dire. S'il me rappelle *un jour*… Je prie pour que cela arrange les choses entre nous.

Meredith s'arrêta sur place, sur le trottoir devant la boulangerie de la ville, avec l'odeur des biscuits chauds qui flottait vers eux.

– Tu ne fais pas ça uniquement pour lui, n'est-ce pas ?

– Certainement pas. Pour la première fois de ma vie, je ne sais pas exactement ce que je veux, mais je sais que je me sens très, très bien. Plus à ma place que tout ce que j'ai fait jusqu'à présent, ce que je n'aurais jamais pu imaginer.

– Eh bien, dis-le à maman, et ensuite nous devrons nous atteler à la construction de ton site internet !

– Oui, dit Leigh, et un sentiment d'utilité qu'elle n'avait jamais ressenti auparavant l'envahit. Je vais aussi téléphoner à Pamela pour lui dire que je suis intéressée.

– Ça va être génial ! cria Meredith.

– Je suis tout à fait d'accord.

Leigh et Meredith étaient assises ensemble à la table de la cuisine, penchées sur l'ordinateur portable de Leigh, travaillant sur le nouveau site internet, le journal des papillons de Nan posé à côté d'elles. Elles avaient passé les dernières heures à acheter un nom de domaine et à choisir le modèle par l'intermédiaire de l'hébergeur que Meredith avait choisi. Elles étaient en train de mettre en forme la page de contact lorsque Katherine vint les rejoindre.

– C'est magnifique, dit-elle par-dessus leurs épaules. Les couleurs pastel sont si chaleureuses et accueillantes.

Elle se pencha en avant pour mieux voir.

– Comment vas-tu l'appeler ?

Elle loucha sur l'écran.

Leigh avait pensé à Nan, aux papillons qu'elle avait l'habitude d'esquisser, et à tout ce qui avait changé ici, au chalet, au cours des deux dernières semaines.

– Je pense que j'aimerais l'appeler Instar Commercial Management.

Elle ouvrit le journal de Nan et tapota du doigt l'écriture de sa grand-mère.

– Nan précise ici que les étapes de croissance que franchit une chenille avant de sortir de son cocon sont appelées « instars ».

Katherine leur offrit un sourire satisfait.

– C'est merveilleux, dit-elle.

– Je n'arrive toujours pas à croire que tu es en train de faire ça. Où vas-tu vivre ?

Leigh regardait l'ordinateur.

– Si j'obtiens le terrain derrière la maison de Colton, je vais rénover le chalet pour qu'il comporte un petit appartement à une extrémité qui pourra être converti complètement en espace de bureau plus tard, si j'en ai besoin.

– J'adore cette idée, dit Katherine.

À ce moment-là, le téléphone de Leigh sonna. Elle le ramassa et le porta à son oreille.

– Allô ?

Le cœur battant, elle s'adressa à sa mère et à sa sœur :

– L'agent.

Puis elle se concentra à nouveau sur le téléphone.

– Le vendeur veut faire une contre-offre, lui dit l'agent.

Il lui donna le prix. Bien qu'il soit plus élevé que ce qu'elle aurait voulu payer, étant donné qu'elle avait encore besoin d'un budget pour les rénovations, elle pouvait l'accepter – pas pour toujours, mais au moins jusqu'à ce qu'elle se remette sur pied et qu'elle commence à générer des revenus. Elle s'arrêta un instant et réalisa qu'elle mettait littéralement tout en jeu pour cela. C'était la chose la plus folle qu'elle ait jamais faite, mais malgré ce que Phillip avait dit ce jour-là, elle savait, grâce à son succès avec Greystone, qu'elle avait le talent, et en regardant sa sœur et sa mère, elle savait aussi qu'elle aurait le soutien dont elle avait besoin.

Pourvu que cela se produise.

– Je vais accepter, répondit-elle.

Katherine et Meredith applaudirent avec un enthousiasme étourdissant, tandis qu'elle leur faisait signe de se taire pour terminer l'appel, incapable de contrôler son exaltation.

Lorsqu'elle raccrocha, elle se tourna vers sa famille, les yeux écarquillés.

– Je viens d'acheter un terrain !

Meredith cria, se jetant dans ses bras ; Katherine les serra toutes les deux dans ses bras, et elles sautèrent ensemble partout dans la pièce.

Une fois que les conséquences de sa décision s'imposèrent à elle, Leigh les regarda toutes les deux.

– Je vais avoir besoin de votre aide pour trouver des idées sur la façon de réparer la maison, leur dit-elle, soudain clairement consciente du poids de ce qu'elle venait d'accepter. J'ai beaucoup de travail en perspective et je suis sûre que l'inspecteur en bâtiment en trouvera d'autres.

– Je peux rester quelques jours de plus, dit Meredith, même si Leigh savait que sa sœur avait besoin de rentrer.

Ce geste lui fit chaud au cœur et elle serra Meredith encore une fois.

– Je peux rester et t'aider aussi, dit Katherine. Je peux continuer à aller au travail en voiture. C'est tout à fait faisable.

L'excitation chatouillait tous les nerfs du corps de Leigh.

– Il faut que j'appelle Colton, dit-elle, voulant partager la nouvelle avec lui.

Elle composa son numéro sur-le-champ, le regard oscillant entre sa mère et sa sœur pendant qu'il sonnait. Mais après plus de quelques pulsations, son espoir chuta lorsqu'elle tomba à nouveau sur sa boîte vocale. Elle laissa un autre message.

– Colton, c'est Leigh. J'ai besoin de te dire quelque chose, mais surtout, je ne supporte pas de ne pas te parler ou de ne pas te voir. S'il te plaît, laisse-moi te parler. Rien d'autre n'est aussi important pour moi que d'arranger les choses pour toi.

Elle raccrocha le téléphone, Katherine et Meredith lui souriaient.

– J'ai toujours su qu'il y avait quelque chose de spécial entre ce garçon et toi, confia Katherine.

Là, dans la cuisine du chalet de Nan, Leigh savait que sa mère avait raison. Sa vie était bien remplie et elle se sentait au bord du précipice du changement, en train de devenir quelque chose de différent, quelque chose de plus grand que ce qu'elle était.

Chapitre 25

– Toc, toc, dit Meredith dans l'embrasure de la porte de Leigh, en tenant le livre de papillons de Nan.

Leigh jeta un dernier coup d'œil dans le miroir avant de se tourner vers Meredith, et sa sœur remarqua immédiatement quelque chose sur le visage de Leigh.

– Qu'est-ce qui t'arrive ? demanda-t-elle en la regardant de haut en bas.

– Je suis dans mon élément, c'est tout, répondit Leigh en lissant son plus beau tailleur-pantalon, avant de prendre place sur le bord de son lit pour écouter ce que Meredith était venue lui dire.

– Je rencontre les détaillants ce matin et j'ai un bon pressentiment. C'est le moment ou jamais.

Meredith entra dans la chambre et s'assit à côté d'elle sur le lit.

– Eh bien, tu pourrais te sentir encore mieux en écoutant ce que j'ai à te dire. Je veux te montrer quelque chose.

Leigh fit pivoter ses jambes sur le côté du lit pour faire face à Meredith, tandis que sa sœur tenait le livre sur ses genoux.

– Beaucoup de choses ont changé depuis que je suis arrivée ici, dit Meredith, le ton plus sérieux que Leigh ne l'avait jamais entendu auparavant. Je m'attendais à entrer, à entendre ce que maman avait à dire, puis à quitter la ville aussi vite que possible. Mais me voilà, onze jours plus tard.

Leigh remarqua une sorte de sérénité dans les yeux de sa sœur qu'elle n'avait pas vue auparavant.

– Je n'ai rien dit, mais pendant que tu étais au téléphone avec cette femme pour un travail, j'ai vu un autre papillon.

Elle a regardé Leigh comme si elles détenaient maintenant une sorte de secret commun.

– C'est vrai ?

Meredith hocha la tête.

– J'avais sorti l'un des chevalets de Nan devant la maison et j'étais seule à peindre. Il s'est envolé et a atterri sur mon poignet. Alors, je suis entrée et j'ai pris le livre de Nan.

Elle tendit le journal et l'ouvrit, en montrant l'endroit où Nan avait noté quelques lignes.

– Elle dit ici que les papillons ne vivent qu'un mois environ, et qu'ils nous rappellent donc que nous devrions être dans le présent plutôt que dans le futur.

– C'est une belle pensée.

– J'ai l'impression qu'elle me disait de me concentrer sur ce qui est devant moi.

– Et qui est ?

– Ceci.

Elle agita un doigt entre elles deux.

– Être ici au chalet, c'est la première fois que toi et moi nous parlons depuis deux ans.

– Je sais. C'était bien, non ?

– Oui. Je n'aurais jamais pensé que toi, moi et maman serions capables de vivre sous le même toit sans devenir folles. Mais en fait, c'est... amusant. Et j'avais tellement peur de rater ça que j'ai remis mon voyage à Paris à la fin de l'été.

Leigh sourit affectueusement à sa sœur.

– Cela m'a fait penser au chalet.

Meredith se retourna pour s'adresser à Leigh.

– Je l'ai dit à maman en premier et maintenant je te le dis. Je ne vais pas le mettre en location. Il nous appartient. À nous trois.

Leigh sursauta et jeta ses bras autour de son cou.

– Je ne peux pas croire que tu ferais ça, dit-elle, ses mots étouffés par l'épaule de Meredith qui la serrait.

– Je vais le faire pour *nous*, dit Meredith. Nous le méritons après tout ce que nous avons vécu.

– Oui, dit Leigh en riant de bonheur. Nous le méritons vraiment.

– J'ai pensé que nous pourrions toutes les trois y faire des rénovations, des choses que nous déciderons, *ensemble*. Nous ne changerions que ce qui nous appartiendrait, en laissant beaucoup de Nan ici aussi.

– Ça me semble génial, dit Leigh. Je suis sûre que tu auras des tonnes d'idées grâce à ton œil artistique.

Meredith sourit, heureuse, le corps inhabituellement immobile et calme.

– Alors, comment allons-nous passer le reste de notre vie ici ? dit-elle en agitant un bras dans la pièce.

– Des visites chaque année ?

– *Plus* que chaque année !

Leigh prit sa sœur dans ses bras pour la serrer une deuxième fois.

– Maman pourrait même s'installer ici à plein temps si elle le souhaitait.

– Oui, approuva Meredith.

– Et j'aurai besoin d'un endroit où travailler pendant que je t'aiderai à lancer ton entreprise.

Elle fit un clin d'œil à Leigh.

– Je déteste t'éloigner de ta galerie, dit sérieusement Leigh. Je sais à quel point tu dois être occupée.

– J'ai l'habitude de travailler dans l'urgence, tu te souviens ? lui assura Meredith.

– Je peux faire en sorte que ça marche. Et je ne pouvais pas laisser filer l'occasion de passer plus de temps avec maman et toi.

Ces mots étaient une douce mélodie aux oreilles de Leigh.

– Les trois autres détaillants viendront nous rendre visite après vous aujourd'hui, dit Leigh à Samantha Perkins, la propriétaire de la librairie The Attic Light, alors que la jeune femme faisait le tour du sol carrelé de Greystone Properties, en jetant un coup d'œil à la vitrine. Nous avons beaucoup de marques d'intérêt.

– Le parking a l'air bien, dit Samantha en faisant le tour de l'espace. Quelle est la durée totale du trajet depuis l'autoroute ?

– Cela vous prendra environ vingt minutes, et Nashville n'est qu'à vingt-cinq ou trente minutes.

Leigh l'avait déjà convaincue de l'importance d'avoir une librairie dans la région.

Samantha se pencha et ouvrit les rangements sous le comptoir. Puis elles se dirigèrent vers la porte et Leigh la tint ouverte pour elle, éteignant les lumières au passage.

– Et le contrat de location, c'est trois ou cinq ans ?

– Cinq, dit Leigh, en optant pour le bail le plus long afin de gagner le plus de revenus possible.

Samantha ouvrit la porte de sa voiture de location.

– Quand vous aurez signé les trois autres baux, faites-le-moi savoir et nous ferons de même.

– Ravie de l'entendre, dit Leigh en lui tendant la main.

Samantha lui donna une poignée de main ferme.

– Merci pour ce rendez-vous aujourd'hui.

– Merci à vous, dit Leigh. Je vous contacterai bientôt.

Samantha Perkins monta dans sa voiture et ferma la portière, faisant un signe de la main avant de démarrer le moteur et de s'éloigner.

Leigh vérifia sa montre. Une de faite, il en restait trois.

Tenant un sac de Green Hat Coffee à torréfaction moyenne que le représentant lui avait apporté, Leigh se dirigea vers la caravane de Greystone Properties et ouvrit la porte pour trouver Jimbo à l'intérieur. Elle déposa le sac de café sur son bureau.

– Qu'est-ce que c'est ? demanda-t-il en tendant le sac devant lui pour lire les inscriptions.

– C'est un cadeau de votre locataire. J'ai signé trois des quatre contrats, le dernier proposant un accord verbal et une promesse de signature après les trois autres.

Puis elle fit claquer une pile de papiers devant lui.

– Il s'agit de mes justificatifs de dépenses pour le remboursement.

Elle n'en revenait pas, mais elle obtint un sourire de Jimbo, malgré le fait qu'il lui devait de l'argent.

– C'est bon, dit-il.

– Parfait. Je vous remercie.

Elle se retourna.

– Oh, et au fait, vous pouvez envoyer votre paiement au 32 Emerald Lane.

Son sourire tomba et deux lignes se formèrent entre ses yeux fixes.

– Pourquoi ? demanda-t-il d'un ton soupçonneux.

– Parce que j'en suis propriétaire.

Il la regarda fixement, la bouche ouverte.

– De toute façon, je ne voulais plus avoir affaire à ce fermier. Il est tout à vous.

– Je l'espère vraiment.

Sur ce, elle sortit, gonflée de fierté.

– Je peux dire que cela a définitivement été les deux meilleures semaines de ma vie, déclara Leigh à côté de Katherine alors qu'elles étaient assises avec Meredith à l'extérieur près du foyer sous les étoiles naissantes, le bourdonnement mélodique des grillons derrière elles tandis que le lac caressait doucement le sable sur le rivage.

– J'aurais aimé que Nan soit là pour le voir.

– À ce propos, j'ai sa lettre, dit Katherine en la sortant de la poche arrière de son jean. Il est grand temps que je te la donne.

Leigh respira profondément.

– Quand Meredith m'a dit qu'elle préservait le chalet, je l'ai gardée avec moi, en attendant le bon moment.

Elle tendit la main, offrant à Leigh l'enveloppe pliée.

– Vas-y, l'exhorta-t-elle.

Lentement, voulant étirer le moment le plus longtemps possible, Leigh la saisit, fixant le message écrit de la main de Nan à l'extérieur :

Remets-le à Leigh une fois que les filles se seront mises d'accord sur la façon de gérer le chalet.

Elle avait attendu ce moment, et maintenant qu'il était là, elle avait peur de le laisser passer.

– Ouvre-la, supplia Meredith.

Leigh passa sa main sur les mots.

– C'est ça, n'est-ce pas ? demanda-t-elle à sa mère. C'est sa dernière lettre ?

Katherine hocha la tête, l'incitant du regard à lire les mots de Nan.

Leigh glissa son doigt sous le rabat pour le détacher, et en sortit le papier. Elle lissa les deux plis de la lettre, et des larmes remplirent ses yeux devant la longueur de la lettre. Nan avait beaucoup de choses à dire. Elle prit une grande inspiration et regarda Meredith et Katherine une fois de plus avant de le lire à haute voix, essayant de voir les mots à travers les larmes qui montaient à chaque seconde qu'elle attendait pour assimiler le dernier message de sa grand-mère.

Chère Leigh,

Je parie que tu étais en colère contre moi, ou, à tout le moins, complètement déboussolée par ma décision de donner le chalet à Meredith. Tu t'es peut-être même dit que j'avais finalement perdu la tête.

Leigh rit à travers ses larmes.

Meredith mérite le chalet. Et je lui fais confiance pour prendre les bonnes décisions.

Je ne pouvais pas non plus te le dire tout de suite parce que je prie pour que tu l'apprennes par toi-même : vous donner le chalet n'aurait rien fait pour faire avancer vos relations. Ta mère et toi aviez besoin d'établir un lien plus profond avec Meredith, et Meredith avec vous deux également. Il est important pour moi que vous vous voyiez toutes pour ce que vous êtes vraiment. Parce que vous êtes toutes les trois de magnifiques personnes.

Leigh essuya une larme, jetant un regard affectueux à sa mère et à sa sœur.

Katherine l'encouragea à continuer à lire, alors elle continua.

Alors, en ne laissant pas le chalet à ta mère et en donnant à Meredith ton endroit préféré au monde, j'ai prié pour que cela vous force toutes à vous retrouver. Je crois fermement que Dieu nous a tous envoyés ici pour trouver nos semblables. Nous ne sommes pas censés être seuls. Alors que j'écris ces lignes et que ma santé m'échappe, tout ce à quoi je pense, c'est à la façon dont toi, ta mère et Meredith communiquez à peine les unes avec les autres.

Comme tu le sais, mes proches sont tout pour moi. Et pendant que tu te concentres sur ta carrière, je sais au fond de moi ce que ton cœur désire : une famille. J'espère avoir réussi à t'en donner une dans tout ça. C'est le cadeau que je te fais. C'est le plus grand cadeau que je puisse te faire.

Avec tout mon amour,
Nan

Katherine soupira et porta la main à son cœur.

– Elle sait toujours tout, n'est-ce pas ?

En regardant sa petite famille, Leigh était certaine que Nan savait toujours ce qu'il fallait faire. Elle avait tellement raison.

Chapitre 26

– Je veux faire de la pièce de devant avec le lustre mon bureau, pour pouvoir voir le lac pendant que je travaille, dit Leigh, alors qu'avec Meredith elles étaient assises ensemble dans la cuisine devant son ordinateur portable.

L'inspection du 32 Emerald Lane avait été faite en urgence tôt ce matin-là, et Leigh avait programmé des réparations avec l'homme à tout faire d'en bas de la rue. Étonnamment, ils n'avaient découvert aucun problème structurel majeur. Pendant que Katherine était au travail, Leigh fit défiler un choix de meubles sur son ordinateur portable sous le regard de Meredith.

– Je me disais que je pourrais commander un bureau comme celui-ci.

Leigh tourna l'ordinateur portable pour montrer à Meredith le bureau couleur bois flotté qu'elle avait trouvé à un prix décent.

– Je pourrais faire peindre les murs en taupe clair…

– Cela serait parfait avec un grand tableau de papillons bleus sur le mur opposé, dit Meredith en souriant. Je sais peut-être où on peut en trouver un si l'idée te plaît.

– J'adore cette idée, dit Leigh en passant son bras autour des épaules de sa sœur et en la serrant dans ses bras. Je voudrais aménager cette pièce le plus tôt possible. Tu sais pourquoi ?

– Pourquoi ?

Leigh cliqua sur un autre écran et ouvrit sa nouvelle boîte aux lettres électronique Instar Commercial Management, montrant à sa sœur trois e-mails de clients potentiels.

– Je n'ai même pas encore fait de publicité, dit-elle. Pamela Lyons a fait passer le mot. J'en ai un de Salt Lake City, un d'Omaha et un d'ici, à Nashville.

– C'est incroyable ! s'extasia Meredith.

– Merci d'être restée, lui dit Leigh.

Meredith posa sa tête sur l'épaule de Leigh.

– Bien sûr.

Ce soir-là, après avoir dressé tous les plans du 32 Emerald Lane, Leigh s'effondra sur son lit, sentant la présence de Nan tout autour d'elle, comme l'avait fait Meredith, et elle savait que sa grand-mère était avec elle. Après avoir fait face à sa peur de voler de ses propres ailes et avoir pris les mesures nécessaires pour y parvenir, elle fut envahie par une vague de sérénité qui ne l'avait plus quittée depuis, et elle savait que c'était Nan. Elle le sentait au plus profond d'elle-même. Puis, soudain, elle entendit de petits coups à la fenêtre, la tirant de ses pensées, et elle se redressa, figée pendant une seconde. Elle n'avait pas entendu ce tapotement depuis son adolescence, et elle savait exactement qui le faisait. *Toc, toc*, encore deux. Leigh se dirigea vers la fenêtre et la souleva pour découvrir Elvis assis devant, portant une pancarte qui disait « Tu me manques. Viens dehors ».

Le cœur de Leigh sauta un battement, et elle ressentit un soulagement intense en voyant le chien.

– C'est vrai ? lui demanda-t-elle.

Il pencha sa tête sur le côté pour la comprendre, remuant la queue dans l'herbe.

Elle ferma la fenêtre et se précipita par la porte arrière, traversa le porche et contourna le côté de la maison où elle trouva Colton debout dans la cour, ses yeux sombres louchant sur elle dans la faible lumière du coucher de soleil. Le souffle court, l'esprit en alerte pour interpréter son expression, elle s'approcha de lui.

– Salut, dit-il. Il avait l'air fatigué, mais la tendresse dans ses yeux était indéniable, ce qui faisait battre le cœur de la jeune fille.

Elvis traîna la pancarte avec lui en s'avançant vers elle pour la saluer.

Elle frotta sa fourrure, faisant glisser le carton sur lui.

L'expression de Colton se transforma en un sourire.

– Sais-tu pourquoi Elvis t'aime tant ?

Elle lui jeta un regard significatif et secoua la tête.

– Parce qu'il peut sentir ce que je ressens pour toi.

Elle avait la gorge sèche, sa respiration devint saccadée.

– Ce premier jour où tu es arrivée et où je t'ai vue, c'est tout ce que j'ai pu faire pour empêcher mon cœur de bondir hors de ma poitrine en te revoyant. Pendant tant de jours, j'avais espéré que tu franchirais la porte, et après tout ce temps, j'en étais venu à la conclusion que tu ne le ferais probablement jamais.

Elle retint sa respiration, se retenant de jeter ses bras autour de lui pour pouvoir l'écouter.

– J'ai passé deux ans à me battre contre Jimbo Peterson pour le terrain derrière ma maison, et quand tu es arrivée et que tu as chamboulé tout ce pour quoi j'avais travaillé, j'étais tellement en colère contre toi.

Il fit un pas vers elle, envahissant son espace personnel, tous les deux debout dans l'ombre profonde des pins, avec le lac scintillant derrière eux.

– Tout cela a touché un point sensible, parce que pendant des années, j'ai été en colère contre ton travail, contre ton dynamisme. Je voulais que tu montres ce genre de passion pour *moi* à la place.

Elle mit sa main sur sa bouche, secouant la tête, les larmes lui montant aux yeux.

– Je n'ai jamais voulu faire passer quoi que ce soit avant toi. Tu as toujours été comme une magie dans ma mémoire.

– J'ai essayé de prendre mes distances après avoir appris que tu avais aidé Jimbo. Il m'a fallu faire de gros efforts pour ne pas courir vers toi et te prendre dans mes bras quand je t'ai vue chez Léon l'autre jour. Je me suis dit que je m'en remettrai.

Doucement, il posa ses mains sur sa taille et l'attira, elle en eut le souffle coupé.

– Je t'ai laissée partir à cause de ta carrière une fois – nous étions trop jeunes ; j'ai été forcé de le faire, mais je ne laisserai pas cela se reproduire. Je peux vivre avec un parking dans mon jardin si cela signifie que je peux te voir tous les jours. Je ne te laisserai pas partir sans faire tout ce qui est en mon pouvoir pour te convaincre de rester d'abord.

– Tu ne seras pas obligé de le faire, dit-elle. Et je *veux* rester. À tel point que j'ai acheté le chalet du lac qui se trouve derrière ta propriété.

Il recula, pris de confusion.

– Quoi ?

– Je vais créer ma propre société de gestion commerciale au 32 Emerald Lane.

Il fronça les sourcils de la façon la plus adorable qui soit.

– On dirait que tu as une nouvelle voisine.

Elle lui expliqua qu'elle avait l'intention d'aider d'autres personnes à travers le pays comme elle avait aidé Jimbo.

Colton l'attira dans ses bras, ce qui incita Elvis à sauter autour d'eux en aboyant.

– Tu es sérieuse ? demanda-t-il, dans un rire euphorique.

Il posa ses mains sur son visage et la regarda dans les yeux, son magnifique sourire lui mangeant le visage.

– Je suis tout à fait sérieuse. Chaque jour que j'ai passé ici, avec toi, m'a semblé plus proche de moi que n'importe quoi d'autre.

Elle leva les yeux vers lui, voulant qu'il l'embrasse, n'ayant jamais eu autant envie de quelque chose.

Ses lèvres s'écartèrent, son souffle les parcourut légèrement tandis que son regard s'enfonçait dans le sien avec une intensité qu'elle n'avait jamais vue. Ce regard n'avait rien à voir avec le garçon qu'il avait été. C'était le regard qu'un homme ne peut offrir qu'après des années de maturation.

– Tu sais que ce que je vais faire va tout changer entre nous.

Elle acquiesça, leva les yeux vers lui, chaque nerf de son corps en alerte.

Un ange passa sur le visage de Colton, comme s'il voulait profiter de ce moment, ce dernier moment avant que leurs deux vies ne soient complètement modifiées.

– Je suis partie, dit-elle, mais mon cœur a toujours été ici avec toi.

Colton plissa le bord des yeux, pleins de tendresse pour elle. Il l'attira une fois de plus et pressa ses lèvres contre les siennes. Ses bras puissants la maintenaient fermement, les poils doux de son visage défilaient sous les mains de Leigh lorsqu'elle s'approcha de lui. Son baiser était urgent, délicieux, des années de désir accumulé se précipitaient entre eux. C'était comme s'il y avait quelque chose de grand entre eux qui semblait traverser le temps, comme si l'univers les avait alignés juste pour ce moment. Elle s'imprégna de son odeur, de la sensation de ses mains masculines sur elle, du mouvement de ses lèvres et de la façon parfaite dont ils s'emboîtaient l'un dans l'autre. Et elle savait qu'elle ne voudrait jamais rien de plus que cela.

Lorsqu'il recula enfin, il la regarda avec amour.

– Je ne te l'ai jamais dit quand nous étions enfants, mais je pense qu'il est important que tu le saches.

Il la serra affectueusement.

– Je suis complètement amoureux de toi, lui dit-il à l'oreille, ce qui la fit frissonner, et je ne veux *plus jamais* être sans toi.

Elle se mit sur la pointe des pieds et se pencha pour un autre baiser.

Lorsque le froid du soir tomba sur eux, Colton, Leigh et Elvis entrèrent à l'intérieur pour constater que Katherine était rentrée du travail.

– Eh bien, regardez ce que le chat a ramené, dit Katherine à Colton en fronçant le nez.

Meredith entra et embrassa sa mère sur la joue avant de se tourner vers Colton.

– Il t'a fallu assez de temps pour te raviser.

Elle lui donna un coup de poing pour de faux sur le bras.

– J'espère que tu as prévu de rester et de fêter le fait que ta copine ici présente a trouvé un emploi dans ton jardin. Au pied de la lettre.

Colton sourit.

– J'ai un pack de six bières dans le camion.

– Qu'est-ce qu'il fait là-dedans ? le taquina Meredith. Va le chercher.

En riant, Colton les laissa dans la cuisine et se dirigea vers l'extérieur.

– Oh non, dit Meredith, alors qu'Elvis, resté avec eux, se promenait en sautillant.

Elle fit un pas vers le chien tandis que Leigh se préparait à un retour de bâton, mais à sa grande surprise, Elvis s'approcha de Meredith et renifla sa main. Meredith le caressa doucement sous le menton.

– Tu vois ? dit Katherine en renversant la tête en arrière avec un rire. J'avais raison. Il sait que nous sommes tous de la même famille maintenant.

Meredith roula des yeux de façon amusante, mais elle ne discuta pas.

Colton revint derrière Leigh, l'embrassant sur la joue, déclenchant un pétillement d'allégresse. Ses yeux sombres brillaient tandis qu'il posait les bières, en ouvrait une et la lui offrait. Il distribua d'autres bouteilles avant de s'installer sur la chaise de la table de la cuisine de Nan, de porter sa propre bière à ses lèvres et d'en boire une gorgée.

– L'ambiance est bien différente de la première fois que je suis venu il y a quelques semaines.

Ils rirent tous tranquillement sous la lumière dorée qui entrait par la fenêtre, dernier spectacle avant que le soleil ne glisse sous l'horizon. Colton s'approcha et prit la main de Leigh, l'attirant à lui.

Alors que le soleil planait à l'horizon au-dessus du lac, leurs doigts s'entremêlèrent.

Leigh savait qu'il s'agissait d'une autre occasion festive et d'une parmi tant d'autres. Elle ne pouvait rien imaginer de plus merveilleux.

Épilogue

– J'ai une surprise pour toi, annonça Leigh à Meredith, en l'entraînant à travers la maison jusqu'à la chambre du bébé.

Avec un sourire attendri, Leigh s'arrêta devant la porte fermée de la chambre d'enfant et posa la main sur son ventre proéminent.

– Colton vient de terminer le berceau et j'avais hâte de l'accrocher.

– D'accrocher quoi ? se plaignit Meredith. Ce suspense me tue.

Leigh ouvrit la porte, révélant le tapis blanc surdimensionné qui recouvrait le parquet foncé, les rideaux gonflants et vaporeux qui encadraient une vue sur le lac, ainsi qu'un minuscule coin du bureau rénové de Leigh, de l'autre côté des champs de coton. Mais ce n'était pas ce que Leigh était venue montrer à sa sœur. Au-dessus du berceau tout neuf se trouvait une énorme peinture de papillons bleus que Meredith venait de terminer. Celle-ci comportait tout un ensemble de papillons, qui voltigeaient tous sur la toile.

– J'espère que cela ne te dérange pas, mais maman m'a laissée le sortir de ton studio.

– *J'adore !*

– Je voulais que tata Meredith soit présente dans la chambre de notre petite fille.

– Le bleu est tout simplement parfait pour un nouveau-né.

Meredith posa son bras autour de Leigh et posa sa tête affectueusement sur son épaule.

– Qu'est-ce que tu en penses ? demanda Colton en arrivant derrière eux, vêtu de son maillot de match et tenant un petit paquet à la main.

– J'en suis honorée, répondit Meredith.

Puis elle se tourna vers Colton.

– Dis-moi si tu préfères que je peigne un ballon de football rose pour le mettre là. Nous la ferons commencer plus tôt.

Colton rit, de cette façon adorable qui lui était propre.

– Je vais lui permettre de partir du bon pied.

Il sortit de l'emballage un minuscule tee-shirt jaune avec le logo Down South Athletics sur le devant.

– C'est la seule marque qu'elle portera, tu le sais, n'est-ce pas ? dit Leigh pour taquiner Meredith. C'est tout ce que son papa porte.

– Hé, ça pourrait lui payer son université, dit Meredith.

Leigh fit un grand sourire à sa sœur.

– Ou ses leçons d'art.

Meredith se fendit d'un sourire en retour.

– En fait, je suis passé parce que votre maman est venue du chalet et qu'elle est prête pour le déjeuner. Le match commence dans dix minutes. Elle a préparé tout ce qu'il faut sur la table à l'extérieur.

Katherine avait quitté son appartement à la fin du bail et s'était installée à plein temps dans le chalet. Elle devait prendre sa retraite l'année suivante et n'aurait donc plus à se rendre à Nashville pour travailler. Meredith avait alterné les séjours chez Katherine et dans l'appartement que Leigh avait libéré dans le bureau d'Emerald Lane, où sa sœur aimait peindre parce qu'elle disait que la lumière naturelle était très bonne. Elle essayait de lui rendre visite à l'occasion de toutes les grandes fêtes et quelques autres fois entretemps.

Et pour le mariage de Leigh et Colton, à la fin du mois de juillet de l'année précédente, une grande fête sudiste sous les chênes, sur une énorme plate-forme au milieu des champs de coton, sa mère et sa sœur étaient au premier plan dans des robes de demoiselles d'honneur en soie avec des bouquets de gardénias et Meredith était restée pendant trois belles semaines.

Sa sœur était également venue tout de suite lorsque Leigh lui avait annoncé que Colton et elle attendaient leur premier enfant.

Alors que le grand match de football passait sur l'écran géant que Colton avait installé sous leur nouveau porche, à côté de la cheminée extérieure en pierre, ils s'étaient tous réunis autour de la table pour déguster le poisson qu'ils avaient pêché la veille en bateau, avec des légumes et de la tarte fraîche qu'ils avaient achetés à leurs amis du marché local. Elvis s'installa aux pieds de Meredith. Leigh sortit de sous le porche pour s'installer sur la terrasse et profiter du soleil. En levant les yeux, elle pouvait voir à travers la fenêtre les papillons que Meredith avait peints – le talent de Nan qui avait été transmis à une autre génération – et Leigh savait que sa grand-mère pouvait tout voir d'en haut : toute sa famille. *Entière.*

Le mot de Jenny

Bonjour !

Merci beaucoup d'avoir lu *La Délicatesse des papillons*. C'était mon livre préféré à écrire, les deux sœurs provenant de deux facettes de moi-même. J'espère qu'il vous a donné envie de courir vers votre famille et de la serrer contre vous.

Si vous voulez savoir quand mon prochain livre sortira, vous pouvez vous inscrire à ma newsletter mensuelle :

www.itsjennyhale.com/email-signup

Je ne partagerai vos informations avec personne d'autre, et je ne vous enverrai qu'un petit message par courriel une fois par mois avec ma lettre d'information, puis à chaque fois que de nouveaux livres sortiront. C'est la meilleure façon de rester au courant de ce qui se passe autour de mes livres, et vous aurez des tonnes de surprises en cours de route, comme des cadeaux, des exemplaires dédicacés, des recettes, et plus encore.

Si vous avez aimé *Butterfly Sisters*, je vous serais très reconnaissante d'écrire une critique en ligne. Les commentaires des lecteurs aident à persuader d'autres personnes de lire l'un de mes livres pour la première fois. C'est l'un des plus beaux cadeaux que vous puissiez me faire.

À bientôt, Jenny xo

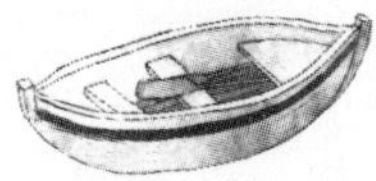

Remerciements

Je suis à jamais redevable à Oliver Rhodes d'avoir fait de moi l'autrice que je suis aujourd'hui et d'avoir placé la barre très haut pour mon propre parcours de publication. Son exemple a inspiré tous les choix que j'ai faits en cours de route.

Je dois un énorme merci à mes incroyables éditrices : Holly Ingraham, qui a donné forme à ce livre, Claire Gatzen, rédactrice extraordinaire, et mon adorable correctrice, Lauren Finger. Je n'aurais pas pu bénéficier d'une meilleure équipe que ces personnes pour m'aider à préparer cette histoire.

Kristen Ingebretson, l'étonnante et talentueuse conceptrice de la couverture américaine, est la meilleure parmi les meilleures. Je lui suis très reconnaissante de l'avoir à la barre créative. Et merci à mon mari, Justin, qui a dû s'occuper de moi alors que j'écrivais deux livres en même temps, après avoir promis que je ne recommencerais pas, que je créais une maison d'édition, que je signais de nouveaux auteurs et que j'élevais un enfant à la maison : je suis bénie de pouvoir compter sur son soutien. Il a géré ma folie avec facilité et a toujours été de mon côté, m'encourageant à poursuivre mes rêves aussi loin qu'ils me mèneront.

À paraître du même auteur,
Le murmure des copeaux de bois givrés

« Un roman drôle et débordant de tendresse »,
Femme Actuelle

Le livre qui fait battre nos cœurs

Lorsqu'Emily, Rachel et Tori, trois amies inséparables, ont l'opportunité de passer tout un été en Angleterre à Hope Falls, dans le village même où a été tournée l'adaptation de leur roman préféré, elles savent que ce seront les meilleures vacances de leur vie !

Pour Emily, qui rêvait de vivre les mêmes aventures que ses héroïnes dans leur chalet au bord du lac, ce séjour sera l'occasion de réfléchir à la suite de sa carrière professionnelle, en choisissant la sécurité d'un emploi ennuyeux, ou l'option créative, plus risquée, en tentant de vivre de sa passion pour la couture. Pour Rachel, il est temps de décider si elle emménage avec Jeremy, son nouvel amoureux très possessif. Sauf que patatras ! Tori doit annuler sa venue au dernier moment, mettant en péril tout le voyage.

Une autre fan de Hope Falls va prendre sa place : Alex, avec qui Rachel et Em' n'ont échangé que des e-mails. Mais l'arrivée d'Alex dans le groupe va se révéler surprenante et les vacances des meilleures amies vont prendre une tournure imprévue.

Serait-ce durant ces vacances que les amies vont découvrir leur futur, trouver l'amour sous toutes ses formes et que leurs vies vont changer de cap pour toujours ?

« Une comédie tendre remplie d'optimisme »,
Femme Actuelle

Faut-il être fleur bleue pour voir la vie en rose ?

Clarence est une jeune cadre dynamique brillante, qui ne vit que pour son boulot. Son entreprise opportunément nommée Dépression & Cie, travaille en secret à la solde de grands laboratoires pharmaceutiques pour pousser les gens à consommer plus de psychotropes. Très ambitieuse et cynique, Clarence voit une magnifique opportunité de promotion quand atterrit sur son bureau le dossier d'Étienne, un modeste fleuriste très heureux dans la vie. Sa mission : en toute simplicité, le pousser à déprimer.

Elle pense ne faire qu'une bouchée du jeune homme lisse et gentil, mais sa mission ne va pas du tout se dérouler comme elle l'espérait. Alors qu'ils font connaissance, chacun va se révéler plus complexe que prévu.

Qui des deux l'emportera ?

L'arrivée de la cosy romance en France.

« Une romance sensuelle et réconfortante
au cœur de l'Oregon »,
Femme Actuelle

Après un mariage désastreux, Avery Stowe ressent le besoin urgent de reprendre sa vie en main. Tout ce qu'elle veut, c'est un peu d'intimité et un endroit calme pour élever sa fille autiste, Hailey. Redwood Ridge, petite bourgade de l'Oregon où sa mère s'est installée, semble offrir tous les ingrédients nécessaires.

Mais une fois là-bas, Avery rencontre un problème : le séduisant Cade O'Grady, qui dirige avec ses deux frères la clinique vétérinaire. Même s'il est charmant et s'attache à leur faciliter la vie, une nouvelle relation amoureuse est vraiment la dernière chose dont Avery ait besoin en ce moment. Mais lorsqu'elle est recrutée la clinique, elle ne sait tout simplement pas combien de temps elle pourra résister à Cade…

D'autant que dans la petite ville pittoresque de Redwood, tout semble conspirer contre eux et jouer à Cupidon !

Sous la direction de : Ambre Rouvière
Correction : Nord Compo
Composition : Nord Compo
Conception graphique de la couverture : Nord Compo
Illustration de couverture : © Kanako / Marie Bastille

PEFC
10-31-1601
Ce produit est issu de forêts gérées durablement et de sources contrôlées

Depuis 2009, Prisma Media met en place une politique d'achat éco-responsable. Ainsi, près de 100 % du papier de nos magazines est certifié PEFC (gestion durable des forêts). La fabrication des livres des Éditions Prisma s'inscrit également dans cette démarche.

Dépôt légal : juin 2024 – n° d'impression 2403.0179
Achevé d'imprimer en France par : Aubin Imprimeur